靈魂的領地

國民散文讀本

凌性傑
楊佳嫻 編

目次 Contents

二　情感　所有可以發生的關係

三　飲食　好滋味見人情

四　移動　歸宿之夢，遠行之思

五　文化抒寫　凝視世界的模樣

序

人與人之間，心意的相通

凌性傑

培養學習力，從閱讀開始

我曾在幾個不同縣市任教，每當接觸一批新的學生，總會好奇地詢問，他們的家長一個月大約讀幾本書。由學生的回應可以看出，家庭閱讀狀況與學生表現確實高度相關。主動且持續閱讀的家長，教養出來的孩子在人品與功課方面大多極為優異。我也發現，家庭閱讀頻率確實存在著城鄉差距。在閱讀環境與資源部分，偏鄉孩子居於劣勢。越是偏遠地區，越難發現書店的蹤跡，也越難找到理想的圖書館。閱讀不僅直接影響學習成效，也影響孩子如何去探觸意義、探觸一個更廣闊的世界。課堂上的閱讀訓練，只是學習的起點。唯有將眼界拉高、激發閱讀的熱情，才能發現精采無比的意義世界。

近十年來，從國際兒童閱讀能力測驗評比中可以發現，台灣學生對長篇文章的閱讀理解能力不足，評估、整合文章意義的高層次能力亦顯得落後。培養學生的閱讀能力，藉此獲得有用的知識與訊息，學校教育自然責無旁貸。然而，整個社會能不能形成閱讀風氣，或許是我們更應該關注的。二〇一三年三月，文化部提供的「台灣出版產業發展策略」報告顯示，國人每年平均閱讀兩本書。這項數據或許不能代表一切，然而台灣閱讀風氣之衰微可見一斑。社會風氣與國民性格互為表裡，我相信唯有終身教育、終身學習才有可能改良國民性。

想要養成主動學習的能力，不妨從閱讀開始。深度閱讀除了可以獲得知識，也讓身心安頓變得可能。美好的讀本，提供我們思考的樂趣、感情的認同。藉由文字符號，我們在思考他人的思考之際，也可以加深自我的理解。

不能讓考試剝奪閱讀的樂趣

觀察台灣社會，長期以來考試引導教學，是不爭的事實。近來十二年國教議題吵得沸沸揚揚，特色招生的類PISA題型也引發輿論爭議。PISA測驗（The Programme for International Student Assessment）著重功能性閱讀理解，內容包括閱讀、數學、科學的素養程度。一九九七年起，OECD（Organisation for Economic Co-operation and Development 經濟合作暨發展組織）開始籌畫這項評量。二〇〇〇年第一次施辦，二〇〇六年起台灣參與這項國際評量。

ＰＩＳＡ測驗從終身學習的面向來看待教育，以成人生活所需的重要知能為主軸。其測試對象為：接近完成基礎教育的十五歲學生。十五歲的學生應該受過完整的義務教育，他們的基本學力累積將近十年。測驗成果如何，可以看出該國的人才素質。

ＰＩＳＡ對閱讀能力的定義是：了解、使用與反映所讀文字的內容，以便達成個人目標、發展個人知識潛能、達成社會參與。這項測驗指標告訴我們，真正的閱讀能力，除了擷取資訊、解讀資訊，還必須具備思考和判斷的能力。能否在閱讀訊息時連結既有的經驗和知識，進而做出準確的判斷，當然是現代公民必備的素養。閱讀能力愈強，愈能精確理解判斷訊息，更有效率地參與結構複雜的現代社會。

只不過，ＰＩＳＡ適合用作國民基本能力素養檢測，不見得適用於特色招生分發依據。在ＰＩＳＡ所測的基本能力之外，我認為有些事情值得進一步努力，譬如創意思考、美感經驗、生活情趣、幸福的追求、存在意義的探索……這些超越功能性閱讀的指標，或許更能扣合終身學習的真諦。「知之者不如好之者，好之者不如樂之者。」只為了考試而閱讀，終究不是正道。唯有樂在閱讀，才不會讓考試剝奪閱讀的樂趣。

身為閱讀愛好者，我們能夠做的就是編選一套兼顧現實與理想的讀本。楊佳嫻老師任教於大學，我則長期任教於中學，深深覺得閱讀能力與文學品味的養成不能局限於校園、教科書。我們的理想是編選一套「好看又有意義」的散文選集，把詮釋與欣賞的權力開放出來。

文學沒有標準答案，普通讀者可以從中發現閱讀的樂趣，也可以透過觀摩名家手筆增進讀與寫的能力。《靈魂的領地：國民散文讀本》所選的諸多作品，回應了人生的種種面向。作家如何進行敘事、描寫、說明、議論，終於成為一門傾訴的藝術，也是我觀察的重點。從散文家的傾訴裡，可以讀到成長的艱難與快樂、情感的發生與幻滅、飲食和移動的趣味、文化觀察與價值判斷……

在《靈魂的領地：國民散文讀本》裡，我們希望做到的，遠比PISA素養測驗所要求的多更多。因為，越能體會閱讀帶來的各種樂趣，越有可能成為一個幸福的人。

人與人之間，心意的相通

在這個訊息過多、真理稀少的年代，文學教養到底可以帶來什麼？

我覺得彌足珍貴的是，在文字中獲得了溝通與理解的喜悅，甚至進一步分享人生中永恆的命題。文學的穿透力，可以跨越時空的阻隔，成為最真實的陪伴。這個世界並不缺少資訊，只是缺少感動。編選散文讀本的過程裡，我心中時常充滿感動，或來自於知性的激盪，或來自於情感的力量。這本文選的取擇考量，只以文學性作為標準。

我以為，文學性的基礎就是：人與人之間，心意的相通。最高明的作家，將這種心意相通的能量賦予藝術形式，達到了內容與形式的高度協調。就我自己觀察，台灣校園的文學教育是有匱缺的。即便中小學課堂上充滿了美文，充滿了修辭技巧的演練，卻往往忽略了學科本質的探索。尤有甚者，國內某些語文測驗題型的開發者專力於支解文章字句，將文學世界整體之美弄得殘缺破碎，實在是焚琴煮鶴之至。把文學的意義與價值硬生生切割，使之淪為填空、重組、功能性判讀，其為禍不可說不深。

文學教育除了章法修辭的鍛鍊，更重要的是，提醒我們有機會成為一個更好的人，為現實生活創造出一片豐美的心靈領地。吳宏一教授提到，「修辭立其誠」換個方式說，應該就是《禮記》上所說的「情欲信，辭欲巧。」我想，唯有真誠的溝通，才會獲得其他心靈的迴響。考試作文如此，文學創作亦復如是。編選這樣一本散文讀本，不裁切、不割裂，尊重文本原來的面目，是我們的堅持。

如果還有更重要的願望，那應該就像是王德威教授所說的：「文學是我們生活或生命的一部分。傳統理想的文學人應該是文質彬彬，然後君子。轉換成今天的語境，或許該說文學能培養我們如何在社會裡做個通情達理、進退有節的知識人。」中文好行書系的國民讀本系列，以散文讀本作為開端，願與進退有節的知識人心意相通。祈願有朝一日，新詩、小說、哲學、歷史、科普……種種讀本各安其位，那將使一個閱讀者如我感到無比的幸福。

序

煙花與塵土：讀散文

楊佳嫻

我的寫作出發點是散文。那時候十三歲，剛剛開始懂得（或自以為懂得）分辨文學創作與作文的不同，模仿最受歡迎的美文作家，學習如何哀愁，而那些哀愁，都是因為看見了美麗的不長久，情感撕開的毛邊。人生還趕不上幻想與感受，又想寫，後來知道了，這就是為賦新詞強說愁。我看學生們寫作，從來不覺得強說愁有什麼不對，青春早熟，本來就是這樣，持續想持續寫，有一天寫下來的東西自然就與人生現實在同一條線上了。

那麼，作文與創作，差別是什麼？作文有模式，有正確意識，有功利目的（得獎），而創作呢，講究的是恣意鬆放中自有法度，沒有已經設定好在那裡的正確意識，一般而言目的不是功利的，是抒情，是面對自我，表現自我與世界的關係。而抒情，可以是遙遠的煙花，也可以是手上的塵土，煙花之美是為了消逝，而塵土的摩擦是為了砥礪。消逝與砥礪都會被記住。抒情即追憶。

因此，作文不重視真誠，而創作的基礎就是真誠，各文類裡，又以散文最為貼近寫作者的面目、性格。回想那些多年來使我們追讀不輟的散文家，除了文字好，境界深或見解新穎，大抵就是因為我們能捉摸到「真人」。這裡的「真」，不是指真人真事、沒經驗過就不准寫，而是指性情的真。張愛玲小說〈封鎖〉裡寫女主角翠遠，「她家裡都是好人，天天洗澡，看報，聽無線電向來不聽申曲滑稽京戲什麼的，而專聽貝多芬、瓦格涅的交響樂，聽不懂也要聽。世界上的好人比真人多」，〈紅玫瑰與白玫瑰〉裡佟振保想隨身攜帶「對的世界」，任何情感投資都要先衡量上不上算，麻不麻煩——「好人」是合乎社會要求的模樣，「對」的品味，「對」的生活方式，而「真人」——那就是各式各樣了，可能不那麼「好」，不那麼「對」，需要抗拒或者解釋些什麼，有時候被當成怪人，甚至異端，但是至少靈魂是舒坦的。可怕的是，「好人」當久了，「對的世界」寫多了，那個「真人」也可能就真的壓到箱底，扁了，化了。

中文現代文學誕生於國族的陣痛，國體與文體相互指涉，讓創作者無時無刻不想到小我背後的大我，個人被整個時代揉縐了。可是，在最傑出的創作者筆下，仍可以看到那個「真人」的眉眼額角，魯迅雜文裡的恨，追憶童年時的尖銳與懷念，周作人寫家鄉事物，最散淡的筆觸，最天然的韻節，沈從文散文裡邊城人事的天真、良善與荒蠻，徐志摩散文裡濃光豔影，最文雅的演員那樣的身段……。戰爭總是沒有結束，可是散文逐漸掙脫了政治代言的位置，在那裡面，創造了一個從普通生活出發，又與生活平行映照的世界，重新發現花的紅色，藤蔓的迂曲的召喚，衣裳裡騰出煙雲，臥房或陽台的哲學，一種餘裕，一種生趣，而張愛玲老早就說了：「人生的所謂『生趣』全在那些不相干的事。」又說，「現實這樣東西是沒有系統的，像七八個話匣子同時開唱，各唱各的，打成一片混沌」，但是混沌裡有令人心酸眼亮的剎那，那正是寫作者要尋覓的。

所以，《靈魂的領地：國民散文讀本》裡頭，爛人有道，雜種有理，浮光裡是寂寞的書纏綿的人，拌干絲，削蘋果，有寫詩的漁夫，有買《山海經》的老嬤嬤，寫內衣的寫月經的，要回家的要出門的，被啟蒙和終於幻滅的……，都是從生活出發，刺激浸潤之餘，非寫不可，自然流露，廣大而且親切，適合吳爾芙定義的「普通讀者」——「讀書，是為了自己高興，而不是為了向別人傳授知識，也不是為了糾正別人的看法。」無論煙花或者塵土，各有它們的位置。

一

成長

我要的是活

遲來的陽光之歌

楊照

那是在洛韶，我幾乎一夜沒睡。房間裡沒有一點燈火，其他鋪位隱隱約約傳來沉沉的呼吸聲。或許有人打呼了，但我不能確定。因為耳朵裡滿滿是立霧溪的水聲。

房間窗戶是開著的，我從上鋪坐起來，外面也都沒有光，顯然整座山莊切斷了主要電源，只看到完全的黑，不過卻是濃淡不一，塊塊拼接起來的黑。我努力睜大眼睛辨識，淡一點的那塊，應該是天空，開始變濃的交界處，也許是稜線上的樹梢。最濃的，是河谷對岸一叢叢攀生在斜坡上的樹。彷彿還看得出枝葉茂密一點的樹，樹影是潑墨般渾然一片，旁邊陪襯了細密點狀組構成的另一種黑，沒有那麼茂密的樹吧！我還試圖分辨樹影是否有被風拂吹過動搖的跡象，這塊黑和那塊黑曖昧游移著它們的邊界……。

看不到谷底的溪流，然而溪流就在我身邊，比任何看得到的東西更明白明確。我腦袋中浮現「眼見為憑」四個字，愉悅地在心中否定了這成語的效力。不見得要「眼見」才能「為憑」，立霧溪以其豐沛的夏季水量，滔滔發響，流過我身邊，那嘩嘩然泠泠然落落然不斷變化的聲音，包圍著我，用不容一點點懷疑的姿態，伸張證明了它的存在。和時間一樣不容懷疑、不容輕忽的存在。

那是個詩意的夏天。我離開了台北的燠熱，在中橫山林裡躲了整整十天。像個偏執狂般，我報名了兩個梯次的中橫健行自強活動，一個梯次從梨山走到武陵農場，另一個梯次再從武陵農場走到花蓮。

死黨們只願意跟我報梨山那個梯次，他們都覺得十天太多太神經了。都是中橫，而且都是早上背起背包出發，一直走到傍晚，幹麼要走十天？沒人陪我，我還是堅持要去，心裡還有點悲壯的情緒——「你們都不去更好，我可以一個人孤獨安靜地走，孤獨安靜地跟我的詩在一起。」

孤獨、走路、深山、一條不可能不應該存在的路，這些都是我少年時認定跟詩有關，最浪漫的元素。

當然，我不可能真正孤獨。救國團安排的自強活動熱鬧得很。早上要讀訓，晚上有晚會，中間還穿插各式各樣的比賽，所有行動以小隊為單位，不准脫隊。更糟的是，在那個計較學歷文憑的時代，不管用什麼方法選，念建中的，就是會被選上當小隊長。小隊長要整隊要點名，有時還要充英雄搶先幫隊上的女生揹背包。

兩個梯次，我都當了小隊長，也都盡量合群地參加了所有團體活動，除了不那麼熱心和最漂亮的女生接近，寧可跟別的男生並肩走，或去陪伴隊上看起來外表最不起眼的女生之外，看起來就像個跟別人都一樣的高中男生。

然而，我偷偷想像著自己的另一個不為人知的祕密身分，那就是詩的學徒。這是我給自己選擇的訓練場，大自然，天與雲與高山與溪澗，是教室也是考題也是老師。漫長的健行過程中，總有安靜下來單純走路的時刻，我就自覺地從平庸的高中生身分脫離開來，在沒有其他人察覺的情況下，進入我的神祕角色裡。

光是這樣想像地穿透在現實與詩意空間中，猶如魔術般變換身分，就夠讓我感覺到戲劇性的興奮了。最常是下午，睡過午覺醒來，整隊重新上路，陽光烈烈逼著大家緊挨著山壁邊求一點陰影，上午的疲累還未消散，下午的精神仍然有待被喚醒。那是話最少的時段，而且只要走進陽光中，就可以避開小隊的其他人，別人不會想曬太陽的。

其實，那樣的太陽很好，熱中帶有涼涼的風，像是一個壞脾氣的人老去了，不免還是會有自己都收束不住的仁慈流露出來。我想起瘂弦詩裡用的「老太陽」，太陽也是會有年紀的，或者說，詩幫助我們感受到太陽的年紀。

太陽老了

光陰暗了
時間慢慢地鏽蝕了它的機器
像是捲錯速度的影片
一切突然變得溫吞
就連殺人的刀舉起來
都缺乏了威脅
我們相信
在刀落下來前
還有空檔好好抽根菸

我抬頭看著太陽，一邊在腦中記錄這樣浮現出的句子。接著分歧的課題同時湧來，讓我有點錯亂慌張。是應該追索著抽菸的想法，鍛鍊下一個句子，還是應該先記錄抬頭眼中出現的層疊巨木所創造的感受？想了一下，挺挺胸，該試試更難的挑戰的，煙與巨木，沒有理由必定要分開，不是嗎？

所有的樹葉

都化成了煙
他們渴望風一般的翅翼
所以總是擺出朝上的姿態
有一天
風來了將他們統統化為上升的煙
山谷裡飄滿了綠色的霧
看起來
每一棵樹都是一根根綠色的菸
而山，就是那群聚的巨人
一起在抽菸，談著
談什麼呢？
談太陽老了
光陰暗了
時間慢慢地鏽蝕了它的機器……

我得意極了，通過了一道詩的考題，得到一些可以當作詩的草稿的句子。再下來，大自然給的下一道題目，是跳躍在溪水上的粼光。我離開縱列的隊伍，走在靠溪的那邊，正要開始想我的明喻與暗喻時，隊上一個成功高中的男生靠了過來，衝著我說：「你有沒有覺得第六小隊的女生最漂亮？」瞬間，像是聽到午夜鐘聲的仙杜瑞拉，我從詩的學徒又變回了無趣無聊的高中生，勉強回答：「有嗎？我沒有特別注意……」成功的男生還要補一句：「我明明看你老是往她們那邊看……」

還好，夜裡，溪水自己來找我，把我喚醒，讓我在別人的黑夢中，卻聽見下午的細碎晃漾陽光。是的，我聽到，聽到溪在歌唱，唱一首遲來的陽光之歌。

● ——————— ○ **筆記／楊佳嫻**

寫青春事，像在流水中淘金。楊照寫的，是含金量尤其高的那種。初版於一九九〇年代中期的《迷路的詩》，寫建中時代的閱讀與反抗，而寫詩與戀愛，同屬那力圖標誌獨秀的年齡裡的重大事件。此書風靡多年，有如少男版《擊壤歌》。二〇一二年《尋路青春》，呼應當年的「迷路」，這次，更清晰地勾勒出種種路徑中搭築起來的時光帳篷。

〈遲來的陽光之歌〉即選自《尋路青春》，在自然的偉岸裡尋找詩的祕徑。少年楊照曾有次暑假參與連續兩次健行，不是為了親近女孩，而是為了延長「孤獨安靜地跟我的詩在一起」的時光——不過，這是因為原來邀約的朋友都只願意參加一次。換句話說，「孤獨」，也算是一種必備的情緒，無論是主動還是被動造成。連這種彆扭都坦白寫了，真是滿可愛的。同時，當其他男孩只知道注意異性時，少年楊照可是力抗這種「天然」的「庸俗」，除了冥想詩境，還記得「去陪伴隊上外表看起來最不起眼的女生」。

楊牧《一首詩的完成》曾羅列文學修行的十七個要點，其中一個就是「大自然」。正是那些生動的光影，樹葉的搖蕩，風的撫摩，激發、環繞那顆振振欲飛的心，那是「一份詮釋大自然的野心，尋找啟示與慰藉」（楊牧語），同時提供了在「詩的學徒」與「無聊高中生」兩種身分切換的可能。

楊照（1963年） 本名李明駿，台灣台北人。台大歷史系畢業，哈佛大學史學博士候選人。知名作家、文學評論家和政論家。文風有時略帶懷舊感傷或自剖自省，但往往貫串著某個具體的知識或觀念、某個具體歷史或遭遇、某種具體的態度或想法。羅智成曾說「楊照的整個文學書寫風格其實是十分散文的」。重要文集有《軍旅札記》（圓神，1989）、《迷路的詩》（聯合文學，1996）、《場邊楊照》（新新聞，2000）、《為了詩》（印刻，2000）、《理性的人》（麥田，2009）、《尋路青春》（天下文化，2012）等。

在夜市裡沉默的那年夏天
——我的第一件胸衣

鍾文音

總以為是置身在一團又一團的乾冰中，這是有氣味的乾冰。一個個的角落裡起著煙塵，人影在搖晃的燈泡下圈成一個黑環，燈影流熠著貪食的眼神，有人突然從背影中轉身移動，嘴巴油滋滋地上下咬舐著，黑環的一節空缺很快地就被行經而過的人補了上去。

童年至今我總以為身處夜市必然要有炭味煙霧，少了炭烤的嗅覺和火熱的擁擠溽氣，那麼夜市就不成夜市了。總是氣味先行引領步履，舌齒再分泌津液，我巴巴地央著我媽到烤玉米或烤魷魚的攤位，有潔癖的她總說那些食物都是垃圾，所以央求著也等於沒用。

她說夏天喝青草茶好，消火。消火，是她需要消火。我知道她的心房一直是個火宅，她不開心，我最好安靜。有時母親在逛夜市前的熱絡會突然在返家後變調成冗長的疲倦，她眼澀腳瘓地算著皮包內的錢，然後突然開始叨念且一發不可收拾，於是生活哀怨湧然而生，竟就暴怒起來，把我們先前在夜市仔細挑選且來來回回討價所買的衣服全部倒出，然後開始找剪刀⋯⋯

逛夜市前的熱絡喧囂到了夜晚成了巨大的沉默，盛宴後的蕭索就像夜市收攤時，人們在捻熄燈泡收板凳蓋布棚……總是予我難以言說的落寞寂寥心情。一如每回和母親逛夜市返家後的必然畏懼，總是生怕她不開心。當我躺在黑暗的床上時，我發誓要自己和好友一起逛夜市，我再也不要和容易疲倦又容易動氣的母親一起逛夜市。夜市於童年的我總也走不到盡頭似的，現在想來是因為小孩的步伐小，每一攤又都有興趣觀看。轉動的機器娃娃、射水泡和撈魚兒常讓我覺得歡喜得很刺激，有時看站在板凳上叫囂的人也能看得發呆。為此，我媽已經逛到下一攤了，我未跟去，待一轉頭不見我媽又匆匆尋她因而亂了方向地迷了路，然後就哭了起來，我媽尋來時卻總是發出笑聲地看著一把鼻涕一把眼淚的我，她知我是需要她的而兀自歡喜著，又或者笑我傻囝兒，媽媽不是跑來找妳了嗎，唔要驚怕囉。

童年島嶼的夜市之其一聯想即是我常常迷了路，像是吉普賽人的諸多流動攤位總是非常吸引我。

逛夜市的母親形象鮮明，常常和一堆婦女蹲擠著挑選，攤在地上的塑膠布鋪著如山丘般的廉價衣服或是五金貨物。我看著這一幫持家克勤克儉的婦人蹲著挑著，她們對著前方物體過於專注於是忘了姿態，不是內褲從褲裙上露出一大截，要不就是彎身時露出蒼白的酥胸。有時是兩條腿岔得極開，若有一條小狗鑽進鑽出她們的下體大概也都無法阻止她們對於收購廉價品的趨之若鶩與你殺我奪。

是那些一幕幕的原始熱情讓我的童年在夜市裡看得目瞪口呆，是那樣真切的討生實相讓我的眼睛底層無法不瞥視。

然而。我要寫的不是童年的夜市，而是童年跨到少女期的那年升國一的長長夏日。

那是一個奇異之盛夏，事物熔了邊界，一切都在轉換，讀了六年的小學自此要告別，某棵大樹因為要拓寬馬路被砍掉了，一些流動市集加入了原有的固定市集行列，於是攤位延伸了，長街上從早到晚都有人在營生，人們在夏日的荒熱裡有了物質的力量，有了自我延伸出去的地理版圖，有了明目的遊街方位與消費品味。

可那年夏天，我所經歷的市場生活與夜市氛圍卻籠罩在我之後都不曾再經歷的極端感受裡，那種極端該如何以細節勾勒，或者只能大致烘染一切。

我和我媽出入天色未亮的市場，凌晨四、五點的大批發市場燈影晃晃，常讓我誤以為掉入夜市氛圍。可我的身分異位，當時我們是賣家不是買方。我一頭亂亂長髮，方從棉被醒轉的模樣，眼睛還泌黏著隔夜的淚屎，我打著長長短短的呵欠負責找零錢給客人，溼漉漉的塑膠雨鞋發出廝磨的窸窸窣響，韭菜老薑蔥蒜搭著腐朽的下水道氣味，賣獸類的男人磨刀霍霍地凌遲著籠裡的畜生，瞬間斷喉的雞鴨哀鳴乍杳……幽幽明明的孤燈街影散著一點哀傷，有時大半天我媽的攤子都沒有人光顧，沒有人光顧的攤子讓主人有一種不知如何擺放的難堪，我甚且不敢看我媽一眼，生怕突然哀憐瀉了堤，這時我媽反而會動怒起來。

凌晨的市場沒賣掉的東西通常小販們會彼此以物易物地轉換，又或者便宜地整批賣給小批發商或是某些小店家，有的則轉入黃昏市場。到了黃昏市場，我們又變成了買方，斤斤殺價又從我媽的嘴巴吐出。

那年暑假的尾巴轉眼來到，整個夏天，父親蹤影少見。某日黃昏來了場大雨，夏日慣有的大雨下在整條長長的窄街上，一樓店家和小販們拉起寬寬的塑膠簾棚，吊在騎樓下的達新牌雨衣在風中盪著孤單游移的線條，雨水答答答地沿著塑膠棚抖落於地，整個空氣潮溼漫溢著塵埃味，木炭味和著雨氣顯得濃濃稠稠，原本扯開嗓子叫囂的小販仰望著天，原本人聲沸揚的雜沓者像被大雨吸了音般地靜默。

傍晚的那場大雨說來就來，在廊下觀雨的那個時候，我至今還能回想那場大雨的心情是一種突然襲擊而至的生活哀愁與莫可奈何。

母親突然出現在我觀雨的廊下，她的薄薄上衣溼溼地透明著，服貼在其碩大的胸上，形塑出一個欲墜不墜的弧度。腳下擱著許多透著雨滴的塑膠袋，塑膠袋內看得出是許多欲待烹煮的魚肉蒔蔬。這是什麼日子，我以為是初一十五。

傍晚的大雨很快地釋放盡空，夜晚溽氣有了明顯的涼意，家裡充滿著夜市濃縮的氣味，從塑膠袋裡散出魚蝦肉的腥羶與蔥韭的辛辣和一縷縷幽然的水果香。廚房裡烹煮食物的母親背影，在燈泡下有一種絕然之姿，舀水聲出現又消失，火熊熊起又忽忽滅，日常耳邊迴盪的喧囂突然寂寞了起來。

母親的盛宴是以我的凝眸為氣氛。

她在廚房叫喚著依然站在廊下望著湛藍黑亮星空的我，我循聲望去，看到四方桌上的食物在燈下竄著白白煙絲，光看那熱騰的煙絲即知是可口的美味佳餚。我等著拜拜，卻未見我媽擺桌拈香，她仍是喚著我，少見的耐性。

那晚我遲疑地挨餐桌前，不可置信地望著每一道色相亮度飽滿的佳餚是出自於母親的手藝。飯後，食物仍是盛宴之姿，我仍不捨地挨在餐桌上，緩慢地喝著湯。母親突然離桌，豎起耳朵聽見她在打開抽屜又關上抽屜，聲音安靜片刻，才又聽見她的腳步聲，那一、兩分鐘的安靜縫隙是她少有的細微節奏，我聽到她在房間裡擤了鼻涕和一縷歎息。

她在我面前擺了幾張鈔票。說是要給我繳學費的錢和一些零用錢，她沉默一陣，我感到一股訣別的念頭，屬於小孩的敏感，我咳嗽了起來，因為被湯嗆到喉嚨。母親搖頭，沒有慌慌張張起身拍我背也沒有叨叨念念我一向的輕忽與大意性情，她只是看著我，我不敢瞧她，光盯著漂浮在湯裡的幾片褐黑色的豬肝片覷著。燈泡下飛著過不了今夜的脆蛾，屍體遍布在木頭的窗沿上和許多的角落裡，有幾隻跌落到大鍋的熱湯裡。

夜裡，大雨又忽忽起，整個空氣都是揚起的塵埃和植物的濃烈氣味，豬籠草在陽台上放出氣味肆捕著蚊子，殘餘的九層塔香散在黑夜裡，不散的夜市饗宴在那晚飄散著一種奇特的疏離與溫暖並置的一夜。

隔天，母親沒有返家，桌前又多了幾張鈔票。

學校要開學了，需買白襯衫藍裙白襪黑鞋和書包，還要繡學號，為了白襯衫好看，我早熟地意識到要穿內衣，童年好友阿芬是逛街最佳良伴，有錢人家的她對物質一向有主見且大方。

我終於以一個有消費能力的大人之姿來消弭對夜市無盡物質的渴念，雖說我期盼去的其實是百貨公司，可鈔票讓我沒得選。就在母親消失的陰影籠罩下和欣喜的獨立狀態中和阿芬前往夜市購衣。

制服沒得商量，唯獨內衣是可供遐想的消費客體。

夜市裡的角落幾年來依然蹲著一些老婦人，老婦人的眼前通常是一籃枯萎的菜，或是自己手工製的草粿糕，她們叫喚著一把十元一個十元，沒人停下來。我們先是去炭烤的攤位上等待一根沾上香噴欲滴的烤玉米，即使胃的蠕動承受不了硬硬的烤玉米但還是吃得唇齒忙碌不已。

一攤看過一攤，帶著初生羽毛的怯懦不安。但我一方面慶幸著不是和我媽同來，她會在大庭廣眾下大剌剌地把胸衣往我發育堪憐的胸部上一放一量，但另一方面在那個夜晚我又想起前日在黃昏大雨中淋溼的母親，她那美麗豐滿但疲憊的胸部線條。夏天走出浴室裸著上身的母親，抖動著棕欖香皂的氣味和五爪蘋果姿色的胸膛，那曾經哺育我的乳房在片刻裡讓我的思念洶湧。

我在首次和女友逛夜市買內衣的攤位上想起烹煮盛宴後的母親疲乏神色，以及每個逛夜市返家後的暴怒，被剪刀剪破的新衣裳，被分屍的娃娃裝無力地躺在地上……

我的母親，我和她一起在市集做生意、一起在夜市逛攤，那年夏天的尾巴，卻在我少女購內衣的儀式裡缺了席。

我為自己購買了第一件棉質內衣，沒有襯底沒有鋼索，只有兩片薄薄圓圓的棉布裹著我將來的胸部命運。是灰色的，我挑了一個當時的心情顏色。阿芬嚷著說要買白色，那是純潔。我說我不懂什麼是純潔了。她說那也要考慮實用啊，她說穿灰色配著薄稀的白襯衫制服會被男生看到。賣內衣的婦人才不管我們這些女孩，她使勁力地在促銷著蕾絲花邊的性感內衣給來逛街的煙花女郎們。

我的第一件內衣誕生在夜市，內衣角落繡著一隻史努比和小鳥，彼此幸福地挨著。

那夜返家的路途不會有人發飆，不曾有人要把衣服剪破。然而母親離家出走了，短暫地消失在我生活的島嶼溽熱裡。

屬於島嶼夜市的喧囂特質一直到最後卻都是如此地寂寥，入了夜化成了巨大沉默，漂浮在我的床前。

●————○筆記／凌性傑

如果寫作是修行、是儀式，鍾文音引用普魯斯特《追憶似水年華》的句子作為儀式召喚，自然大有深意存焉：「只有藉助藝術，我們才能走出自我。……有了藝術，才使我們不只看到一個世界。」鍾文音的散文創作題材多樣，旅行、閱讀、性別、家族、藝術……，無一不能娓娓道來。而這一切題材，都跟心靈居所、生命安頓有關。張讓說：「好的散文，總引領我到一個想像的空間，自由馳騁。也許到了一個新的高度，或深度，也許是一片新的廣度。這樣的散文提供明晰的視野，獨特的情懷，給予世界透明流動的感覺。」鍾文音的散文情懷獨具，善於洞見悲喜無常，也善於營造一片想像空間。

在《美麗的苦痛》裡，有一個具體而微的女性世界，鍾文音透過書寫日常生活物件，讓成長記憶有所附著。床、戒指、衛生棉、玉環，各有相對應的人生處境。〈在夜市裡沉默的那年夏天〉副標題為：我的第一件胸衣。從胸衣回憶起自己如何從童女升級為少女，可以說是物我纏綿。「內衣是可供遐想的消費客體」，於是少女與女伴走向夜市，想要親自挑選胸衣。夜市人生浮華喧囂，少女照見了自己的尷尬，以及更多橫亙在母女之間無解習題。胸衣上的圖案史努比和小鳥幸福依偎，與現實生活形成了強烈的對比。這是鍾文音「物體系」的小部分，她的書寫使我們不只看到一個世界。

鍾文音（1966年）　台灣雲林人，淡江大學大眾傳播系畢，曾赴紐約視覺藝術聯盟習油畫創作兩年。現專職創作，以小說和散文為主，兼擅攝影，以繪畫修身，周遊世界多年。曾獲聯合文學、中時、聯合報、世界華文小說等多項文學獎，台北文學獎創作年金、雲林文化獎、吳三連文學獎、林榮三文學獎等。二〇〇六年以《豔歌行》獲《中國時報》開卷中文創作年度十大好書獎。百萬字作品「台灣島嶼」三部曲：《豔歌行》（2006，大田）、《短歌行》（2010，大田）、《傷歌行》（2011，大田）備受好評。長篇小說已出版日文版及英文版。

青春作伴西門町

郭強生

因為夏至，好像午後時光變得格外漫長，光和影清楚踩在腳下，有一點點暈眩，一些些輕飄。明明是汗黏溼蒸的空氣，卻在周身化成了海洋，拍打起浪花，我要隨波游去，游回青春過往……

夏天，是暈青春的季節。夏天的西門町，曾是充滿青春夢幻與感傷的一片海洋。

在沒有統領商圈之前，在華納威秀仍是一片荒草，只有軍訓課野外打靶才會涉足的年代，我們只有西門町。

游進西門町，覺得自己立刻翻身成一尾色彩繽紛的熱帶魚。櫛比鱗次的喧鬧電影看板成了珊瑚礁，流行音樂從四面八方傳出，宛若悠悠繾綣的海草尾隨著我逐浪。我一路游，游到了東京，游到了巴黎，游到了曼哈頓，沒有再回頭。

不用回頭。到現在想起西門町我仍會微暈，那麼純的荷爾蒙，那麼濃的青春耽溺。

巴而可門口見。那時總習慣如此相約。
飛行船聽歌，算是上流消費。
JUN 讓我們改頭換面。代代木 Yoyogi，絕對的風花雪月……
都有一個故事，總以為還待續中，卻已悄然畫下句點。

巴而可

那個年代的我們，凡第一次在公車上看到巴而可的車廂廣告者，無不眼睛一亮。

PARCO。也不說是賣什麼，也不知是坐落在何地，只有細膩噴槍法栩栩如生繪出的一幅女子，手握一把芹菜，身上汗水歷歷，張著白牙便生脆一咬，整個車廂的人彷彿都可聽見。尤其是她的眼神，毫無傳統女子的含羞帶怯，濃妝的黑眼圈（煙燻妝那時候就有啦）露出又狠又酷的表情，妳盯住她，她也盯住妳（後來才懂那叫欲望）。充滿了暗示性的海報，十幾歲的我們不能理解，只覺得內心一陣騷動。

原來是跟自己無關的女裝店，位於中華路與寶慶路街角。彼時天橋還在，與店二樓相通。但是就因為這一張破格的海報，宣告了屬於西門町流行文化的新紀元，巴而可也成為我們那個世代的地標。

還沒有消費力的孩子，長大後聊起來卻幾乎都記得那海報上的女子。不需要真有其人，也不是哪個名模，虛擬的趣味我們那時已懂，那個巴而可女郎純粹只是一個符號，連接起一種青春儀式般的心情。

一間我從來沒走進去過的百貨服飾公司，奇妙地卻是我走進流行文化的第一扇門。大家總愛約在它門口見面，地點方便，聲音好聽：巴而可巴而可。

也許，青春的自己就是要為自己保留一個「門口」。

JUN

如果說巴而可是當年女性流行的品牌代表，那俊 JUN 就是少男服飾的第一場煙火。彼時我們這些所謂少男者無所謂自己的流行，多穿爸爸的衣服或是外銷成衣店的簡單基本配備。但是，就在大一的那年夏天，武昌街上少男服飾如同一場悄悄進行的祕密派對，Surprise！如夏之麗花開滿了整條街。

走的是日本風，澀柿子與少年隊當紅，我們的武昌街，那頭是電影院，這頭成了東京小原宿。俊、大象、特艦隊……一家接一家開張，才剛脫下高中卡其制服的我們，一開始有些無措地，只敢遠遠地觀望：

真的嗎？真的可以穿成那樣嗎？

青春來自對身體的自覺，原來二十歲以後的身體可以重新造型與配色。黃卡其與藍牛仔布的時光漸遠，換上蘋果綠襯衫加灰色條紋打褶褲，海盜式荷葉袖配黑色直筒靴，彷彿如此才可昭告天下，青春正好。

一套套開始試穿，掩不住的是未來前途逐步逼近的壓力。青春原來這麼短，幾個換季之後，不得不要問自己究竟是誰。

那年春裝嫌早上市，冬意始終在台北街頭滯留，台灣新浪潮電影並不知自己已近尾聲，我依然捧場地看了文學改編的《最想念的季節》，走出中國戲院，一個人順道就繞進了武昌街。

當下愣住了。春季男裝的流行色系竟是粉藍粉綠粉紫，嫩得不得了的顏色，朝陰冷的馬路探頭，那種無邪又放肆的姿態，讓我突然想問，青春之後還有什麼？

永遠記得那年春天的武昌街，少男最後的一瞥。

飛行船

那時候沒有卡拉ＯＫ與ＫＴＶ，我們習慣坐在民歌西餐廳當耐心的聽眾。遇到不順眼的駐唱者，點歌單上給它寫〈王昭君〉或〈戲鳳〉，讓對方難堪。

民歌風潮漸息，所謂民歌西餐廳裡唱的多半是流行情歌，於是開始轉戰有現場樂隊的西洋歌曲餐廳。

原新聲戲院的大樓裡，藏了一座飛行船。

震耳欲聾的電吉他與鍵盤樂，燃燒一場對異國情調的嚮往。原宿風都開始變得太本土了，年輕的夢無出口，在麥可傑克森或老鷹合唱團裡暫時棲居。

凱莉西餐

新聲戲院大樓裡的另一個小部落，擠滿了年輕人以有限的荷包享受著西餐的幻覺。

最後一次在此用餐的記憶有點難堪，全程不斷在心裡喃喃著，人家沒有喜歡我，人家沒有喜歡我……

然後台北經濟一片大好，歐式自助餐崛起當道，那種因為放了刀叉就冒充西餐的炸雞，也一如二十歲的純愛單戀，終得面對現實。

Yoyogi

夏天將結束的時候，我們在峨眉街上那家叫「代代木」的咖啡廳為第一梯次入伍的朋友送行。

那一夜全是男生，高中同班同學還像大孩子一樣笑鬧著。每次同學會都在西門町，十幾二十人大年初一看電影，國賓戲院地下室「銀馬車」辦聚餐，一行人在西門町街頭總能浩浩蕩蕩晃個不休。

我們不懂品味，只要成群結夥就快樂。忘記那次為什麼會挑了 Yoyogi，因為它賣調酒嗎？台灣八〇年代的經濟在 Yoyogi 完全展現，就是精緻二字。裝潢走極簡風，但是燈光迷離又浪漫，已不是我們以前熟悉的西門風味。冰果店的日子哪兒去了？最後一次去萬年大樓小吃街是何時？我們不再希望出沒於有高中生的地方，覺得成年了，需要新的地盤，就像 Yoyogi 這種好像很有格調的地方。

大男生們也能感性得一塌胡塗，知道我要出第一本書了，他們比我還要激動：「一定要堅持下去呀！」「把我們的故事記下來吧！」「我們的同學都出書了，我們都長大了」……

並不知道的是，後來我們再也沒辦過同學會，不曾一同重回西門町。

移往東區，移往新生活，移往人生的下一站，西門町在我們的身後出現落寞的面貌。只有每當夏日的午後，我閉上眼睛，想像自己又成了一尾斑斕的熱帶魚，那段青春喧譁的歲月便如同海水包圍住我。

在西門町的日子總有伴，「作伴」遂成為我第一本小說集的書名，亦是我為青春做下的注解。

●———○ **筆記／凌性傑**

一直到現在，西門町還是青春的集散地。年輕的男孩與女孩，用各樣的流行裝裹自己的身體。不知他們是否也曾想到多情少年江湖老，青春的暈眩幻夢轉瞬成為明日黃花。郭強生第一本小說取名《作伴》，其中多寫青春心事，或可從中發現五年級文青的關懷。〈青春作伴西門町〉篇名呼應小說書名，連綴諸多昔日地景、店家，讓蔚為風潮、盛極一時的事物說明一切。想要溯游青春過往，當年西門町的地標街景卻早已恍然不見，然而那是有伴的日子。明講的是青春作伴，或許也在感懷人事凋傷、中年的哀樂孤獨吧？

我們常常感到疑惑，曾經存在過的美好事物，一旦消失了該怎麼辨？如何在時過境遷之後記取華年流光，於是成為書寫者一項沉重的功課。為了避免記憶在時光中淪為一片廢墟，便需要更好的文字技藝，以重建那些或有可能陸沉的苑囿。郭強生存取當年矗立在西門鬧區的店家形貌，彼時的商業活動攸關一群年輕人的課後生活。青春作伴，西門町的商家提供美麗的棲地，收納了不同世代的故事。只不過，故事結尾永遠是這樣的——朋友各奔前程，青春小鳥一去不回來。

郭強生（1964年）　台灣台北人，英美文學學者、文學批評家、作家，學者、文化評論家、劇場製作編導等多重角色。主要散文作品有《真台大外文系畢業，美國紐約大學戲劇碩士、博士。現為東華大學英美情剎那》（皇冠，1992）、《男人的眼睛》（皇冠，1994）、《我是語文學系教授。創作文類包含論述、散文、小說及劇本。具有作家、我自己的新郎》（聯合文學，2011）。

最壞的時光

郝譽翔

朋友幫我看紫微命盤，說我命中最壞的一段時光，是十四到二十三歲，而最好的呢，是一百零四到一百一十三歲——「假如妳活得到那時候！」他笑得很是得意。

經他這麼一說，我心中倒是一驚，紫微居然這麼準！最好的時光應該是熬不到了，但最壞的，到目前為止，我心中卻一清二楚。原來這一切早在上帝的簿子裡記載分明，我疑心地看著命盤：地空、空亡、天哭、白虎……，一堆壞字眼，全集中在同一個時期裡。我看得恍惚，卻不禁聯想到《紅樓夢》第五回，賈寶玉遊太虛幻境乍見到十二金釵正冊的情景。

難怪別人的年少是陽光燦爛，但我回想起來，卻是灰色的青春殘酷物語。那時我家住在北投，二十幾坪的小公寓，母親為了增加收入，在附近開了一間很小的撞球店，偶爾叫我去幫忙，我總是板著一張臉，拿粉筆計分，排球時，又把球丟得咚咚作響。店裡面養著兩隻小白兔，長得很肥，塞滿了整個籠子。公兔老是喜歡趴在母兔的身上做愛，也不嫌膩，卻總是引來打球男孩的一陣哄堂大笑，還輪流把球杆伸進籠子裡，惡意地戳弄公兔的下體。

我坐在一旁，冷漠地看著，從來不阻止，我連自己都救不了，還管得了兔子？當不顧店的時候，我總是一個人在家裡，那時的北投很荒涼，除了草叢，就是稻田，晚上黑漆漆一片，狗吠，蛙叫，蟲鳴，全都歷歷分明，聽來格外教人心驚。因為孤獨，我不愛待在家裡，認識了一群外校同年齡的男孩，大家一樣的貪玩，穿著明星高中的制服，每天四處晃蕩，很有毀壞校譽之嫌，但我們也不在乎，半夜闖入台北新公園探險，週末又搭火車到淡水海邊。

玩到沒地方可去了，有人提議到故宮去玩捉迷藏。我們都覺得這個點子酷極了，熱烈討論一番，幸好沒有真的付諸實行。不過，不知怎麼搞的，我的腦海裡總會浮現出那個畫面：在故宮一間又一間流淌著幽暗光線的展覽間中，所有的同伴全都消失不見了，只剩下十幾歲的我還穿著黑色百褶裙，白色皮鞋，一個人在裡面沒完沒了的奔跑著，惶惶穿過了一屋子森然的青銅器，古老的獸面冰冷而駭人。

又有一陣子，我們迷上了電話交友。回想起來，那和網路聊天室實在相似——原來社會日新月異，但剝開了科技的假面後，其中包裹的，卻總還是一顆陳舊的老靈魂。我們之中不知是誰，先是在西門町的電線桿上發現了一組電話號碼，像是可疑的暗號，而當發現了一個之後，才察覺到它居然無所不在，祕密地流傳在廁所、牆壁、電話亭之間。男孩們高興極了，彷彿無聊的生活又打開了一扇新窗口，於是各自回家狂打，聚在一起時，便炫耀說在電話中又認識了小芳、小美之類的女孩。而其中，打得最瘋狂的就是W。

其實，我已暗暗喜歡W好長一段時間。每當玩撲克牌時，輸家要被彈耳朵，我彈起W，總是又狠又準，啪地一下，他的耳垂就要紅腫半天，我的心中因此有了一股奇異的快感。後來，又嫌彈耳朵不夠，大家提議要蓋棉被——把輸的人蓋在棉被下，大夥兒跳上去狠狠踐踏一番。我瘋了似地踩著W，當其他人都歇腳了，只有我還不肯下來，心中是那樣的快樂與悲哀。然而，每當我們圍成一圈，W神采飛揚地講起電話交友的奇遇時，我沉默地坐著，覺得他忽然變得遙遠且陌生了，直到我再也忍耐不住，爆炸開來，把他們狠狠斥責一頓後，自己一人搭公車跑回家中。

但回到家，還是只有我一人。我在黑夜中摸索著，打開了燈，亮晃晃的光，卻教人更寂寞得難受。我縮在椅子裡哭著，哭到連自己也乏味了，才抬起頭來，靠著冰冷的水泥牆壁發呆。然後我拿起電話，第一次撥了那個交友的號碼。而那真是一次詭異的經驗，電話接通後，就像是掉入一個巨大的黑洞，我聽到許多人在洞中叫喊著：「我是小文，呼叫美美」、「我是安迪」……。彷彿大家全落在深夜的汪洋大海，奮力地向前游著，偶然才在迎面而來的浪尖上，望見了一張陌生的臉孔。在電話中，我化了一個似乎是「小青」之類的名字，瘋狂呼叫起W，當終於和他說上話時，卻是濤天的大浪打來，兩人都是口齒不清。我還記得，自己假扮成一個商職的女生，捏起嗓子說話，W卻是半信半疑的，因為我的聲音實在熟悉，而我只好努力和W

撒嬌調笑，一邊卻又止不住心中的憤怒逐漸高漲，無論如何，我都再也喬裝不下去了。一齣蹩腳的戲，眼看就要穿幫，我咯嚓一下，切斷電話，一霎時，公寓又回復到原先的寂靜狀態。

深夜裡，屋外落起了急雨，嘈嘈切切，天空破開了個大洞，彷彿正任性地把一切不管好壞，全都丟到了人間。然而事實上，大家在電話中最感興趣的，不是女孩，卻是一個叫「稻草人」的男孩，機車店的黑手，連國中都畢不了業，一口台灣國語，又拙又呆，哪裡比得上這些伶牙俐齒的高中生？W最愛捉弄他，但有一天，我們忽然再也不玩這個遊戲了。W在呼叫「稻草人」許久後，沒有回應，才有人幽幽說，「稻草人」死了，騎機車被撞死了。我似乎可以看見他趴在地上，就是一個稻草人的模樣，而身軀被車輪輾得支離破碎，散落了一地悽惶的草梗。

我們再也不提電話交友，緊接著，就是暑假，我們升上高三，男孩們忽然正經起來，他們的志願是醫學系，便結伴跑到山上，住在廟裡苦讀。我難得上去探望，發覺他們個性還是沒變，滿山遍野的金龜子，全被他們用立可白在背上塗了編號，但居然也沒死，還趴在草叢中，翅膀閃閃發光。聯考結束後，我上了台大，男孩們全進了南陽街補習班，彼此漸漸就沒了消息。

悠悠二十年過去了。上個月搬家整理東西時，又無意間翻出讀女中時的照片，我的左手搭在死黨K的肩膀上。K長得很美，身材亭勻，又最善良，當同學們勸我，不應該和一群外校男生廝混時，K卻總是帶著一抹理解的微笑，從來沒說過什麼。前些年，高速公路上客運大火，K也在車上，當我從電視上看到K的照片時，眼淚不禁撲簌簌落下。她是到台中作義工，才遲歸不幸搭上了這一班死亡的車。善有善報，莫非都是一些騙人的謊話？而K送我的波斯貓，還躺在沙發上呼呼大睡，渾然不知主人的命運，但我卻從照片中的我的眼裡，看到了斑駁的陰影，清楚地浮現出來。十七歲的我，笑得既忍耐又牽強，彷彿早就已經預知到了，這是一段被空亡和天哭星所盤據的時光。

●——○ **筆記／凌性傑**

會不會在某些時候，覺得自己逃不掉了？會不會覺得命運無情，自己幾乎要走入絕境？絕望無助之際，生命怎麼看見那道幽微的希望之光？郝譽翔的散文與小說常常跨界，散文不一定如實交代，小說也不一定純屬虛構。重要的是，她在文體的變換之中，始終維持一種優雅迷人的敘述腔調。〈最壞的時光〉從閱讀經驗展開聯想，對照《紅樓夢》第五回裡演示的神奇預言，藉此鋪陳屬於自己的青春殘酷物語。

年輕的時候，總會揣想命運是什麼，將來又會成為一個怎樣的人。環境惡劣，個人自我拯救之道確實是無比艱難。文章裡的脆弱靈魂，參與那個時代流行的電話交友，在陌生又危險的關係裡一方面定義自我，一方面掩藏自我。電話線延伸出一個迷離如夢的世界，自我與外在的連結顯得相當刺激。可歎的是，非要偽裝扮演成另一個角色，才有勇氣在電話中接近心中那個心儀的對象。倉皇結束了暗戀，大學聯考之後，一群青春男女便奔向各自的命運去了。恍然之間，二十多年過去。舊物引起唏噓往事，照片中的作者自己，眼中看見斑駁陰影。那是命運，十七歲就預知到了被空亡和天哭星盤據的時光。

檢閱生命中的苦痛與徬徨，最勇敢的事情或許並不是無畏無懼，而是能夠坦然以對了。

郝譽翔（1969年）　台灣高雄人，台大中文研究所博士，研究所期間從曾永義教授主修戲曲。現任中正大學台文所教授。小說被歸為女性都市文學範疇，散文題材從旅行、紀實到故鄉，嘗試以一種客觀超然的姿態呈現內心思想，風格幽微深刻。散文集《衣櫃裡的祕密旅行》（天培，2000）、《一瞬之夢——我的中國紀行》（高寶，2007）。

聲音也會老的

宇文正

我想要一件件記下喜歡過的事物，假使有一天，萬一真有那麼一天，我慢慢失去了記憶，從這個備忘錄裡，能夠掇拾的，是我真心喜歡過的事情。比方我喜歡在午後彈琴唱歌，唱整整一個下午。失憶的人，手指觸撫琴弦還會有感應嗎？歌聲可以跨越認知、奔揚內心最深處的感受，是嗎？

二十多年前，我曾經天天過這一種愜意的下午時光。我離開一家莫名其妙的雜誌社（呃，那是個雜誌大爆炸的時代），老闆是個官方關係良好的科技博士，找來不少年輕人開辦一個他自己也說不清楚要做什麼的雜誌，管帳的是他老婆，很典型地長著一張刻薄的臉相。真的是無頭蒼蠅瞎撞啊，撞三個月我頭就昏了，昏到離職後竟去應徵一份證券記者的工作，而我對股票的知識，連一個公司的營業額和盈餘是什麼都分不清楚。

那是一份要三十五元的證券晚報，在台灣迎接大多頭市場來臨時大張旗鼓徵才。面試時，社長一邊低頭看著我在雜誌社寫的報導說：「文筆不弱啊！」另一位面試主管問我：「妳對郭婉容一句話造成股市連跌十九天有什麼看法？」我愣了愣才開始說：「買賣股票課稅，很公平啊……」

沒站在股票族這一邊，我以為一定不會被錄取的，繼續看著報紙上的人事廣告，第二天要我去上班的電話卻來了。

我一張股票都不曾買賣過，連公司小妹都比我懂；組長指派給我的卻是當時的產業龍頭水泥股，再搭配紙業，兩個路線，扣掉在中南部的公司平日只要電話聯繫，加起來需要跑的上市公司不到十家。比起在雜誌社，每月企畫新題目、重新建立人脈、不斷歸零的狀態，報社工作很單純。不過一切從頭，我不避諱對人說：「我不懂財經，更不懂股票……」不久卻發覺，「什麼都不懂」，在那個股市狂燒煙霧彌天的時空裡，竟成一道微妙的護身符，令我處處遇貴人。

那些公司發言人第一次見到我時似乎都覺得怪怪的，那是我的尼泊爾時期。一位同業，某報的阿仁有次忍不住對我說：「去買幾套正式點的套裝穿吧！妳的形象太不專業了。」不是我少女病，我解釋：「我穿那種正式的套裝、窄裙很難看的，我嫂嫂說我太瘦穿窄裙好像修更。」「像誰？」「小卷。」阿仁大笑。不必穿名牌套裝我也很有自信的，忍不住炫耀：「別小看我，不信你試試看！」我問他有哪家公司是平常採訪不到的？他說了家不太理他的水泥公司，唔，那位發言人比起來稍年輕，未婚，很健談，三句話要夾一個英文單字。我立刻帶阿仁找他去。阿仁出來後很感慨的樣子：「妳知道妳們女孩子在這個圈子裡跑新聞，最好的出路是什麼嗎？」「什麼？」「找個有錢老公吧，把握機會，我說真的。」阿仁真直接啊。其實我常接觸的都是公司「發言人」，至少都是中年人了，我又沒有戀父情結。而那些發言人，可能平日見到的記者，更在意的是指數與股價，我亂問一些怪問題，比他們有趣多了，大概會有這種心理吧。「妳還是小孩子！」那個滿口英文單字的發言人曾重複對我說這句話，他說：「我看女人的年齡不看外表，講話的聲音、語調，比什麼都準。」那年我二十四歲。

聲音也會老的。種種的回春手術、祕方，針對的都是外型上的。近日聽到一位醫師的說法：都沒有用的，因為眼睛會洩漏年齡，無法整形！我想還有聲音，聲音裡飽含時間的殘留物，像海浪退去後留在沙灘上的貝殼、碎礫，亦是不能整形的。

有一位紙業公司的副總，每次見面耐心地給我上財經課、建議我找什麼書參考，我很快地惡補、熟悉了所有相關術語，才能聽懂別人說的話。有一位水泥公司副總，每個月水泥業各公司發貨量報表一出來，首先傳真給我，我的新聞刊登出來時，他報記者都才剛收到工會的公告而已。發貨量是水泥業的景氣指標，我到同業工會找來歷年各月分發貨量資料，做成趨勢圖、比較圖表，就把產業新聞當圖象詩寫好了，有時則找些人物，當小說寫吧。隨著水泥業景氣的狂飆，我居然成為組裡的傑出記者，每個月拿獎金。像我這樣一個數字感奇糟、絕對不要問我身上任何東西多少錢買——從來記不住價格的人，竟然會是傑出財經記者，真是我人生的光榮時刻啊！在我的好朋友們大牙還沒笑掉之前，還真的有人來挖角了。

那時報禁解除不久，報社普遍人才荒吧，同時有三家報社向我招手，其中之一是阿仁幫我推薦的。找我去，不怕我搶他飯碗嗎？阿仁笑著重申一次他對我的「出路」的忠告。我跟他的上司談過，一切都說好了，結果沒去成。因為媽媽。

媽媽那時已經是癌末了。她洗完頭髮，我幫她上捲子，摸到她的頭皮底下有地方軟軟的，緊張得不敢問，我們總不談病。我那時幾家公司早已跑得爛熟，有什麼事情，他們會主動通知。我每天睡到自然醒，不像同事們要早起看盤。做早餐跟媽媽一起吃，我做的法國吐司不是吹牛的，媽媽不會弄這些西式的東西。中午以前進報社寫稿；下午選一家公司走一趟，甚至有時哪也不想去，兩三點鐘就回家了。母親在樓下，我在樓上彈唱，或者敲揚琴。我自學的揚琴，已能敲〈天山之春〉、〈春到沂河〉這樣的曲子。書桌上，有時媽媽剪枝茶花給我插著。那是我倆一段親密的時光，雖然大半時間並不太對話。

我好像處在一種近乎極樂世界的狀態裡。常看到一些小故事描述天堂的樣貌，說在那裡每個人靜靜的看書。那的確是天堂，但有點無聊；怕讀書的人嚇得說：還是不要上天堂吧！我的天堂，早晚讀喜歡的書，下午要彈琴唱歌的。許多作家描述對音樂的癡狂，都只在聆聽，但人體就是一個最好的樂器啊。太多人寫美食、看畫、聽音樂的美感經驗；而歌唱，聲氣從腹部悠悠通過咽喉、脣齒，把具象的歌詞、抽象的旋律拋吐出來，聽覺器官同時承接住這歌聲，不更是一個完滿自足的美感創造！

那真是一段奇異的時光，我在舉國瘋狂、股市長紅的年代，近距離從事報導工作，心靈卻是徹底的與世隔絕。一邊陪伴生病的媽媽，一邊整個人放空了，暫不考慮未來，完全沒有工作壓力、成就壓力，一旦換工作，這個狀態就結束了。我跟媽媽說了，大報大概操得比較凶吧，以後沒有這種好日子了，最主要日報是晚上進報社，白天跑新聞，以後要很晚才能回家哦！我忘不了媽媽失落的眼神。那完全不是她，她是極好強的女性，我大學成績不錯，但對自己的未來徬徨猶疑不想考研究所，她曾失望得不得了，她希望我當教授。她不是那種要小孩陪在身邊的人。

那時候的她，真的不像她。在我書桌上插瓶花？她從來不做這種文謅謅的事，在以往，大概連聽到都會啐一口：「肉麻！」也許，她已經預感自己的時候到了。我們又親密，又遙遠，一個在樓上彈琴唱歌，一個在樓下翻報紙讀小說；彷彿我是退休的人，而她倒比較像醞釀著要寫作的樣子。

我已經預演了自己的退休生活吧？那些午後，我玩吉他玩得指尖長了繭，聲音在最好的狀態。可那聲音是一去不復返了。

一個春雷大作的午後，母親突然休克倒在路上，送到醫院時已經不治。我想不起媽媽最後對我說過什麼話，我們總只是靜靜的相處啊！我像小時候在夜市裡迷路找不到媽媽那樣大哭。

一心一意彈琴唱歌的午後生活就這樣結束了。母親過世不到一個月，便有報社的文化中心來找我。那位留著兩撇短髭的主任跟我面談時，手上拿著一份過期的流行雜誌，原來是一位老同事向他推薦了我。我畢業後為那份雜誌工作了一年多，每天早出晚歸，是真的「上山」、「下海」採訪，月月熬夜寫稿、校對，那可能是我工作至今吃最多苦頭的一年，嚴重睡眠不足，也面對最多不可預期的狀況。比如在人馬雜遝的屏鵝公路上，猶豫自己要不要坐上飆車少年的摩托車？比如在超輕航機上，親手握住駕駛放開手丟給我的操縱桿，呼嘯掠過腳下的大地、河川。比如面對一位帥得不得了的建築師，考我某某他佩服的名女人，「妳知道她嗎？」我尷尬地搖搖頭，「妳完蛋了！」他目光犀利地盯著我說。我痛苦得要窒息，到現在想起還難受，即使後來那「名女人」的名聲並不光彩、實在不怎麼值得佩服，我想起當時的難堪還是笑不出來。又比如我採訪過一個作風特異的設計師，他住在交通不便的山上，經營公司只用電話遙控；在家，他喜歡裸體。我奉命約訪他，掛上電話前，忍不住問了一句：「可是……我去的時候，你會穿衣服吧？」話筒裡傳來獅子般的狂笑。那位留著兩撇短髭的主任，手裡拿的正是那一期的雜誌。

我如願進入那家報社跑音樂，不知道自己即將捲入生命裡一段痛楚的風暴。風雨來臨之前，我每天為那架五橋半大揚琴一弦一軸細細調音。敲琴時，手腕要鬆，兩手力度要平衡，輪竹才輪得均勻……不久，這些全都失衡、走音了。情感世界像有人把我的琴軸亂撥亂轉一通。自己想做什麼，更不知道了。好像忽然失了聲，也無法唱歌了。

一年後，我終於打起精神，到美國去。臨行前，我一一到那些久違的公司告別，謝謝他們的寬容。尤其那位紙業公司的副總，我對他深深一鞠躬，感謝他如師如父的教導。還有那位水泥公司發言人，臨別那天我對他說了很多話，說自己這一年來的近況，過去總是我聽他說。我們握手道別時，他說：「妳比較不像小孩子了。」

唉，聲音也是會老的。

●————○　筆記／凌性傑

有什麼聲音可以跨越認知，直探內心最深處？若人體是最好的樂器，人又怎樣意識到自己的成長、老去？宇文正的散文書寫，記下許多喜歡過的事物，讓它們成為生命的備忘錄。她從午後彈琴唱歌起筆，整理二十多年前的某種生活狀態。那時她還是個初出江湖的女孩，在職場中賣力打拚。什麼都不懂的年輕女孩，卻處處巧遇貴人。女孩的人生經歷一段奇異時光，「不考慮未來，完全沒有成就工作壓力、壓力出路」，只安心地讀書、唱歌、玩樂器。她與癌末的母親相伴，卻總不談及病情。宇文正將這段日子寫得雲淡風輕，「近乎極樂的狀態」中潛藏著痛楚的風暴。她沒有細說為何一切失衡走音，只是「好像忽然失了聲，也無法唱歌了」。赴美讀書前，她向昔日夥伴道別，對方說：「妳比較不像小孩子了。」聲音老了，原來就是如此。

培瑞克（Georges Perec）說：「在兩千名作家用盡各種方法向你描繪了『夜晚的美妙』之後，你要怎樣再說一遍？」〈聲音也會老的〉處理的正是超過兩千名作家寫過的「時光命題」，然而宇文正用自己的聲線投影出時間。她藉由文字，跟往事重逢，召喚出未曾老去的那種聲音。

宇文正（1964年）　本名鄭瑜雯，東海大學中文系畢業，美國南加大東亞語言與文化研究所碩士，現任《聯合報》副刊組主任。擅長慧黠的輕柔筆調，書寫出自家人的生活百態、與朋友交遊往來，以及一段段記憶中的美好時光。著有散文集《這是誰家的孩子》（經典傳訊，2002）、《顛倒夢想》（九歌，2003）、《我將如何記憶你》（九歌，2008）、《丁香一樣的顏色》（聯合文學，2011）等多種。

木部十二劃

陳大為

這個字，老喜歡跟童年糾葛在一起。

木部，十二劃；這個「樹」曾是我最討厭的生字。每寫一次就怨一次吳剛：為什麼他的巨斧不砍掉這些惱人的笨筆劃？不然還能怨誰呢？我的見聞還那麼瘦小，會砍樹的只認識吳剛。要知道這雜草般的生字，可是小手最大的夢魘，它還害我被豬頭老師罰抄，整整兩百遍。沒錯，我是故意把它簡寫成「村」的，誰叫它這麼難寫！

老師好不容易找出原因——我總是把左邊的「木」寫得很大，占半格，而且枝幹粗壯，儼然是上了年紀的老喬木；其餘筆劃變得好幼小，像吋短的豆苗苟活在地表，後來乾脆拔掉。為了此「樹」，老師在作業簿上澆了半升口水，我同時聽到兩種躍然紙上的呼聲：喬木得意地冷笑，豆苗在溺斃邊緣求饒。占半格的問題，我足足反省了一支冰淇淋的時間。我一點都沒錯！樹是大木，所以「樹」字的「木」旁一定要夠大。奇怪，老師怎麼想不通這道理。

學無止境的生字對我而言，等於一棵特大號的喬木，我是那有待進補的白蟻，六肢虛軟，觸角迷茫。張開成長中的複眼，我跟豆苗一起蹲在地表，仰望喬木的身軀，沿著說不上尺寸的根莖，仰望仰望再仰望，直到瘦了眼睛疼了頸項。就這樣，我被生字一筆一筆地揠苗助長，長成書生的呆模樣。

我討厭「樹」，是因為我喜歡樹。

樹，在我的作文和散文裡出現了好幾百次，有時說好只是露露臉，後來卻成為喧賓奪主的熱意象；有時很聽話，乖乖地佯裝成某個故事的冷背景，靜靜杵在字裡行間。我小時候也常常杵在樹蔭底下，聽風如何剽竊鳥語、如何丈量歲月。樹蔭涼快了我半個童年，所以每篇作文都飄進幾片樹葉。

葉飄如蝶，忽有丈長的鬍鬚穿過記憶，逗醒我怔怔的冥想。不是哪位高齡的老者，是那幾棵很嚇人的百年老榕樹。在還沒有鉅細靡遺、大規模地回憶童年之前，老榕樹們確實把記憶吃去很大的一片，不管如何峰迴路轉，筆尖終究會扯上幾撮嚇人的老鬍鬚。

可是我萬萬想不到，連土地公公也不知是哪個閒人，在這塊空地植下十幾棵榕樹。只聽說後來要鋪馬路，不得不請吳剛來砍掉八字較輕的幾棵。外婆很沒有把握的接著說：在媽媽出生那年，還剩下十一棵，數十年來先後被雷劈掉長相猙獰的兩棵妖榕……。這番說詞像狐狸，躡手躡腳走過我的耳膜。外婆常常唬我，等我嚇青了臉再哄回去，用童話，或新奇的玩具。該不該相信狐狸的小腳印呢?可惜外婆陳述榕樹野史的表情，我早已忘記。

但我還記得在榕樹底下乘涼的每個午後。

樹蔭把感覺裁成壁壘分明的兩個世界。蔭影之外，是灼熱的炎陽在烘烤所有移動或靜止的事物，熨平了馬路，煎軟了石墩，更設法燙傷我用來描述景象的詞藻。各種可能的創意都中暑了，每位作家在仲夏流下一樣的汗，記述一樣的豔陽天，統治大地的盡是火部的惡字眼。還有微焦的風，吹來一股燜感覺。所以躲在密不透光的老榕樹下，是最廉價的避暑方法。

別忘記，這是九棵巨大榕樹拼湊起來的，超大號的蔭涼。其間雖有陽光礙眼的小縫隙，但不礙事。色澤昏暗的影子是一張幸福的地圖，幾乎全村的閒人、土狗和賤鳥都會到此避暑兼聊天，於是樹下匯聚了不同物種的語言。把天聊得最起勁的是閒人俱樂部，其成員不外乎：小頑童、長舌婦、老骨頭。長舌婦手裡端著頑童的午飯，嘴裡應答著老人家，匙也掏掏，舌也滔滔；如此三位一體，彼此咀嚼著彼此的午後心情。

榕樹林是村民的記憶網絡，要是它們有好奇的耳朵，那聽進去的閒話勢必塞滿年輪，連半圈也轉不動。我構想過一則童話：榕樹林是一群道地的說書人，在螢火的時辰，透過晚蟬這快板，述說白晝聽來的，增補修訂後的家常。榕樹甲低聲提起——我和小夥伴們偷了一罐雜貨店的蝦餅，在它那像腳趾的板根之間喫了半天，順便餵肥了饞嘴的胖麻雀；榕樹乙和榕樹丙唱起某對姦夫淫婦的反目大戲，相互指責，用難聽的語意、悅耳的方言；接著是榕樹丁的破產故事、榕樹戊的未婚生子⋯⋯。榕樹的年輪是一部人類讀不懂的話本，即使成為紙漿，還繼續聆聽書寫者的心聲，或傳遞發言者的訊息。說書，是它不想告人的宿命。

其中一棵老榕樹長了顆古怪的瘤，遠看似金魚浮凸的蠢眼睛，近看又像水牛飯後的副產品。總之刺眼，後來它半推半就地擔任起我們的箭靶，所有自製的武器都往它身上招呼，像動了再動的超級手術。有一回我突發奇想——要是一手抓住根鬚，一手握著利器，學羅賓漢兼泰山，從這棵榕樹的外圍盪進來，一槍往靶心刺去！越想，越刺激。那是一個紀念屈原投江的中午，吃過阿倫他祖母裹的粽子，我們聚集在靶前作初步的沙盤推演。沒騙你，我隱約聽到瘤靶子顫抖的怪聲音，嘎啦嘎啦的，原來它也怕死。大夥眉飛色舞的比擬著刺靶大計，然後搬運高凳、物色韌鬚，再漆紅了靶心、並墊護可能撞擊和墜落的地方⋯⋯。忙了一個小時，只等主角上場。

眼看餿主意逐步成形，我偷偷預想泰山和羅賓漢的威風。十歲的我爬上三呎方桌上的兩呎高凳，左手緊緊抓住榕樹的長鬚，任它喊疼、罵笨，反正我這回英雄是做定了。居高臨下，我總算清楚看到夥伴們崇拜不已的目光，那種瞳彩，唉，那種如同在等待神話英雄的瞳彩，真教人心醉，即使槍毀人亡也在所不惜啊——

眾望所歸的我，遂盪出歷史性的孤度。

時間在雙腳騰空之際停頓了一陣子，再緩緩滑動。跟電影裡靜止的畫面很相似，每一張崇拜的嘴巴呆住，加油的聲波形成氣狀的漣漪，一環一環地朝我叩拜過來。差點忘記應有的動作——拔槍，瞄準，刺殺。整個過程大約四秒：欣賞一秒的風景、一秒的表情，再愕去一秒，到了拔槍的第四秒，瘤靶子已近在眼前了。不過我還是不負眾望，連人帶槍一併擊中目標，同時被目標擊中。原來瘤靶子是一顆重量級的拳頭。如果不是早有防備，我肯定槍毀人亡了，不止是左腳挫傷而已。這件事成了歷久彌新的飯後笑話。

不過我那群有良心的夥伴可不這麼認為，他們覺得這是件很壯烈的事蹟，作文最高分的胖子當仁不讓地挺身而出，他說要發揮過人的修辭能力，用國中生才懂的文言文，寫一篇非常厲害的碑文來記載此事。結果他真的寫了，用刀，在樹瘤左邊刻字——「辛亥年端午，不世英雄〇〇〇，在此一擊」。當時他還很得意的解說了一番：辛亥年，是孫中山革命成功的年份，是一個威風的年份，用在這裡更能說明擊樹一事的偉大。五天之後，我們才知道天干地支的正確用法。不管怎樣，「辛亥」一詞雖然會誤導後人對此事的考據（萬一我成為偉人的話），但從中卻可看出胖子等人對我那份至高無上的崇敬。「他裹著石膏的殘軀，在樹蔭底下顯得十分悲壯，有一股風蕭蕭兮易水寒的感覺；我的整顆眼珠子，好像漂浮在淚湖上面。」若干年後，我在胖子發表在副刊上的一篇散文，讀到當時的自己。他沒有忘記那件事，只是把「英雄擊樹」改成「英雄撞樹」。

那天下午我很氣憤地捲起報紙，守在榕樹林的前端，等胖子回來。胖子到高三那年已經瘦了，但回家的路必得穿過事發地點。鐵青著臉，心中盤算久久的咒語，像一柄隨時出鞘的快刀，我一腳踏在榕樹浮起的青筋上面。「我昨天遭遇綠林大盜，他手操三呎番刀，一腳踏在寫著『納命來』的石墩上；風虎虎吹過，氣氛非常武俠……。我清楚感受到一千顆冷汗撐開毛孔，大規模地逃亡。」兩個月後，胖子又發表了以上的描述，還敢寄一份剪報給我！

除了胖子的散文，我多次在鄰居孩子的作文裡讀到榕樹林；從國小到高中，我陸續讀到一代代的孩子王，在統治、在發展一篇篇榕樹林的傳奇故事。相同的榕樹，不同的演出；從午後的頑皮遊戲、傍晚的長舌聚落、到子夜的靈異傳說。榕樹睜開懶洋洋的眼睛，又軟軟閉起。是的，千百種故事在樹蔭下演出，卻怎麼也跳不出這張涼爽的地圖。聽說某位新來的國小老師，對眾學子的作文發了一番牢騷，說什麼一天到晚都是樹，榕來松去的，未免太煩人了。樹，似乎成了老師們的夢魘。

想想也對。除了樹，難道我們沒有更值得記錄的事物？除了樹，童年就舉不出更盡興的玩具？難道，除了這片老得快成精的榕樹林，以及附近幾棵落單的松樹、兩叢觀音竹，作文就找不到其他更好的故事背景？

於是我把回憶逐格倒帶回來，然後假想——如果沒有榕樹林，我們這群不學無術的村民，會以什麼樣的形態來消磨時間？最先想到水部五劃的「河」。易寫，又好記的「河」，偏偏水濁不見魚，流勢又急如催命，當然不是一條人緣很好的流域。河的兩岸是讓頑童著迷的鵝卵石灘，但石太滑且多陷阱，每隔幾年就有孩子成為水鬼的收藏品；洗衣也不行，太濁的水質有股越洗越髒的土味；至於那群終日閒閒的老骨頭，即使再怎麼窮極無聊，也絕不肯跋涉兩哩到此釣魚。在河邊，我們的童年找不到聚集的理由，孩子的作文都不喜歡凶險的水聲。

太遠，太濁，太滑，太急。筆劃很少的「河」，絕對是一個被排除的地理。

山部五劃的「岩」呢？村口有數十塊由山壁崩落的花崗岩，大者如丘，小者如球。想想也不妥當。難不成叫老態龍鍾的長輩來攀岩？更難說服長舌婦頂著火部的字眼，跑到岩縫間話家常。要是任由孩子從岩頂野到岩底，在山部裡書寫一節陡峭的生命，那我們的童年足以成就一部琳瑯滿目的傷殘紀錄。我真不敢想像——萬一胖子失足夾進石縫裡的窘態，他可能在散文裡這麼自述：「在巨人齒縫間，我是那半條賴死不走的韭菜，塞得滿滿的，休想三兩下把我剔出來。除非你找來盤古，將齒縫闢寬……。」這必定是一個成天瘀血的童年。易寫，但凶險的「岩」，並非一個滋長得出生活情趣的好地點。

排除了五劃的岩堆與河水，只剩下田了。田部零劃，太單調的阡陌，只能吸引青蛙到此玩耍。

我不知道筆劃是否跟生活內容保持某種神祕的正比例。但那些筆劃太少的山水，確實無法架構起童年既豐饒又雜亂的記憶。唯有木部十二劃的「樹」，才能讓我從容地攤開、晾起微潮的歲月。榕樹之外，我們的村子還有幾十棵散布各處的喬木，知名或不知名的，像一個巨大厚實的胎盤，呵護著頑童的世界。我忍不住要下定論：火部的存在，是為了突顯木部的涼快價值；樹所以存在，為的是替童年添幾分神采、替作文布置最立體的舞台。

於是我寫了一篇叫〈木部十二劃〉的散文，用這兩句話來結尾：「我喜歡樹，因為它可以簡寫成內涵豐富的村。」

●———○ **筆記／凌性傑**

在浩瀚字海中，有沒有一個字可以繫住身世，概括所有童年往事？有沒有一個字，可以成為靈魂的信靠、生命的依託？

陳大為的散文書寫，有時氣勢磅礴，藉由大歷史引發喟歎。有時則是細緻綿長，從小地方發現閃耀的靈光。〈木部十二劃〉設計精巧，題目與內文深相扣連，將情感與回憶安放在最適切的文字裡。此文從文學獎競賽中脫穎而出，自是理所當然。一開頭，陳大為刻意製造懸宕，讓「這個字」與童年糾纏。他為童年生活找到一個關鍵字，在文字符號中鋪寫生命的意義。我們不免疑問，他生命最原始的符碼，究竟藏在哪個方塊字中？他說少年習字，字體結構失衡，討厭寫「樹」字，正是因為自己愛樹。往復辯證，正言若反，文章也就拓深了意蘊。以木部為主軸，敘寫童年的老樹，且擴及枝葉根荄種種意象，於是兒時回憶也就蔚然深秀了。以樹為中心，陳大為賦予詩意狂放的想像，建構一個男孩的英雄神話。然後，英雄想像成為一則笑話。

陳大為在此揭示的，除了是渺遠的童年時光，更有一份關於寫作章法的心訣。他選擇材料，設定背景，在敘述腔調裡重現身世，獨有一種自信與驕傲。木部十二劃的這個「樹」字，減省筆劃之後竟然成為極具意義的「村」。在字形上故布疑陣，層層逼近核心，這也該算是一門神奇武功了吧。

陳大為（1969年）馬來西亞霹靂州怡保市人，祖籍廣西桂林，與妻子鍾怡雯同為馬華文學作家。師大國文所博士，現任台北大學中文系教授。創作體裁包括新詩、散文、文學評論。詩風追求磅礴的敘事境界及技巧，近期則以隨機的敘事風格呈現。著有散文集《流動的身世》（九歌，1999）、《句號後面》（麥田，2004）、《火鳳燎原的午後》（九歌，2007）、《木部十二劃》（九歌，2011）。

初經・人事

湯舒雯

母親一喚，我就極迅速地清醒了。因為太輕易地拋棄夢境，反而像從未進入。長成以後，每一個這樣的午後，似乎再怎麼也無法揮去空氣中絲絲縷縷飄散著的草藥氣味；我總覺那是意欲召喚著什麼的甦醒，像一個古老而無害的咒詛，唯有母者曉得。廚房內母親又喚。我試著移動自己蜷曲於床榻一側的身形；果然每逢經期，我的睡眠姿勢就必定會僵硬無比，壓抑著令四肢都要痠麻。於是一個咬牙猛然坐起身，我腹內似鉛塊順勢緩緩一沉，胯下就汩汩滑過一股熱流。

而我彷彿仍能聽見母親的叫喚。

那些個汗糊了的夏日午後，我是紮著兩條長辮的好動女孩。書念得不含糊，只是一顆頭顱大的躲避球玩得比誰都帶勁、踢起巴掌大的毽子也要虎虎生風。還是男孩女孩界線模糊的年紀，年幼的我單憑直覺拋下手中的紙娃娃，跳進泥巴坑裡玩得一身狼狽。那時，同齡女孩們總聚成三五人在長廊盡處的陰涼廁所內竊竊私語。低矮腐朽的門板阻絕不了繪聲繪影的是非，我幾次踞在坑上恰巧聽了個十足津津有味。之後陽光下再和她們照面倒也從沒想過看輕或嫌棄；只是不知怎麼地就開始總帶著些許小心翼翼。依然精力充沛，隨著一票男孩們四處撒野，因著一身玩鬧的本事，竟不曾被任意捨下。母親笑罵著打理我一身髒汙：「像極了沒娘的孩子。」我沒敢告訴母親，上回巷口的劉大嬸也是這麼說的。

應著叫喚，我走進飯廳。

遠遠，還能嗅得一絲若有若無的甘味，接過母親手上端著的九分滿紅糖老薑湯，才端到跟前輕輕一吸氣，就嗆了鼻。「要一滴不剩。」母親轉身又隱入廚房不時乒乒乓乓。無論是平日的調經或現下的止疼，都是早已過了暗暗傾倒藥湯的年紀；不為自己的身體，而是那樣一個總忙碌著的背影。我熟練地咕嚕咕嚕灌下藥汁；就在我的領土之上，像是領著它們去打一場仗。下意識的又摳弄起臉上的痘子，腹部仍是隱隱痠疼；想起自己曾經那樣排斥這一切昭然若揭的象徵意義，如今面對著安分的自己，真不知是哪一個該先臉紅起來。

褲底，一片紅。

我坐在馬桶，每一個小學生都穿著的短運動褲被褪至足踝。是怎麼樣的一種紅色？多年後，我一直很想回到那個記憶中似乎是星期三的恍惚下午，記錄那此後即自顧自不斷在青澀女體內來回拍打漲落的潮水，究竟其最初的樣貌。會是玫瑰的紅豔嗎？那畢竟是還不懂玫瑰也不懂腥血的年紀啊。老師們帶開緊閉門窗外探頭探腦曖昧怪叫著的男生，教室一下就偌大了起來。護士阿姨拿出好多圖片道具，女孩們此起彼落一片驚呼。我轉頭望向教室最後二、三排，班上幾個較高豐腴的女孩聚成一圈，人人臉上故作無事狀，卻又攀著護士阿姨的話尾低聲交談著，不時傳出一陣吃吃竊笑。多好啊。我羨豔著調回視線。他們總有祕密可說。不知不覺原先僅僅二、三人的小組織漸具規模；體育課時總有人在樹蔭下蒼白著臉聊天，數學課就拿出小鏡子偷偷擠壓臉上的粉刺與痘子。我像身處一個龐大的隊伍之中，行列皆是女孩踢著正步；我不斷被推促著前進，花了好久時間才適應束縛住甫隆起胸部的內衣。早上還肆無忌憚地遊戲追逐，放學途中只覺腿間汗溼一片，回家就見了血。記得我坐在冰涼的馬桶上，兩條小腿邋啊邋的，想起班上男生習於作弄取笑女孩的嘴臉；以前總覺自己是局外人，現在一下子都浮到了眼前。母親不在家，我抽了大把大把衛生紙墊在底褲上，穿起，心裡卻漸生一份篤定。客廳裡電視聲音嘈雜，至今我依然記得那天的頭條新聞，友邦南非與我方斷交。記者說：「很遺憾……」我眼眶就莫名痠澀，像是自己也和誰斷了交情。然後就聽見母親轉動門把的聲音。

然後就聽見門把轉動的聲音。

廚房裡，母親探頭出來說，開門去，應該是你爸爸回來了。父親提著大包小包油紙袋進門，伸手就說，你的份，收著。省著點用。從父親手中接過小油紙袋，裡面果然是我慣用的品牌。我的生理用品從來就用得凶，母親告誡多次換得快不代表乾淨得多，我卻積習難改，覺得至少心裡乾淨安心得多。於是記憶中自有需要以來，每逢週期父親便不須提醒地會進入明亮的超商，也許像一匹識途老馬，駐足於滿架的女性用品前，無視身後婦女來來去去。我從未懷疑父親該是如何神情嚴峻地一一選購、採買妻小的生理用品，那畢竟是他習慣的方式；用體諒去對待變異，用沉默去掩藏溫情。母親後來曾笑說我初時經期不準，使喚著父親補給生理用品的姿態那樣理所當然：「……像要買的東西不是衛生棉似的。」母親不斷強調我當時的心無芥蒂，注視著我的眼底仍隱約透著驚奇。

然而，也許是真有芥蒂的。母親。

午後，體育課。操場上同學們的喧鬧聲忽近忽遠；空盪盪的幽暗教室內，我趴在冰涼的課桌上託病假寐。下腹部陡地又一陣痙攣，我難掩驚怒，恍惚中竟聽見身後母親與老師正談論起我的生理。母親說欸欸真不好意思給老師添了不少麻煩這孩子才來不久不太習慣，老師就說應該的應該的快別客氣還請放心女孩子嘛我一定會幫您多留意。腹部悶痛更劇，我趴坐著直不起身，掌心掩覆住臉頰熱燙一片，只覺羞憤欲死，幾乎要恨起來。怎麼也難以相信母親這麼輕易就毀棄了我的祕密。幾個月以來，我一直是那樣苦心經營；身邊的女孩們一個個懂事了，朋友們閒聊間也會談起各自的身體狀況，我卻總故作無知；每每小心將衛生用品一包包塞進書包夾層，在取出時還要四顧無人。一方面暗暗苦惱著胸前漸趨明顯的小丘，一方面如履薄冰，防堵著一絲一毫可能洩漏的經血腥甜味。我試圖說服所有人，包括自己；想著如果一直只是個女孩，或許就可以不必負擔。現在回想起來，我的確執意避諱好長一段時間；面對體內那沉默而堅定更迭推移著的神祕力量，日復一日，我竟只想著要背離。那天傍晚回家，書包還沒卸下，就等不及對母親恨聲傾倒出我醞釀了一整天的羞恥憤怒。印象中母親真一臉茫然，怕是自始至終不了解我的怒氣所由何來；我想大概，就像現在我，若要面對當時盛怒的自己，也會有的相同反應啊。

而每一次，我卻都不知該怎麼反應。

母親收走桌上的空碗，紅糖薑湯仍辣著我的喉間，就聽見她一貫的切切叮囑：「……別再吃冰。妳啊，要多愛自己一些。」我點點頭，依舊沉默。漸漸年長，每每經期不順又排拒中藥的苦澀，考前熬夜就讓父母指責爬滿額前的痘子。他們這麼歎息著，你為什麼不能多愛自己一些。而我的回應始終笨拙。記得一個夢，在某個溽熱的夏日。夢中的自己甫從另一個夢中醒來，腿間溼淋淋，於是那個夢中的自己平靜地接受了自己的夢遺。然後是這個我突然從夢中警醒過來，也感覺腿間一片溼淋淋，短暫的恍神過後卻倏然大驚失色，急急忙忙下床剝了床單，就手忙腳亂地連連低咒著奔進浴室。早該想到的，是月經啊。卻不知怎地之後每當我想起這事，都會有一股很荒謬的笑意梗在喉頭，直要嗆出淚來。

女孩或是女人，從來就沒得選擇。

只是偶爾也會懷疑，為什麼領悟，非得是接近結尾的事。國小畢業後進入的是女校，才知道一直以來感覺受苦的，也不只自己一人。看見女孩們會彼此交換著調養身體的祕方，也才了解身為女孩，自己總得先疼惜自己。老師說，妳們是身體一生的病人，也要是身體一生的主人。我們於是明白自己好脆弱，也好強壯。我們背負著使命，使我們青春正盛的同時，也就要學習成熟。我們不得不受折磨，因為我們的身體終會是一座殿堂，總有一天將任宇宙成形運轉其中，用血肉呵護著血肉；多幸運我是女人，多偉大我是女人。那天轉著電視，看見廣告裡，女孩們踢踢踏踏地跳著輕快的舞步。身體聽你的，世界也會聽你的；身體聽你的，世界也會聽你的。我心底跟著默念默念，突然就福至心靈熱淚盈眶，幾乎要跟著手舞足蹈起來。

而我，也將永遠不忘那個恍惚的午後，我乍由女孩而女人，母親在門外轉動門把的聲音。她推門進屋時，我難免無助彆扭而羞澀。我壓緊下腹部，囁嚅道，媽媽，我想我、我的那個來了。只見母親微微一愣，哈哈笑開了就說，女兒，真巧啊，媽媽我，今天也來。

●————○ **筆記／楊佳嫻**

法國女性主義者西蘇（Hélène Cixous）〈美杜莎的笑聲〉，提倡女人書寫自己，尤其是關於身體的經驗，那些不願被封閉、被理論化的，渴望逃逸的身體感受。那麼，關於月經呢？這種時常造成不適的女性生理現象，一方面證明身體尚未老去，仍有生殖功能，另一方面，又被視為汙穢的象徵，有些民俗裡，來潮的女性不應當進入寺廟。而最切身的，恐怕就是那種彷彿被捆綁、被干預的痛楚了，如同湯舒雯這篇〈初經．人事〉寫的：「腹內似鉛塊順勢緩緩一沉，胯下就汩汩滑過一股熱流。」在與此悶痛共處的幾日，無法探觸到的深處，強烈的女性在作用著。

寫月經，寫成長，而又不僅僅是這些。母親和父親對此的反應是什麼？本以為應當是祕密，母親卻無忌憚地和學校老師談起，本以為是完全屬於女性，父親卻多年以來練就了分辨衛生棉品牌樣式、替妻女採買的本領。經血的氣味，難言的羞恥，當年朱天心小說裡還寫說怕被一塊兒玩的男孩認出，都要站在下風處呢，比朱天心小了將近三十歲的湯舒雯，仍得練習克服這改變。

湯舒雯此篇一鳴驚人之作，出現得比許多人都早，是在濛昧與早熟並存的高中時代。而且，幾年下來，這篇文章並未因為讀者和作者都長大了，就看來生澀、落漆。她將要完成她的碩士學業，我們萬分期待她的第一部散文集。

湯舒雯（1986年）　台灣台北人。台大政治學系畢業，目前就讀政治大學台灣文學研究所碩士班，研究領域為當代台灣小說。曾獲全國學生文學獎、台北文學獎、新紀元全球華文青年文學獎等。她的散文牽繫著私有經驗與公共記憶、島國之眼與普世關懷，以疏朗的筆鋒傳達對人情的諒解，以透明的眼光昇華錯落的現實。〈初經．人事〉曾入選《九十一年散文選》（九歌，2003）。

二

情感

所有可以發生的關係

白色雨季

張維中

我終於知道，有一些感覺逝去了以後，是怎麼樣也追不回來了。

午後風起，我把這串白色的風鈴掛上了窗邊，倚在窗緣旁，抬頭靜靜看著因風擺動的薄薄銅片，拍擊起清脆的鈴聲。牢牢盯看著窗外的幾抹烏雲，緩緩染暈了天空。在天頂的邊緣，開始由遠而近的垂放下來一整片的雨幕，披放在遠方彎曲的淡水河上，籠罩住了自己，和眼前的這個城市。我推回窗子，雨打在窗戶玻璃上，不開窗，水卻也流溼了臉頰。

於是，我癱坐在對著窗口的椅子上，用著一派朦朧的視線，望向外面。白色風鈴失去了風的擁抱，再也雀躍不起。留下的餘音，迴旋在這格狹小的房間裡，卻變成了一道符咒，像海上奧狄賽聽見的魔音，要清洗我的意志，腐蝕我的回憶。

從前住的那棟公寓，因為老舊而拆去，我找遍了所有這個地方的房子，才終於決定了這棟樓層裡，這一個類似的房間。整個初夏，我就在淡水這個租來的公寓裡，在每個午後，做著同樣的事。把房間布置成一式一樣的擺飾，把日期停留在去年月曆的春夏交際，把牆壁漆上相同的乳白顏色，把風鈴掛起在每一個風來的梅雨午後，再把自己的頻道努力地調放回往昔的情緒。風帶來雲，雲帶來雨，而我以為這樣就能夠帶回過去任何一絲一毫的相同感覺，卻終於發現終究是怎麼樣也追回不來了。

時間開始流竄到每一個角落，到每一個孤獨的夜裡，占領自己。我不開燈，只有身前亮晃晃的電腦螢幕，用微弱的光無力地為黑色包裝的空間，開闢出一個出口，擷取感覺，輸出記憶。我這樣坐在桌前，敲打著鍵盤，直到自己開始恍惚了起來，直到自己發現在白色相接的按鍵縫隙中，居然浸溢出了一片紅色液體，我才清楚的看見自己在一旁放下的刀子，與它相相輝映。

此刻，我感覺到在與自己的身體中，緩緩流動脫離的部分裡，在一片濃稠惹紅的色澤上，彷彿照見了你。

照見你的，是一排排強亮的白色日光燈。雨不停的下，遠遠地晃動著燈光，你站在用燈管鋪成一片天的走廊上，穿著一件白色的襯衫，在黑夜反襯出的光芒下全然的放射自己。我撐著雨傘，迅然地從對街半跑半走的過來，沒有什麼理由，好像就是知道是你。你站在長春戲院旁的麥當勞大門旁，張望著週末夜半熙攘的人群，一直到你也看見了我，我才更加確定。你的手上拿著兩張票，微微的對我點了點頭，不說話，像是在等待著什麼。我笑了起來，兩隻手提到胸前，用手指頭在空中像是在快速敲打著一個透明的電腦鍵盤，那樣舞動著。你看見了才終於露出笑意，抽開陌生的距離。

「金馬影展？」我開口說話了。

你回答：「你果然不爽約。」

有一點像是答非所問，但我們明白，我們能夠自動地找尋到答案的交集。你和我名義上是來看電影，實際上更有興趣的是觀察一群群不同類型的人們，一古腦兒的像是開起同樂會來，在散場時開始認親。我們就像是其他人一樣，也各自遇到了一些朋友，聊起一些無關緊要的事。甚至巧合的，還遇上了幾個原來我們都各自認識的朋友，只是從來都不知道。朋友走了以後，還發現居然我們都相同地討厭著他們。「反正身旁真正的好朋友總是緣慳，偏偏繞在周圍久久不散的，都是一些做著表面功夫的人。」你淡淡的說。凌晨兩點半，我們從電影院裡走出。

「你，不會是說我吧？」我突然從你身旁跳了開來，開玩笑的問。你有點意外，然後笑著回答：「誰知道？」當然，你不會知道我是不是那一些你所謂失去誠意的人，因為，我們認識都還不到二十四個小時。就在今天以前，我們誰也不知道誰是誰；十個小時前，我們才互相知道了對方的名字；而兩個小時前，我們才看見了對方的臉。

前一夜，你在網路上的新聞討論群中，用了極短的字句公布了你的訊息。「明晚十二點半，長春戲院，多一張金馬影展的票。」我想大概現代人聽了太多的沒誠意的話，做了太多的沒有誠意的事，所以當有人真的正經地說一件事時，也都被視為虛情假意。我滑動著滑鼠游標，拉了好幾則新聞，並看見了許多的回信，卻竟然在每一封回覆組群的信函上，看見都是一大堆無聊、反諷的笑語。我也回了信，直接寄到了你的電子信箱裡，認真的告訴你，我會去。於是我去了，所以我知道你是明白著，在你這句「誰知道」背後的答案。雨停了，夜深的台北在雨後有一股冷寂荒涼的味道。我陪你走向你停靠機車的地方，一路走著，聊著剛才的電影，卻愈扯愈多到了意猶未盡的地步。「住哪？」最後你問。其實我們早就到了你停車的地方。

「士林。」我也問：「你呢？」

「淡水，在你隔壁。」你問我怎麼來的，我告訴你坐公車。然後你便堅持的要「順道」載我回去。「既然隔壁，當然順道。」你堅持著你的怪理論，要我上車。風跟著機車的速度，從身旁逆向奔過。我們就毫無拘謹的繼續著未完的話題，把聲音在疾風裡，盪成一片水塘中不盡的波動。

我在這一間淡水租來的小屋裡，像一個在洞穴裡等待有人回音的孤寂者。我沒有斷手斷腳，但是仍然足不出戶。周圍擺滿了足夠的食物與水，還有好幾箱的泡麵。

這讓我想起來，上一次我們去洛杉磯時，一起去電影院看的一部片子，*The English Patient*。幾個月後在台灣上映時翻譯成《英倫情人》，不過你堅持稱它為「英國病人」的電影（你說這樣比較接近創作者本質，才能彰顯藝術）。其中一個場景，就是描述著一個乘坐輕型飛機失事的女子，扭斷了骨頭，被情人拯救到沙漠裡的窟洞。女子孤獨地等待著男人尋找救兵，但卻因為戰亂多事，男人回來時，女人已死去。而我就如同在一個城市中，心靈沙漠的窟洞裡，與孤單共處。早上起來，為自己做一份你從前常為我做的蛋煎法國吐司，泡上一杯熱騰騰的咖啡（奶精要用日本鮮奶），然後開始審視一遍屋裡的一切擺設。你會知道都沒有改變。有的時候，我不得不嘲笑自己，那種感覺，讓我差點以為好像只是我先下課回到了家裡，就要等著你從藝術學院下課回來，然後商量著今天晚上要去吃蛤或是魚丸的樣子。中午以前，我打開手提電腦開始做一個勤奮的打字員，把我的思潮落實出來。小的時侯，常常看育幼院的阿姨過年過節時焚燒金紙，說是天上的菩薩和祖先能夠收到，保佑我們這樣的小孩子將來能好好長大。於是，我不知道現在要怎麼樣才能聯絡上你，就想到這種方法。打了字，列印出來，下午雨季過後就在陽台焚燒出去。有人說靈魂其實只是一種電波，那麼更好了。我想用電腦打字，也許你根本的就能在旁邊感應得到，知道我要說些什麼。或者，我再上電腦網路，用電傳遞到世界角落，你也能夠感受得到，是不是？

我們在 *The English Patient* 中討論了一些奇怪的話題。我知道自己，其實是不應該讓你去看這一部電影，就像我一直盡量避免著答應你去看一些悲傷的電影。你十分同情片中的男主角。因為嚴重灼傷而不能行動，成天躺在床上讓記憶折磨著自己。到片末，只能冀求護士一次注射下大量的嗎啡，幫助他死亡。

連自殺的權力都沒有。你說，也許有一天，你會趁著自己還有能力自殺的時候，結束生命。出生和生活的背景不是你能決定，至少死亡應該掌握在自己手上。我嚇了一跳，還好散場時片商好心的在片尾注明著「本故事是虛構的；情節人物全都是虛構的」，我才趕快告訴你，別再想這種事情，只是故事啊。誰知道，你仍舊承諾了對自己的約定。而我現在也正嘗試著你曾遭受的苦痛，用那片你曾丟棄的切梨的刀，往自己的手腕上劃去。一條線，崩開皮肉，撕開青春，像把歲月裂成一道紅色的鴻溝，在滾滾的紅海裡，淹沒我們不再想要的回憶。

那一年，我們剛剛住在一起的時候，自殺幾乎成為我們的口頭禪。在長春戲院看完那次金馬影展後的第三天，我第一次來到你的那間小房子時，驚訝的發現在你的書桌底下，居然堆放著一箱箱的泡麵。我笑著說你山窮水盡到這種程度，好像三餐都靠著泡麵過日子，並慎重其事的告訴你，不能這麼肆無忌憚的吃下去，早晚會吃出問題的。沒想到你回答我說：「那正好，就用吃泡麵來慢性自殺！」然後你在那一夜裡，特地多煮了一碗泡麵給我，要我嘗嘗看（你說一定要肉燥麵加蛋，然後放進微波爐裡轉四分鐘，才能成為獨家配方）。兩個人擠在一間小小的屋子裡，歲暮寒冬都在熱氣騰騰的泡麵與我們的談笑中，一掃而空。吃過了以後，我還一副興高采烈的告訴你；「自殺也能這麼可口，我要加入。」後來，我並沒有特別的去在意你說過的慢性自殺，反而每一次我到了你這裡，深夜時就會央求著煮上一碗獨家配方的泡麵。

我好恨自己沒有敏銳的心，只是貪圖著吃泡麵時那一股溫暖的氛圍（像我這樣在孤兒院裡長大、不知父母去向的孩子，和像你這樣，預知了生命終點的人；而湊巧又成為我們這樣的愛情孤獨者，將會多麼渴望任何一種團圓的感覺）。我不知道，原來你是認真的。就連後來好些次，我還常常像是笑話般的附和著你，關於一些生活中的抱怨，常常會說「死了算了」的話。我始終不明白，你為什麼總要在自殺的話題上徘徊，直到後來住在一起以後，才漸漸發現你的意識裡似乎就是潛在著這樣不滅的想法。

「搬過來住吧。」你說。我們認識的兩個月後，那一晚我們正吃著泡麵。我有點意外，卻故作正經的回答：「搬就搬啊，怕你啊？」我果真就退了在士林租的單人房，搬到了淡水，你的那間小房子。你偏愛白色系列的布置，從牆壁油漆，書桌書櫃，到床和床頭上的小擺飾，幾乎都是白色調的東西。你為了歡迎我，還特別準備了一樣禮物。「有一年去尼泊爾旅行時，在山腳下和一個當地老婆婆買的。」你告訴我。我很好奇的拆了開來，原來是一串好精緻、好有異國風味的白色風鈴。

「掛起來吧！」我說。「等雨季來的時候吧。」你說。那年去尼泊爾時，你正好遇上了長長的雨季。賣風鈴的老婆婆說，有一個奇怪的古老傳說，說是只要在雨季來臨時，將這種風鈴掛上窗櫺，就會有好運。因為風鈴的葉片上被書寫上了麻密的文字，是宗教上的祈福之辭，當風吹拂敲打在一起時的聲音，就代表念誦了一次祈福經文；再配合著生生不息的雨水聲，你的屋子和周圍就會充滿了祝福好運。我一直等著梅雨季節的來到，和你一起掛上風鈴，好讓這樣美好的祝福包圍住我們，但是當雨季來臨時，卻只剩下我一人，和這間你再也不會回來的白色屋子。空盪的白，用那樣的冷寂感染了一切，漂白整個雨季中的記憶。

直到我發現你的血液反應，我才知道你所有的憂鬱來源，都是出自於此。長期以來一切的絕望，造就成你有一種類似憂鬱症的慣性自殺傾向，你甚至不只一次試圖自殺過。我終於明白，你口中掛著的自殺不是玩笑。於是，我再也不准你吃泡麵，再也不跟你說一些關於自殺的話題，不聽悲傷的歌，不看悲傷的電影。

很多人都說，自殺是人生中最沒勇氣面對現實的人，然而，我發現，那其實才是要擁有最大勇氣的人，才能去面對這個決定，面對死亡的恐懼，並且克服死後未知茫然的虛無感。你身體愈來愈糟的最後幾個月，你的口中還是不斷地像開玩笑般的說，給你一把刀，自殺死了就好了。我緊張的把家裡所有的刀子，全都藏起來。你需要在床上休息的時間變得更多，我就挑了幾本書，讓你消磨時間。還記得最後，我們都一起迷上古詩人華茲渥斯（William Wordsworth）

的詩。你研究得比我更勤，然後你突然告訴了我，也許自殺，並沒有太大的恐懼。

當死亡被視為只是另一種歸宿的時侯，一切都不可怕了。你談起華茲渥斯的生死觀，正好符合了你的感觀。人在出生以前，早就在另一個非肉體的世界裡，由一個 Nature Mother 照顧著每一個人，而出生了以後就交由所謂的父母來教導。死亡，於是只不過是離開了人間的旅程，重新「回家」到生前那一個母親的懷抱，與久別的 Nature Mother 重逢。這樣溫馨的感覺，怎麼還會將死亡視為可怕的事呢？

「你看，那麼我比你還慘，我連出生以後的父母都沒見過。」我拿自己開玩笑，希望你能知道也是有人陪著你一起受苦，雖然我並不能真切的體會，病痛在肉體與心靈上帶來的苦痛。不讓你說關於自殺的事，你仍舊不停止這樣的想法，你說活得這麼苦，愛得這麼艱辛，早點離開這個世界，重新再來一次，也許來世就會好一些了。你反問我知不知道，為什麼勸人走向陽光的海明威或三毛，最後居然也選擇了自殺一途？我不想回答，我只是知道，一個人走了，苦痛的延續將不只是自殺的人需要承受，活著的人也許更將痛苦。「趕快拿出我的細胞吧，現在不是能複製人了嗎？再過二十多年，你又可以看見現在的我了。」你故意逗我開心。但是不一樣的，就算有一個外表一模一樣的你，一切仍舊是會不一樣的了。就像我把租來的房間，布置得與你過去的屋子維妙維肖，終究是不同的了。

我真的感覺有一些痛了。暗紅色圖騰乾涸在白色鍵盤與桌子上，像是一片通往著你的疆域的地圖。

我看著書桌上那一把刀，想起在你自殺的前一天晚上，我坐在床邊就是用這一把刀子，洗好了水果準備分梨。你看見了忽地阻止了我，微微的說：「不要切開，不要分梨。不要分梨。」不要分離、不要分離。霎時，我整個人就哭了起來，不能自已。第二天，我特地縮短了往返高雄的行程，坐飛機趕在一天之內完成兩天的事。但是回到屋子裡，卻看見牆上的白，已被動脈的血噴灑成一片的紅。你用我忘記帶走的刀，銳利地切開你和世界的相連。桌上的電腦開著，你留下了幾行字：「我很抱歉，最後還是提前走了。只是想趁著自己身體還沒潰爛，還有自殺的權力以前，不讓惡化的病情搶先一步。也讓你看見，還能完整的自己。」你要我好好的活下去，把你部分的骨灰裝在小盒子，跟著我一起去旅行，也許有一天，帶著你再看一次尼泊爾的雨季。而且，別忘了帶風鈴。一年以後，我回到淡水，希望在這樣一個租來的白色小屋裡，迎接雨季，迎接回憶。然後我領悟，有一些感覺逝去了以後，怎麼樣也追不回來了。

我昏昏沉沉的脫去上衣，用白色的衣服捆住我的手腕，血慢慢的染透衣裳，到最後不再擴散。我在 CD Player 中放上〈費城〉的主題曲，Maria Callas 的 *La Mamma Morta*，然後不自覺的在黑暗中的電腦螢幕前，緩緩睡去。

在好深、好深的夜裡，聽見看見，關於悲傷的話，悲傷的音樂，悲傷的電影。

關於一個怎麼樣也不能一起度過的，白色雨季。

●──○筆記／凌性傑

某些感覺逝去之後，我們如何察覺那些感覺的力量？在病與死的魅影下，我們如何更加認真地去愛？死亡是不是另一種歸宿？當所愛離開人世，人又該怎麼面對心中那巨大無比的空洞與悲哀？張維中的散文常夾帶小說章法，故事情節總是容易撩動心弦。〈白色雨季〉的文字陰鬱綿密，訴說生死永隔的大痛。文章中的「我」，不斷地回憶往事，向自殺的「你」喃喃地敘說。「我」所看到的世界，終究是孤獨而單一的。這樣的傾訴，多是自我告解，剖白心中諸多遺憾。

雨季為何是白色？掛在窗邊的一串風鈴又形成怎樣的暗示？《英倫情人》的情節究竟想要對照出什麼？真的只是故事而已嗎？如此完整地交代情節、描述人物，讓所有道具發揮該有的作用，〈白色雨季〉難道不是一篇虛構散文的極佳示範？鮮紅的血漬與白色的房間色調鮮明，想要忘卻忘不掉的悲傷也一樣醒目。悲傷的話語、音樂、電影，都成為追悼的憑藉。「租來的」白色小屋，或許意味著此身的有限，以及愛的縹緲倏忽不可久恃。

張維中（1976年）　台灣台北人。文化大學英國語文學碩士。二〇〇八年赴日本東京旅居，於日本早稻田大學進修後，進入Tokyo Design Academy專攻雜誌平面設計。寫小說也寫散文，文風帶有濃厚的都會感，飽滿而溫暖；流行元素在他的文章裡俯拾皆是，不流於浮泛或唱高調。散文集有《不是太堅強》（麥田，2006）、《東京上手辭典》（麥田，2010）等。

作別清水灣

楊佳嫻

拉開窗簾，海面反光籠罩了我。還不到刺眼的地步，可是那種溫暖好像立刻逼迫著我，要我閉上眼睛。再睜開來，海上遠遠近近的島嶼群變得清晰了，從海岸延伸出去的岬角，斷為小塊綠岩，一點一滴，突出於灰藍色波浪。

我知道那種溫暖中含有的逼迫是什麼。那是回憶不請自來，五年前夏天的清晨，我曾同樣迷眩於這片海面的反光。我知道這熟悉而陌生的灣口，看似平滑的風景中其實藏著刺逆的什麼，風推促著無數水鱗——

那就是時間的本身。

不斷重複，不斷消逝，知道再也把捉不住，可是還忍不住要去數水上的光輝。青春這樣的事情，只能兌換一次。

即使身處其地，在相仿的氣候中，也永不可能再有完整的戲碼，一個一個斷片，電光火石，可全是舊的。

剛剛過完二十九歲生日，我不應該上這裡來。我想起那時候你寫給我的生日卡片，簽名是極其慎重的，勾畫頗有法度。昨日在別人的書上看見你的簽名，像用了一支墨水告罄的筆，虛凌凌的，簡直是兩個人的字。看報紙上提醒回歸十週年即將到來，是的，初次我來香港找你的時候正是回歸即將五週年。歷史大事變成我們的刻度，好像小我的愛情也壯大了起來。你在機場接到我以後，第一個地點即是再往前推五年，回歸當天，你凝視維港空中煙花的停車場一角。

回歸十週年，我多麼想再聽聽你談些什麼——可是時間擺出拒絕的姿態，你遲疑地背對我。朋友總會寄來搶救皇后碼頭的《皇后戰訊》，從激昂到失望，畢竟是要人知道，「香港人不是予取予求的」，而下了飛機，通過長長的機場甬道，頭頂上懸掛著廣告旗幟，繽紛購物節慶賀回歸，莫文蔚濃妝歡樂，標題「購物就是一切」。

大學時代上文學史課，教授總在黑板上咻地拉一條粉筆線，畫上幾個節點，這是甲午戰爭，這是《臺灣青年》創刊，這是台灣話文論戰的開始，這是……節點與節點之間則是需要闡釋與說明的部分。假如從我們認識到現在，也畫出一條直線，可資紀念的事件們作為節點，中間的空白我卻無能替你闡釋。我能說的只有自己，雙人歷史中的單口相聲。又或者，我們之間根本不是直線，而是實線和虛線的交錯往返，如同手藝拙劣的織補學徒，在布料上縫出歪斜路徑。

愛情能不能自己獨立存在，不依憑大環境替它增值？為什麼不能只是單純的心靈震動，非要在這五年來，我為你寫的許多文章中，觸及彼此地方的文史？也許這在一開始就注定了，在我領你走椰林大道，說，這是台大的象徵，也是殖民地風味的遺留，你當時終於抬眼定定看我。近來我讀日人占領時期的四〇年代上海散文，那些因著各種原因而與汪精衛政府沾邊的文人，一開篇總要說「丁茲亂世……」彷彿是個人身影恰恰投射於大時代布幕上，遇上了，傀儡般身不由己，胡亂地做出動作，編織完他自己的故事。

但你我又何嘗甘願如此？在個人所及的小範圍內，總想試著違反潮流，往另一個方向走看看。那是，你曾在信中向我引用，實際上也已被大家引用無數的美國詩人弗洛斯特寫的，林中兩條道路，總要選擇。那時候哪裡能夠預見，考驗很快就來，而我們都選擇了人跡較多的那條道路。

在十幾歲的時候，總認為三十歲是不可思議的年紀，暗暗地以為，跨過了那個界線，就會變成不被原諒的成年人，或是失去青春神力的凡人。如今界線到了，什麼也沒有——跨過一個又一個的傷害，終究是平安長大，平安老去。大多數往事，都像是水壺底沉澱的礦物，使飲水變味，而不真的嚴重傷害健康。可是，總有那麼一兩個人，即使是中年以後，碰上了都還會激起劇烈反應，而反應為不見面，怕通音訊，無言以對。好像在鬧街上終於撥通了那人的電話，那邊是久久的岑寂，連人的呼吸也無，只有空氣咻咻穿過，想著那邊也必然聽到了這裡的喧鬧，試著喂了幾聲，毫無反應，知道又陷入幾年以來慣有的僵局，卻無能突破。膠著中終於還是掛了電話，捏得灼熱的手機，幾近倒背的幾組電話號碼，想起方才話機兩端冷與熱，無聲有聲之間，也許都還是寂寞。大街上推銷手工西裝的印度人，大眼中稠黑沒有表情，雨後尖沙咀斜坡路上不知道為什麼還好多溫涼的水滴。

和此回香港同行的師長們參觀中文大學「香港文學特藏」，解說員戴上手套，拉開手稿蒐藏屜最上頭一層，好熟悉，稿紙上活躍著的字，署名是辛其氏，標題大致是「我們到維園去」之類，我立即反應：「這是《紅格子酒鋪》中的一章！」解說員很高興：「這位台灣同學對香港文學很熟嘛。」我笑笑，亦給不出回應。到維園去！是不是那天你也曾這樣招呼我？牽手穿越的夏日，維園沒有我想像的大，可是也感到親切，美麗，因為你正帶我看那些對你、對你的香港，均意義重大的地點。我也曾夢想著有這樣機會，等你來台北，帶你去這裡，去那裡，我已經想好了，在曲折小巷中有我最喜歡的屋頂，老樹，圍牆與貓。

……從不曾來得及實現的那些。

到維園去的那天晚上，我們是從天后站搭地鐵回去。也許是靠近末班列車了，拱形月台上沒有太多人，空曠使我們更緊靠。上了車，白日嘈雜貼身的車廂內只剩下一股晚間餘風。半舊座椅與廂壁，瘀黑的地板，瘦身廣告，銀行招貼，跑馬燈宣揚一種腸胃成藥。在此傖俗背景中，我偏頭看你，濃眉安靜地臥著，微笑著的臉像船，在車行中蕩漾。我幾乎要暈眩了。

後來看到阿嬌還是阿 Sa 演的《下一站天后》，好喜歡這片名。我始終沒有去看電影，可是那名字像一個允諾，下一站天后，又來到故事地點，如幻如電，《大話西遊》至尊寶不斷重複的關鍵時光。

走在圓環路上，聽不見濤聲，可是我知道盡頭就是海。我還想憑弔些什麼？難道我不知道廣場旁的台灣相思樹依舊，水灣旁欄杆依舊，真正變化的就是我最在意的？我想看到的，再也看不到；我想溫習的，其實都剩下影子。總懷疑還有許許多多個我，還在你無座而低下身向我指點路邊風景的電車上層，還在進城小巴上彼此膝蓋輕觸，還在西貢海邊，唱台灣民謠給你聽，還在那些十指緊握，擁抱得喘不過氣，感覺肋骨繃緊的時間的流水中……

該是向清水灣告別的時候了嗎？

想起那許許多多滯留在時間岩層，徘徊於香港風中的，幽靈的自己。好像，還有一些不忍。

●————○ 筆記／凌性傑

如何面對時間流逝？如何面對愛情的殞落？如何用文字織就一張細密的網，才能捕捉那些可能消失的故事？如果無法清理愛過又傷過的心，未來將會是怎樣的形狀？愛戀的癡迷執著最是難寫，曲終人散的孤寂也不易描摹。面對不請自來的回憶，楊佳嫻以最虔摯的敬意作別清水灣，情致纏綿地向一段愛情說再見。

為了說再見，她必須細細回憶，凝眸於某些時光角落。楊佳嫻的詩與散文，常常叩問時光，有一種傷感優雅的姿態。書寫者的姿態，讓文章極富感染力。閱讀的時候知道，她走過的重要歷史地景，或許也暗喻了感情的紀事與編年。香港的「回歸」，更顯得寓意深遠了。文中的敘述者與傾訴對象感情究竟如何歸結，在在引人懸念。「歷史大事變成我們的刻度，好像小我的愛情也壯大了起來。」但我們不免心頭一驚，誰能永遠屬於誰？與其說時光逝水滔滔不返，不如說自身的存在與愛怨都在一點一滴消逝當中。未曾來得及實現的一切，終於讓敘述者覺得自己彷彿風中幽靈，在頻頻回頭的時刻感到有一些不忍。

楊佳嫻（1978年）　台灣高雄人。是詩人，也是散文家。現任教於清華大學、台灣大學。著有散文集《海風野火花》（印刻，2004）、《雲和》（木馬，2006）、《瑪德蓮》（聯合文學，2012）。以詩筆法發展出類似散文詩的書寫，富有典雅之美，卻又充滿網路世代特質；能鑄造嶄新創意，表現深刻情感和都市生活感，構築出強烈而獨特的寫作風格。

浮光

柯裕棻

圖書館的陽光看起來非常永恆，因為書冊都有頂天立地的脊樑，它們都在脊樑上寫了自己存在的理由，名正言順，儘管歲月滄桑，也不改其志。

少年男女大概受到這樣堅定安穩的盟誓感動，總喜歡在這裡談戀愛，任何年代都一樣。有時這些青春的卿卿我我和趴在桌上流口水睡著一樣忘我，那種旁若無人的自在與黏膩使人微微不安，倒也不是因為有礙公共觀瞻這樣堂皇的理由，而是因為眾人都知道，他們一旦清醒過來，看清自己的樣子，一定也是感到難為情的。

其實圖書館有陽光直曬進來的角落不多，因為書是曬不得的。那些靠近窗子邊緣的架上書僅僅是沾了一點陽光的邊，也都泛白了，像是一旦見了光就破了光陰封存的魔咒，就難擋歲月的洗刷。

靠窗的位置都是閱讀區，坐在閱讀區的女孩子也總是想辦法躲在陰影裡，躲太陽，也像是在躲光陰。

一個男孩子支頤斜倚在閱讀區的桌上，一小截陽光曬著背脊，奶油色的毛衣在陽光下看起來很暖。這是期末考週寒流來襲的冬日早晨，圖書館來來往往的都是面帶倦容的學生。他不斷打哈欠，眼神渙散看著攤開在桌上滿滿是數學公式的課本，像是看著一張無聊的廣告傳單。

他維持同樣的姿態許久，奶油色的毛衣像是要被陽光給曬融了。

後來，一個長髮女孩子走過來，男孩就忽然醒了，他把旁邊椅子上占位置用的背包拿開，讓女孩坐下。那是曬不到太陽的角落位置。

女孩很高興：「你怎麼知道要占這個位置？」

男孩說：「我當然知道。」

女孩坐下來，問說：「你考得好不好？」

男孩沒說話，只是聳聳肩。

女孩說：「怎麼辦，我考得好糟喔。」說罷，雙手擱在桌上，整個人趴著，面對男孩，臉上卻笑得很開心，一點也沒有考不好的模樣。男孩也順勢趴在桌上，面對她，笑得非常迷濛陶醉。

陽光一點一點退出男孩的背脊。光線中有微微的浮塵向上漂浮。兩人維持這樣微笑對望的姿勢不動，也不依偎在一起，僅僅是手在桌上互握著。

從那笑容渾然忘我的程度看來，他們一定考得，非・常・糟。

啊這堅定的時刻。儘管這不是地老天荒的時代，儘管情愛只是一種雲霧蒸騰的說法，信念也不長久。儘管。

●——○ 筆記／楊佳嫻

青春記憶，多半與校園有關。校園就是屬於現代花樣少年少女的大觀園，那裡有啟蒙，有逃逸，有心酸的浪漫，有翻牆失敗的擦傷。

柯裕棻〈浮光〉寫圖書館，也寫青春，也寫浪漫。不是直寫自己，也不是多年後惆悵的返視，可是那種對於青春的理解，畢竟是帶著年歲的了然。她的散文寫別人和寫自己一樣好，無論寫什麼，那視線是冷涼然而潤澤的，帶一點點分析，可是又充滿精準的細節，滋味十足，表現大於說明。

圖書館裡頂天立地的書冊脊樑，不容懷疑的書名就是存在的理由，這裡那麼靜好、恆常，無怪乎少年男女喜歡在這裡準備考試，並且談戀愛了。窗口曬進陽光，男孩奶油色的毛衣，他不在乎自己是不是被曬融了，倒是幫將要來會面的女孩占好了曬不到太陽的位置。女孩來了，從他們的對話和姿態，就知道他們一定考得非常糟糕，可是那奶油般融化的光裡，一切都是可原諒的。結尾說「儘管情愛只是一種雲霧蒸騰的說法」，信念雖不長久至少曾經堅定過，諸法畢現、信念陡生之時，癡迷的當下，浮光裡沒有什麼不是真的。

柯裕棻（1968年）　台灣台東縣人。美國威斯康辛大學麥迪遜分校大眾傳播藝術博士，現為政治大學新聞學系副教授，文化研究學會理事。她的散文時而流露奔放的情感，時而顯出淡漠的世故，或出之以精準的文化分析。紀大偉形容柯的文字「充滿黑色幽默，既軟又硬，既暖又冰」。散文集有《青春無法歸類》（大塊，2003）、《恍惚的慢板》（大塊，2004）、《甜美的剎那》（大塊，2007）、《浮生草》（印刻，2012）。

表情

高自芬

小鎮有一條結市而成的鐘表街，幾乎每家店的通道下都用黑色網架掛了一個個兩百九十元的時鐘。

蘋果綠、辣椒紅、橙黃、天空藍、暗茄、桃子粉……，不同顏色的框邊內，兩根指針一律定定地停在 10:10 ——就像所有廣告上的鐘和表，左短右長的V代表的是鐘表界約定俗成的象徵：光榮勝利、十全十美，而且，據說這是鐘面最好的一個表情。

但仔細一瞧，其中最靠邊那爿店家的鐘卻統統是左長右短的V—— 1:50，多年來照樣熱熱鬧鬧廁身其間，一動也不動。

每回經過那兒，我總不自覺地停下來看看這造反的V，一陣莞爾；屋內的胖老闆半睜睡眼，拿眼珠子跟我招攬不成，又勾著頭打瞌睡去了。

——在這兒，午後兩點正當好眠，10:10 或 1:50，誰在乎？

（世界上第一個水鐘現存開羅博物館，紀元前一四〇〇年左右製造。）
（中國最早的日晷十九世紀末和二十世紀初陸續在內蒙、洛陽等地被發現。）
（全球最大的沙漏坐落於日本的博物館，數百公斤沙子全部滴完剛好一年。）

而我的第一只表是「肉表」。

為了該選什麼顏色為手腕添妝，九歲的我頗躊躇了一會兒；終於，抬眼對一對壁上的大鐘，拿起帶點桃紅色的利百代原子筆，相準左手腕正中央圈個大圓，描好鐘面再勾上寬寬的表帶，躋身有表階級的我便神氣地出門了；但才走幾步，表就停了。正確的說應該是：為它標上時間那一剎那，它已經不跟我玩了。

為了追上不停流動的節律，每隔幾下我用力抹去指針又畫一張新面孔，終至手腕紅通通一片斑斕，回家被修理了一頓。

但，甩著兩條小辮子的我有的是時間。

景光的波濤如髮絲披瀉，奔向無窮無盡的白日夢。

換上別個顏色的筆，我仍偷偷地在手腕上塗抹擦拭，弄出一堆黑黑屑屑的「仙」，企圖追趕熱騰騰的每一秒；直到從母親那兒接收她的舊表，才算真正擁有生平第一個時計。

橢圓形的銀殼女用表是母親的結婚禮物，到我手上時已經坎坎坷坷帶一身傷，霧濛濛的表殼下彷彿可辨「SEIKO」幾個小字——這也是我認識的第一個日文「精工表」。戴上表，頓然自覺像個大人，有事沒事彎起臂膀瞄一下左腕，神氣極了！但原本蹦蹦跳跳的我被表帶一圈，彷彿中了緊箍咒的孫悟空，變得安靜守分，每晚臨睡前整理好書包總不忘從抽屜拿出來為它上發條。

母親說，上發條有訣竅：往前轉一圈，再往後迴半圈，如此反覆斟酌著轉直到發條完全上緊，就不會扯過頭而故障了。

我捻起食指和大拇指貼上表緣右側，稍稍用力，小珍珠似的轉軸靈巧地在指縫間來回溜轉，答答滑入時光寶庫，預存不限額的支出。夜裡偶爾翻身，闃寂中，一陣陣細微的滴答像均勻的鼻息從書桌內側傳出來，彷彿媽媽正陪在身旁，於是又安心地睡著了。

那時候，一節課可以像一輩子，而下課十分鐘就是天堂。時間之河化身一大條蜜汁水果蛋糕，鑲滿甜膩的氣息和味道。美好時刻是它切下來的一小片、一小片，而快樂時光就是一片一片之間的甜美接連。

不知不覺，手表的發條鬆了又轉、轉了又鬆，小辮子剪成清湯掛麵、留成中分長髮、燙得捲捲，蹬著厚底「矮子樂」奔赴週末約會、追趕迴盪校園的最後一記鐘聲……。

母親的表最終被我遺失了。

如果可能，讓時間變成一條無限延長的線吧。分分秒秒是它的點，那麼，即使一定長度的時間也可以無止盡地任意分割、裁切或合成了。

多年後，當我牽著三歲的小孩擠在娃娃堆裡，和其他家長一起溜轉著眼珠，引頸企盼百貨公司大門口的音樂鐘蹦出洋娃娃，並跟著忘情歡唱時，曾經因為育兒而壓縮變形的時間霎時找到出口似的，尾隨叮叮噹噹的音符釋放出來——刺鼻的尿片、腥臊的奶瓶、淒厲駭人的啼哭、夜裡不斷上升的高熱體溫……，這些、那些困頓的時刻，全化做眼前一個個小巧可愛的報時娃娃，正確地站好自己的鐘點，搖頭晃腦奏出「世界真奇妙」。

更奇妙的是，此刻每一位或摟或抱著自己寶貝蛋的爹娘看起來都那麼閃閃發光，像吸足了太陽的磷質夜光表一樣，起碼可以再撐上好些年。

K的婚禮如期在那一年良辰吉日舉行。

依據牆上那座底部畫著八卦、二十四小時分割成十二個時辰的「命理鐘」指示——卯時，繫著紅絲帶的禮車出發，午時，迎來新婦穿過掛著八仙彩的廊下，拜堂上香，敬告列祖列宗；但不知怎地，就在那一剎那，插滿香枝的爐子突然「發爐」，一吋吋騰高的焰火幾乎把整個神案燒起來，眾人慌亂下，一陣水柱噴灑總算沒事，但K那身行頭也泡湯了。

（他們說，時間是有個性的。丁卯、壬辰、戊子、甲寅，稍稍不合，便立刻翻臉。）

幾年後K決定到南洋經商，臨行送我一個當地搜集來的骨董懷表。起源於十五世紀歐洲黑暗時代結束、文藝復興來臨時期的懷表，二十世紀初是上流社會身分地位的象徵，如今，已成為人們蒐藏的目標。

壓下殼頂按鈕，白金表蓋輕巧地蹦開，透明水晶玻璃蓋下，羅馬數字花稍的字盤躍動一股懷舊的風味，指針和時間刻度沉穩而鮮明地在烏黑晶亮的表盤上演出時光。K這一去，多少帶點兒賭性和冒險；但，厚實一如他有力臂膀的時光籌碼，或許就是最大的賭本吧。

翻轉表殼，精細打造的圖案是一身馬術裝扮的騎師伏著駿馬，大跨了步子正要越過磚牆向前衝，幾株小花在一旁微微拂動——K跨得過這道障礙嗎？而不起眼的花兒的雕工在此時看來，反倒顯得楚楚可憐了。

但當我返家後，一瞧，懷表的指針早已停了。八點二十七分三十六秒。大約是和K分手那時候吧。

不久，輾轉傳來K生意失利、鬧婚變，終至落得一塌胡塗、妻離子散，而導火線據說和當地女子的感情糾纏有關。

我從抽屜取出那只懷表，摩挲良久——虎虎生風的競馬終究沒能成功地跨過那道迷障。

望著已然停格，面無表情的指針，心裡不覺低低念著：「八點二十七分三十六秒」、「8:27:36」、「8:27:36」……，噢！「爸二妻，慘嘍！」

（他們說，時間是有相貌的。桃花、將星、驛馬、孤神，有時是殺手，有時，它是媒人。）

至今，人們仍無法確知公雞為什麼天將明未明即啼。有的說牠是夜盲，一受到光線刺激就喔喔叫；而傳說元朝末年朱元璋起義約定以雞鳴為記，不料那天公雞緊張過頭，演出失常，晚叫了好幾個時辰而壞了大事。從此雞輩們戰戰兢兢，一見日影從東方閃現就爭相大放大鳴，成了報時的工具。

但不管怎麼說，我家附近新來的大公雞總是準時把人吵醒，看看表，差一刻五點。在意識還未恢復尋常的舊秩序之前，頭腦混沌、心靈清明的我，不特別快樂，也不特別悲傷，不老也不年輕地想起散布星球各地的遠方友人。P也許卸下他的勞力士剛要入睡，W戴上她的Gucci正要上班，M扶一扶左腕的NIKE多功能運動表開始熱身，L挑中搭配服裝的鑲鑽Cartier準備赴宴；而我，就等著這只購物滿三千元附贈的紅色石英表把我甩過一天。

可是，這之前還是先賴賴床吧。瞇著眼，聽小鳥呼朋引伴、清脆悅耳的醬菜叫賣、車聲轔轔由疏而密，等太陽照上窗櫺，日影漸漸由薄轉濃。

同樣二十四小時，對於時間的感知每個人卻不相當：小鎮的老人用十分鐘過一條窄街，同時間，都市的運將開著火戰車似的計程車衝到天那一方；紐約華爾街股市幾分鐘一個人生，而湄南河沿岸的人們用手肘撐著下巴，就這樣盯著長舢舨來來去去過一天。

時間果然能屈能伸——不然為什麼快樂總是像放煙火，而老人家總抱怨「一暝落落長」？如果想更確切地體驗時間的彈性，那麼夏天的夜裡抬頭看看北極星吧。八百六十年前發出的光芒，歷經幾世紀時空穿梭終於送達我們眼睛；剛好，你接收到了，或許今晚也因而變得有些古典。

宇宙萬有，當時間還沒被數字和刻度釘死在表盤上，仍是抽象流動階段時，人們如何感知？

我問了老一輩的歐巴桑，「民以食為天」，她說，從節氣作物的俗諺來看，「正薑、二藕、七蔥、八蒜、九蕗蕎」，什麼月分播什麼菜，老天早就定了。而神祕的大自然自有一套：據說山中無曆日的原住民見到蘆葦花開，就知道準備過年了；有些海生動物藉潮汐漲退測知時間，彷彿早已明白逝水如斯，流年是偷換的。更神妙的是，小時候聽說有高齡老者能預卜大限，時辰將屆，盛裝以赴，從從容容躺上床就死——對於六千萬年才誤差一秒的原子鐘來說，這，也算超能力吧。

寒冬，沒有花的季節和友人同遊日本庭園。細索的苔蘚絨氈似地把大家的目光延了進去。厚厚的綠意柔軟中帶點陰溼，散放著幽玄之美，眾人不覺屏息以待而沉靜了下來。聽說東洋稱苦行僧的袈裟為「苔衣」——深山面壁修鍊、瀑布灌頂打身，不堅持到衣服長出青苔的功夫，如何開悟？以苔為師，自然不被切碎的時、分、秒煩心，也可以對喧譁視若無睹了。

許久以後，想起那一片靜靜宣告時光對大地禮讚的墨綠，彷彿也隱約印證了梭羅的名言：「你可以抹殺時間，而不傷及永恆。」

解開表帶，我的表漸漸似有若無了。

抽屜裡，長久搜集的每只表滴滴答答，盡說著不同的時間。我坐下來，閉上眼，深深吸口氣，安靜地聆聽心音的律動——許多年來，這可是一支最準的表哩。而且毋須換電池、不必上發條呢。不過，如果有一天這顆心鐘罷工，我祈禱它停在 10:10——畢竟，聽說那是最好的一個表情。

●————○ **筆記／凌性傑**

「時間是有相貌的」，但是人要如何才能認識時間？用怎樣的時間刻度，才能丈量情感與人生？高自芬的〈表情〉看似結構鬆散、漫無邊際地傾訴，其實是聚氣凝神地鋪展光陰的故事。表情一詞意義雙關，可以展現人間面貌，也可指涉鐘表刻度。作者從鐘表街、鐘面（10:10，恰是V字勝利符號）寫起，以人生大限收束篇章。這篇文章頭尾相互呼應，中間即使蜿蜒迂曲，仍有一定脈絡可循。再怎麼紛亂的材料，到了高自芬筆下總能一一就位，維持適當的秩序。時間也是有個性的，讓每個人認取屬於自己的命運。生命時序有其定數，想要讓心鐘停在10:10，端看因緣福分是否俱足了。

焦桐說高自芬的散文特色是：「慧黠個性表現於文字，形成迷人的風格，諸如她喜歡語帶雙關或多關，許多乍看似陳腔濫調的成語、套語，通過其巧思運作，賦予新意，變成趣味盎然而準確的修辭特色。」寫作可以如此輕盈，在輕盈中讓意義飛翔，技藝確實高超。高自芬的書寫，讓我想起尤薩（Mario Vargas Llosa）這段話語：「我們明白了，寫作也是一種美好的娛樂方式，明白了藉著玩樂也能勘查出世界和語言的祕密，明白了通過遊戲，我們可以探究理性意識和邏輯性的才智所不能找出的生命祕密層面……」生命祕密層面，就隱括在變與不變的表情中。

高自芬（1957年）台灣基隆人，台大中文系畢業。曾任教師、雜誌編，目前專職寫作。作品曾獲梁實秋文學獎、蘭陽文學獎、花蓮文學獎、葉紅女性詩獎，國家文化藝術基金會散文及小說創作補助。著有小品《花顏歲時記》，散文集《表情》（花蓮縣文化局，2007）、《吃花的女人》（二魚，2010），最新散文作品《東部來的末班車》（國家文化藝術基金會創作補助，2010）。

海濱漁夫

陳義芝

海濱漁夫不再捕魚，類風溼關節炎破壞了他的膝蓋組織，強忍著疼痛，他只能在港邊瞭望船隻，聽潮水拍打著堤防，看被拋棄的塑膠瓶罐在港灣內飄流。

他原本已走出這一座漁村，走出這一小小的海灣，去到台北，假日在一個文藝營隊，穿起花條紋襯衫，梳著分頭，眼梢有海風的粗獷、岬角的鎮定。

「將來寫詩要像老師一樣好！」他看著我，開門見山地表達，透露不識艱難的熱切、純真。我交還他的詩稿，提醒語言何妨更自然，詩意則宜雙關，如流雲有倒影。他很珍惜找到一家小雜誌社擔任編輯，終於可以不要打魚，不必害怕暈船嘔吐而不敢吃早餐了。

「我最瘦時只有四十五公斤，」他說：「一上船就吐，吃多少就吐多少。所以我早上出海前就不吃東西，空著肚子。每天都這樣，等下午船回港才敢吃飯。」

編輯是他下船後在台北的第一份職業。一個禁不起顛簸會暈船的青年漁夫到了陸地，從漁會到農會一路找工作，從金山鄉前進到台北，慢慢發展出文學喜好。我就是在耕莘寫作班遇到他的。

「老師，什麼時候您有空，我帶您出海。」他常說。他父親是一艘大型漁船的船長，要調動其他小型海釣船，不難。不在浪頭上討生活，他的心反而有了海的明亮遼闊。讀他的詩，知道他有一個啞巴小弟，襁褓中發高燒失去語言能力，一輩子待在漁村幫人整理魚網，不時發出「啊！啊——」的尖叫或喉音，憤怒與鬱悶都發同一的單音。他那首〈魔術師——給啞巴小弟〉的詩，起頭兩句：

聽你的話如解一首晦澀詩
聽我的話你總用手指摺疊

兄弟情切，因聲障無從表達，弟弟只能屈指比畫，做哥哥的他並無從會意。但在詩的結尾，他仍然對弟弟發出讚歎：「宇宙大得如你手掌那麼小！」意思是弟弟的手語可變化出一個宇宙。

在耕莘寫作班，他認識了一位叫小萍的女孩，同樣對文學懷有夢想，兩個人在親友祝福下成了家。妻子仍在工廠做工，先生換到一家經濟研究社當雇員，都屬受薪底層，寄居於物價昂貴的大都會，心理壓力愈來愈大。

「我很喜歡坐辦公桌，可是薪水低，小萍希望我去賣魚。賣魚的利潤比較大。」他在第一個孩子出生後，終於丟下筆桿，開一部小發財車改行賣魚了。為了搶到魚貨批發市場的停車位，凌晨兩點得從家裡出發。燈光與人聲喧譁的魚市四點開賣，新撈上岸的魚分裝成一箱箱五六十斤重。他說車子停近一點就少走一段路。如果來晚了，不是怕標不到魚，而是怕搶不到停車位。

夫妻倆聯手主持的「金山漁家」店號，在永和市場，從早上六點一直賣到下午三點，風雨無休。他從初中就上船捕魚，吃過海上的苦，懂得各種魚性，隨口講兩句都令人覺得新奇，魚貨又新鮮，很受主婦歡迎，一天要賣兩百多斤。拚死命幹活，不到三年就買下一棟自己的住屋，不必再花錢租別人的房子。小孩交給遠方的岳母帶，一個禮拜探望一次，夫妻每週日下午收攤，開一百公里路去看孩子，靠罐裝濃茶驅趕睡蟲。

「日子很寂寞，因為遠離了寫作的朋友。」他說，在發病之前，不知無止盡的疲倦是會傷害免疫系統的。不喝咖啡，他一向喝烏龍茶提神，從一天一罐、兩罐增至三罐。終年沒有放鬆的一刻，更要命的傷害是睡眠不足。

「船員還有嘻嘻哈哈打鬧的娛樂，我賣魚，沒有時間休息，所以愈來愈不愛說話。」

那一天，是星期天，探望孩子的日子。魚攤收市他就覺得眼皮不聽使喚，全身燥熱，冰過的烏龍茶連喝五罐，情況仍未改善，勉強開了車上路，去岳母家，心頭急慌慌的。晚飯後折返，躺倒客廳沙發就起不來了，肩頸僵硬，頭痛欲裂，兩眼睜不開……。初步診斷為類風溼性關節炎。那年他三十六歲，「金山漁家」的店招不得不卸下。在不明疼痛底細的情況下，只能不停尋醫或把自己關在家裡，行動一天比一天困難，併發躁鬱症。

距發病五年，協議離婚，放棄小孩撫養權，沉默地回到出生地：金山。他清楚記住了那一個使他變成社會邊緣人的日子，一個讓他畢生痛楚的臨界點。

無望的日子，他拿頭撞牆，撞成腦震盪送醫，護士問為什麼要撞，他回答：「懊惱。」雷雨的晚上他也曾拿著菜刀衝出家門，家人在海堤上將他拖回來。不久，他就進了宜蘭一家精神療養院。

「醫院離海邊很近，但看不到海，海被山嶺遮住了。」他告訴我，每月領七千救濟金，住療養院花六千元，剩一千零用。

「醫院的人很凶，不聽話會被綁在鐵欄杆上。」每隔一兩個月，他總是突然打來一通電話。「電話也受監控，」他低聲在那頭說：「我騙他們要打給家人。如果說打給老師，會不准。」

我不知實情如何，但他擔驚受怕的心可想而知。接到他電話的時候往往是他精神狀態最好的時候。他捨不得一下子就掛掉，滿腔的怨悔，剛化去一些，旋即又因寂寞而滋生起來。他很可能會在那裡待上一輩子，但妹妹不忍心，前年接他回老家。他也極力想擺脫精神病的控制，求醫生換處方，試著減少某些令他昏沉的藥。

回到金山，他有了自己的電話，但折騰這麼多年，能打的電話寥寥無幾。「只有老師最疼我……」每次聽他這麼說，我都黯然。他住在緊鄰漁港的一個小坡上，低矮的水泥瓦房，潦草地塗布著防漏的黑色柏油，一尺半見方的小窗用塑膠板蓋住。窗子面東北方，冬天吹東北季風。這裡原是漁人宰殺魚的魚寮。

我造訪過兩次，第一次先約好他在家等。刻意騰空的沙發是他每晚輾轉權充的小床。我問：「你沒有床嗎？」他打開另一間一坪的小屋說有。那是沒有窗的裡屋，和沙發一樣局促的床板上堆滿了雜物，頂上吊一盞四十燭光燈泡。太封閉了，難怪他寧願睡在外屋沙發上。角隅有兩座書架，大多是新潮文庫的書和一些詩集、詩選集。《白鯨記》、《日常生活的精神分析》、《自我影像》、《草葉集》、《坎特伯里故事集》……幾乎全都是倒放的，像他的人生，顛倒而且閒置了。空氣裡有一股霉味，我提醒他要開窗。他說好。我說睡沙發不是辦法，你要把裡屋的床整理出來，睡床上，不關門，把門當窗用，使空氣流通。他也說好。他搬出兩疊手寫的詩稿，我挑著看，指出某些地方須刪節。我告訴他龐德的〈在地鐵站〉，原長三十行，刪成十五行，最後定稿只剩兩行；艾略特的《荒原》原長八百餘行，定稿也不過一半。我和他一起刪他寫的〈紀念碑之花〉，從三十幾行改成二十行，節奏從疏漸密，意涵從不明漸覺飽滿。我為他的詩能改造而快慰，他則為自己作品的新貌而興奮。

臨去，他陪我往左邊的沙灘走。攀爬右邊的防波堤對他而言太辛苦。許是心情變好，我覺得那一天的海浪特別好看，秋天的夕暮，天氣還不冷，海水一波波湧向沙灘，金黃的沙粒吸滿了水，倒映出天光，幾疑是一面水鏡。海浪嘩嘩唰唰，先是低伏緊跟著高起，捲動衝前，後面又一浪壓下，碎浪滾進白沫裡。

「海浪是舞動的梯田！」他脫口而出。我看著浪，無語，一代又一代人的生命就這樣潮水日夜般推移著，徒然無助。

上個月，氣溫驟降至十度，我途經北海岸，不期然想起那小海灣，方向盤一轉就進了漁村。環抱村子的青山沐浴在溼冷的雲霧裡，瓦舍密集處有幾團藍色炊煙。我四下張顧，在老舊的屋群中矗起了一座突兀的新樓，細看其他房屋，原來也貼有雜花色小磁磚，這村子的外貌與山海並不相融。他住的黑灰色魚寮最不起眼，反倒最自然，像岩石、海風、土地一樣近乎原生。門上掛了把鎖，想必又就醫去了。

我一個人往燈塔方向走。海堤下方布滿塑膠袋、檳榔汁、紙屑、魚骸，還有沉沉一股尿臊味。爬上高堤，整個村落與蔚藍無邊的海景都出現眼底，漁港被石岩圈住，岩頂是青蒼的小山，漁村錯落在岩腳上。

白浪激濺於岬角兩側。只一堤之隔，藍海就無法洗刷陸地肆意的汙染。我很訝異，不是假日竟有那麼多人四散在各處釣魚。有一種黃翅扁身手掌大的魚，釣客說叫「赤翅仔」。

「明明是黃色，為什麼叫牠赤翅仔？」我問。

「哪知啊——」

另一種圓球形如刺蝟，產自於大海，竟說是「河豚」。看來也無從就裡。

他們抽著菸，在風裡大聲說：「失業了，來這裡上班。」冰桶裡有最新鮮的沙西米；尿急了解開拉鍊就地揮灑。

漁村的婦人多半忙著做箱籠繩釣的前置作業，把墨魚肉密實地鉤在一個個四方形的箱子邊。面海的小餐館不見任何人，收音機仍有一搭沒一搭地唱著台語歌，飄出門外，斷續在風裡。偶爾聽到漁船引擎聲，緩緩越過燈塔，進入航道。回航的漁船在晃動的波光裡，跟午後漁港一樣疲憊。

我遙望海堤，想到我寫詩的小兄弟仍在與精神病和日漸惡化的類風溼關節炎搏鬥，他能夠靠意志擊敗命運加諸於身的挫折嗎？這海灣若在荷蘭或日本，將是多麼美麗的漁灣啊。然而，在這裡，那些被拋棄的垃圾，什麼時候才會被注意到？而我的小兄弟，也只能日日看著港灣內飄流的瓶罐，聽潮浪洶湧地拍打。

筆記／楊佳嫻

這不僅是關於漁夫的故事。也是詩、詩人和破碎的家的故事。

陳義芝寫耕莘寫作班認識的一名學生，是漁村的孩子，嚮往文學，離開漁村到台北工作，娶了同樣嚮往文學的工廠女孩。後來，為了貼補家用，變成魚販。工作過勞，類風溼關節炎併發躁鬱症，終於婚姻結束了，放棄孩子的撫養權，進過精神病院，又回到了漁村。但是，他始終在寫作，磨磨改改，好像那支筆，那一行行可能的字，未來的花，就是黯敗人生裡未凋的蕊心，那個心中尚未崩壞的部分。

同時，這也是陳義芝從人的故事裡，訴說對詩的想法。比如陪著這位詩人漁夫一起刪節作品，「節奏從疏漸密，意涵從不明漸覺飽滿」；比如看漁村房舍，那所灰黑魚寮最不起眼，可是自然，「像岩石、海風、土地一樣近乎原生」。也許，漁夫詩人把自己從海砂中挖掘出來，撢一撢，連那小碎塊落下來小傷痕糾結，也都是詩。這看似病弱、餘生般的故事裡，其實有著極強的對於生存的反覆意志，像潮信，像東北季風狂亂吹拂的一切。

陳義芝（1953年） 出生於台灣花蓮。二十一歲時創辦《詩人季刊》，就此與文學結緣。曾任《聯合報》副刊主任，目前任教於師大國文系。寫作領域包括詩、散文和評論，除個人著作外，也主編多種詩選、散文選、小說選。散文集有《在溫暖的土地上》（洪範，1987）、《為了下一次的重逢》（九歌，2006）、《歌聲越過山丘》（爾雅，2012）等數本。

軟磚頭

吳億偉

每天晚上，時間一到，你必要下樓關燈去。那是極為恐怖的一件事。樓下平常亮著燈就已夠嚇人了，沒規律的閃爍，像充滿邪氣的眼睛虎視眈眈。所以，你總在二樓窺探許久才肯下樓，那該死的想像力卻在此時發揮極限，殘殺地球人的外星怪物和陰司攝魂小鬼紛紛出籠，連日本人頭蛇身的女鬼都出來打招呼了。你加快腳步，看準開關，準備以不到一秒的時間關燈轉身上樓，但該死，一切總無法如願，沒摸著，急著在牆上亂敲亂打。瞬間，四周暗了，啪嗒一聲沒命往上跑，但距離怎麼加倍了，一秒跟一分鐘同樣長。喘吁吁逃回樓上，你那「賣衛生紙的」爸只是冷冷丟下一句：「有什麼好怕的。」

或許你爸看準你這點，順勢下令沒事不要出門，永遠鐵門深鎖，說是樓下都是貨物又黑暗，容易危險，如果把門打開小偷來了都不知道。下課回來，只能乖乖待在樓上。很長一段時間，你的「外面」就是三坪不到的陽台，你在上頭拍球、玩飛機、跳繩，但更多時候，你蹲坐在欄杆間的小空隔，伸出兩隻腳懸空，看著鄰居在底下玩遊戲，閃電滴滴和土地公土地婆，他們喚你，你只能搖頭說不行，好幾次你跟你爸爸抗議，你那「賣衛生紙的」爸諒你沒那個氣力捲起鐵門，還故作開明狀說隨便你啊。

成為一位「賣衛生紙的」的小孩，首要學會的，便是這兩件事：不怕黑、不怕孤獨。但你始終學不會，於是吶喃著為什麼自己的家總是和別人不一樣，人家一樓是窗明几淨有落地窗和大酒櫃的客廳飯廳和廚房，你家卻是灰塵滿布天花板垂著蜘蛛網裡頭堆著一個個大紙箱。下課回來，只能在箱子間的空隙找到上樓的路，當然，你家還賣著一些刺鼻的清潔精，每每上樓前，總會嗅到一股味道，一個噴嚏，啊，怎麼歡迎你的，淨是這些東西哪。

所以，你無法像廣告裡那隻黃金獵犬一樣，在衛生紙堆當中跳躍奔跑，還那麼幸福洋溢。但你家倒是不會有什麼缺少寢具的煩惱，你爸習慣睡在衛生紙上，比枕頭還舒服，有段時間，全家還真的睡起衛生紙來了，打開一串衛生紙，每個人分幾包，習慣睡高的墊兩包，翻來覆去的並排放，像你這種抵死不從的，硬生生睡在木板上，你爸說，這樣頭會扁，但你不管，於是現今的扁頭樣誰都怪不得。

是嗎？你敲打裝滿衛生紙的箱子忿忿的問。你的童年總是與這些柔軟的白色紙張糾纏不清，你不懂你爸為何放著這麼多好工作不做，在台灣經濟瘋狂起飛的當下，選擇開宣傳車，沿街大聲播著廣告詞兜售衛生紙：衛生紙、衛生紙，一串五十元，不給中盤賺一手。你因此多了一個封號——「賣衛生紙的兒子」，走到哪沒人知道你的真名，只知道你爸賣衛生紙，還順道要你拿幾串來賣，或是要你轉告你爸，他家缺了多少衛生紙。

「賣衛生紙的兒子」，這聽來多奇怪，這總是在人褲底來去或嘴邊擦拭的清潔用品，竟成了你的代號。你不願意擁有，但你爸可得意的，逢人就介紹。這是我兒子。這麼大了？還好啦！大人間公關的對話，你總是在課堂裡隱藏，父親職業欄上只須填上一個字，你偷偷吁一口氣，寫上「商」字然後交出去，暗自慶幸不用像個人資料一樣的鉅細靡遺，名字、家庭狀況到拿手科目、興趣，什麼都得據實稟告。

若真要寫，又能寫出什麼呢？每天晚上吃完飯後，你總抓緊零碎時間看電視玩玩具，雖然早過了卡通時間，你還是盯著不是很懂的瓊瑤愛情劇猛看。你故作優閒，但心裡慌得很，你暗自觀察你爸的動作，他先是剔牙摳摳香港腳，然後翻翻電話簿算算今日的零餘，那皺成一堆的百元鈔票拖延時間，他一一攤開計算，一張、兩張……，男女主角說著今生愛你永不渝，你正猜想著「永不渝」的意思，你爸突然起身，扭扭脖子，往樓下走去，你故意專心盯著螢幕裝作什麼都不知，然而那雙眼卻傳來一陣寒意，你認命關上電視，隨之下樓。你總會先瞧瞧車上貨物多嗎？如果剩得多就暗自歡呼，如果剩得少就自認倒楣，反正美麗的夜晚，又跟衛生紙們一起度過了。

你爸拆開紙箱，衛生紙散落一地，拿著塑膠袋，一串五包，且記得，第一包要反著放，這樣兩頭才見得到商標，你爸第一次教你包衛生紙千萬叮嚀，看到一頭空白的衛生紙串馬上要你拆掉重包。一箱兩箱三箱倒出來，堆起來像一座小山，軟軟的模樣叫人想鑽在裡頭像彈簧床一樣，但你卻有一股衝動想壓扁它們，就像殺死害蟲一樣。但你不行，待會兒想要趁機撒嬌討新玩具，你小心翼翼包裝它們，又滿心忿恨的詛咒它們。

還好這一切只發生在家裡，相安無事好一陣子。那天朋友突然來找，你硬著頭皮開了門，倉庫般的一樓朋友直問你裡頭裝了什麼？你支吾回答，衛生紙。什麼，衛生紙。你朋友開始懷疑，腦子裡閃過許許多多蒼涼的男子形象，賣衛生紙跟拾荒老人可以畫上等號？你還來不及解釋，朋友卻一副了解，給了答案的模樣。再度在父親職業欄寫上「商」，他竟望以奇怪的表情，賣衛生紙也能算商人嗎？你也難說明，因為你也不清楚，難道是服務業不成？

誤解、失去自由，與猛鬼搏鬥。對於衛生紙，你無法實行罷工抗議，只好換個方式，盡力揮霍，童年的時光，每當用起衛生紙，你竟有種報復的快感，奮力揉它撕它，殺個片甲不留。你用力拉扯，讓每張紙都爛爛的，這還不夠，你想到另一種方式，點火讓衛生紙成灰，卻惹來大人們的厲聲警告，他們不知道你受的委屈，只好感歎過日，怎麼被衛生紙害了啊。

於是，你開始改口說你爸賣的是家庭用品——籠統又好聽的答案。然後你對一切敬而遠之，你不想理會，以為生活應更有趣些才是。你爸依舊凌晨出門，晚上回來，車子空了又滿，滿了又空，一年一年，消耗了一箱又一箱衛生紙，你不常過問，功課和通車的特權讓你能夠大搖大擺脫離衛生紙的魔掌，贏得自己的夜晚時光，你也長大了，發現所有的妖魔鬼怪只在書上，你有力氣捲門走出去，甚至你爸說晚上樓下就留盞燈吧，你還可以慢慢下樓關燈，然後吹著口哨優閒上來。可漸漸的，你發現樓下的空間變大了，被倒出來的衛生紙卻越來越少。那天，你爸要你跟他出門，說是要教你手排車，你不過開了一百公尺，卻陪他做了一天生意。

聽了一路的故事，這戶人家那戶人家誰誰誰怎麼樣，他又說起與以前的顧客有多好，還來家裡作客。你盡力裝作有興趣，卻想趕快回家忙自己的事，還好你爸沒察覺。這個地區他已經來了好幾次，炎熱的中午你們在路邊樹蔭下休息，你爸要你睡在車裡，自己拿著紙箱鋪在地上，閉眼休息。

雜草和小雛菊在他頭髮間搖晃，他揮手趕著蚊子和蒼蠅。

你睡不著，走在村裡，四面寂靜。有多久沒有坐在這台小卡車上了，小時候坐在車上總是哇哇大哭，陪你爸出門做生意通常是一種懲罰，出了門沒了卡通、沒了漫畫，只能乖乖待在車裡，像關進牢籠，一舉一動受制於人。每回你不聽話，他總說，再吵，就載你出去做生意。你於是安靜。一個安靜，眨眼過了這麼多年，你爸走過了許多你不知道的地方，你也沒去問他怎麼過日子。

當車子彎進了山間小路，曲曲折折，路上見到一位老人蹣跚著步伐走上山，他親切喚著，老人上了車，兩人如故談了起來，你彷彿是另一個世界的人，不自在。

你爸對老人說，我以後少賣衛生紙了。你瞪大雙眼。之後他緩緩吐出生意越來越不好，一台車常常要賣兩天才會空，加油站送的衛生紙都用不完。此時你察覺四周全是紙殼的加油站衛生紙，你抽得自然，完全不在意。你爸說他已經找到一個工程公司，要跟他們一起蓋工程。

老人在村裡唯一熱鬧的街道下車，四周湧來買東西的人，你爸對每個人笑著，好開心，討價還價，家常對話。但你彷彿看到另一個他，在工地裡爬上爬下，全身混凝土，拿著鏟子翻土，黃色的工程帽取代灰褐的帽子，斜背錢袋不知擱到哪去，危危顫顫扛著重物，走上竹架，雙手搬著紅磚塊。

這是怎麼樣的一個畫面啊。

你突然了解到，在一整個八〇年代，你爸用了一車一車的軟磚頭，建立了一個家，建立了一個你。

●———○ **筆記／楊佳嫻**

有一種生活，為我們所常見，又彷彿陌生，那麼基礎，卻似乎很少成為文學詠歎的對象。有一種散文筆調，與這樣的生活相表裡，不怎麼急著讓書寫時的今日之我現身，老老實實記下昔時的工作場景、細節和感覺，那些「討生活」的掙扎與無奈。

吳億偉的散文即是屬於此類。他的家族書寫，對於那些（尚未成為母親的）加工區女孩和她們的聯誼、販售貨物旅程上的父與子，詮釋不多，只是呈現那鑲嵌在南台灣勞動圖景中的一塊塊剪紙。〈軟磚頭〉一文，寫家裡從事衛生紙販賣，一樓就是倉庫，層層疊疊堆滿貨物，形成了城垛般的陰影，小孩怕黑，這就變成了天然的藩籬，嚇退了孩子想出門去野的欲望，而若是和父親以及那一車衛生紙出去售賣，行動受制，又完全像是牢籠。孩子也猶豫著怎樣向同學描繪自己的家庭呢？怎樣可以含糊帶過，怎樣可以不被人探知真相？長大了，父親說要教怎麼開手排車，結果，卻陪著做了一天的生意，在熟悉的販賣路線上，聽父親絮絮叨叨地說著什麼，內心充滿不耐。

小時候，一串串衛生紙隔開了小孩與世界，成長以後，真的跨出那座衛生紙城堡了嗎？文末，今日之我的體悟，終於浮現：整個八〇年代，父親用那麼多的軟磚頭，「建立了一個家，建立了一個你」。這遲遲的體悟像對父親的抱歉，看清楚了家的柔軟與龐大。

吳億偉（1978年）　出生於台北。台北藝術大學戲劇碩士。曾任國小代課老師、《自由時報》副刊文字編輯，現為海德堡大學歐亞跨文化研究所與漢學系博士班學生。第一部散文著作《努力工作：我的家族勞動》（印刻，2010），寫作時間斷斷續續長達十年，寫出家族親人流離都市，認命勤勞的生活，刻畫細膩寫實，文字流暢生動，入圍二〇一二年台灣文學獎圖書類散文，獲二〇一〇中時開卷中文創作十大好書獎。

煙火旅館

許正平

好吧，我們就坐火車，循著一直以來逃離城市的路徑。翻開鐵道列車的時刻表，稀薄的晨霧裡有一班平快車將要離開。我們都喜歡平快車。喜歡那種老朽斑駁的漆藍車身、綠皮塑料座椅，被沙粒和風磨礪過的窗玻璃上沖洗出黑白照片般的氛圍，陽光穿透，一格格模糊失焦的風景。我們喜歡那樣的速度，遲滯悠緩，笨重的輪軸沿著鐵軌叩隆叩隆，優雅從容的逃離姿態，停泊，在一個一個或陌生、或偏遠的小站裡。我們都喜歡那陌生小站的名字。喜歡頹圮月台牆洞裡長出來被草原遺忘的油黃小花，蝴蝶飛來，斂翅停棲。好妖豔。

好吧，上車，還是喝可樂。輕輕拉開扣環，咖啡色甜水的微發泡聲紛紛攀著窄小瓶口擾擾攘攘，像你頰上恣意竄長的大片鬍渣，我於是能夠清楚記下，每每，你的脣在我臉上逡巡磨蹭時的那種微刺的觸覺。啜一口，略顯甜膩的柔滑感在你的喉頭呻吟，然後不見了蹤影，想像一股水流順著你體內一道道流沙般的丘壑下陷、下陷，發酵，消弭無形。好好喝，你說。我接過你剩下來的半瓶，輕輕晃蕩，一場小型幽閉水域中的潮騷，瓶身沁出飽滿涼滑的水意，沾黏在我的掌心，變溫，蒸散，軼失在燠熱的老車廂裡。遲緩的車行中，退了冰的可樂瓶慢慢凝出一行行眼淚，哭在我的牛仔褲上，染深舊藍色的布面。

好吧，還是聽雷光夏。聽她唱十二月的陽光、五月的風、七月的仲夏夜和你的背影。兩枚耳機，一枚分給你。純淨哀愁的鋼琴單音裡，她悠悠唱了：「你一定全都知道，你一定全都不在乎……」我看著窗外。田野裡廢棄的空屋。無人道路。遠方是海。夏天。恍恍的情緒裡，我看見鯨魚衝上沙灘，時間重疊轉動，日光漸漸亮起來，刺痛我的神經末梢，凝出微汗的感覺，緩緩蔓延。我聽見身上的毛細孔發出虛弱的歎息，像擱淺的鯨哭。我的確是把我的頭擱淺在你的肩上了，再也不肯離開。這是南瓜馬車啟動的時刻，珍貴而虛幻，CD文案裡，歌手如是宣稱。好吧，我們出發，去尋找陸地上的海市蜃樓。

但是，這一次，我們能逃往哪裡呢？當然，無論如何只要別忘了帶那本日本作家銀色夏生的攝影散文集，《光裡的孩子們》。

這樣，在你睡著的時候，我便能夠藉由綻放在雪白銅版紙面上的一朵朵童顏，悄悄出走，到海邊，到大樹下，到原野上，再重歷一次過往的童騃時光。一個手執捕蟲網的小孩，躲在空闊的背景和黑白光影裡，鴨舌帽、小背心和小背包，走在沒有人的原野上，想像，這一路上他將遇到青蛙、大肚魚、蜻蜓、蟬和天上的白雲，並一一和它們打過招呼。沒有人。照片上，反射著顯然是夏天才有的逆光。我惦念著那些完整俱足的孤單與快樂。

我也將因此想起，幼年有一回和家人上街，迷了路，站在車來人往的城市街頭放聲大哭，直到過往的車輛紛紛被我擋住去路，直到一位叔叔終於下車牽我穿過馬路，並願意陪我到家人尋來。整個忙碌擁擠的城市，因為一個小孩的哭泣而停頓下來，等著他笑。

我惦念著，那個理直氣壯的年代。

直到我們長大，遇見戀人。初夜，雨勢像神話中永不停歇的淹城大水，在城市上空淋漓揮灑，像反對黨街頭運動的千軍萬馬，嘶吼狂飆。我們抱躺在床上，噤聲閉語，不敢驚動小公寓裡凝止般的空氣，生恐狂暴雨獸回頭發現，大舉攻伐進來。這是我們唯一僅存的漂流荒島了。一絲一絲溼涼腥羶的氣息自我們裸裎的胸腹間攀爬生長開來，褪去身上潮潮汗意，是的，那是我們用以餵養彼此的黏液和氣味，證明我們存活下來的唯一證據。雨光透窗，在天花板上麇集如一萬隻正在產卵的飛蛾，用肥大的肚腹產下成群子嗣。我不能不想起那部叫作《異形》的電影，我們黏稠緊擁的身軀是一枚孵化中的巨蛹。你將頭埋進我的胸膛，觸鬚般的髮刺進我的胸肉。我想你是睡著了。

剛剛，在路上和暴雨遭逢，沒有雨衣雨傘的我們變成只能以肉搏為武器的困獸。雨箭很快打溼我們的頭髮、襯衫和鞋襪，射出一道一道傷痕，我們一路逃亡，回到我的公寓。褪去殘破衣衫，你的身體看來像一團被棄置街頭的小動物，既然撿回來，我必須豢養你。我將自己弓成一張毛毯，包裹你，熱回你的體溫，帶你入夢。來，你可以住下，這是給你的鑰匙，這是家。然而你一動也不動，大氣不吭一聲，我知道你微弱而無力的抗拒。我們之間，走不長久的，我害怕……你在囈語嗎？我可不可以不回答。我只要抱著你，把你嵌成我的血肉。不要想，不要想你從不肯在機車上抱攬我的腰、不肯在夜街上手牽手（測速照相也開愛情罰單？）、不肯在我的答錄機裡留言（你總是懷疑，在某個祕密角落藏匿著一個龐大的竊聽組織）。你小心翼翼，湮滅所有我們在城市中曾經共存的歷史，翻閱記憶，在我們的段落劃線刪去。好吧，我們就只是相陪一段，一段在開始就約定結束的陪伴，我說，勾勾手，一言為定。像誓約，像供詞。我只能偷偷背著你，回過身去撿拾你褪下的影子，與之獨舞、共眠。

我看著窗玻璃上汩汩竄流的水影幢幢映在我們的肉身上，黑洞夜色在窗外鑿出一條幽暗無盡的下水道，汙穢、腥臭，流水如爪，將你一點一點浸淫，溶蝕，流走。我扶著牆走，感覺冷意慢慢從腳踝升至膝蓋。或者，這是你的夢中魔法，召喚大雨，用以摧毀我們藏匿的荒島，試圖崩裂、塌陷整座情欲城市。從不存在。消失。原來，我們正搬演著一齣錯謬的恐怖電影。

直到，你醒過來，我便闔上書，結束漫遊，回到車廂裡來。陽光淡淡，染亮你手臂上細細的汗毛，現在，你已經健康而豐腴了。我側過臉餵你一個微笑，嗯，我從未離開，而你一直都在。老舊的座椅上，陳列著拎菜籃灰白髮髻的老婦，和禿頭的中年男子，抽完菸，盹著了。彷彿，他們一直都坐在車上，隨著翻出破椅墊的海綿絮一塊兒變舊，朽壞了，一輩子，都不打算下車。於是，在每次逃離的路上，我們遇見他們，像一則寓言。列車持續往前奔跑。

城市已經遠遠落後在背後了，不要回頭看，看了，也許就像化成鹽柱的羅得之妻，走不成了。城市裡正在興建一棟號稱此城最高的摩天大樓，接近完工了，每到晚上，樓頂尖端會亮起一座皇冠般晶亮的燈飾，在黑暗中熠熠發出童話故事的光澤。第一次見到，你興奮地說，那兒也許有一架音樂旋轉木馬，每晚會唱起童謠，繞著整個城市的星空打轉、奔跑、跳躍。天使會拍著翅膀在深夜降臨，騎上木馬，將代表願望的星星一顆一顆收好，等到隔天再撒在夜空上。然後，我們漸漸發現，不管騎車經過城市的哪一個角落，我們總是一抬頭就看見那頂大皇冠，漸漸發現這城市原就是個大型的旋轉木馬遊樂場，每個人花去長長的一生，都在宿命而盡責地轉圈圈，唱著或許早已走調的兒歌。

我們於是開始計畫一次又一次的逃離，逸出，當然，我們都知道，逃離的終點就是很薛西弗斯地再度回到城市，就像你把我當成逃離的旅館，暫住，而終將離開。逃離的目的，只是為了養出一點回去後還能在城市生活的勇氣，只是為了著迷於逃離。

所以，不要回頭看。我們就要在一個不知名的荒僻小站下車，然後轉搭地方客運車，往更偏遠的山中小村去了。車子在蜿蜒陡峭的山路上長煙迤邐，枝葉橫亙茂長的樹影間，灑下斑駁的陽光，幾片枯葉，被山風吹進洞開的窗戶裡來。吱呀作響即將解體般的車廂，整段路程一直沒有人再上車，只有我們兩位乘客。倒是路旁會遇見背著竹簍的黥面老婆婆，和黝黑健壯的大鬍子機車騎士，他們都是山村的居民，世世代代山路走慣了，也就這麼走下來，任公車兀自空著，偶爾載一、兩個旅客，各走各的路，各自好好地活著。

車子在最後一個站牌停下來，大約還得爬坡兩公里才能到達村子。我走在後面，看你，你的白T恤、牛仔褲和登山鞋，還有我送你的藍背包，你走路的樣子，你側過臉笑時的角度，你最怕癢的耳後根，我必須一一記住，保存每一道開啟記憶的密碼。你轉過身，伸出手，要我和你並肩嗎？我奔過去，握住，要記住在陽光下和你牽手走路的感覺，這裡沒有人，只有禽鳥在枝葉間飛翔的振翅聲。走過橋上的時候，一群大眼睛皮膚黝黑的原住民小孩在溪裡玩，抓魚、游泳、跳水，好快樂。像不像……你說。銀色夏生。我們終於異口同聲了。於是，奔跑起來，像孩子般笑開。溪水歌歡。

我們總是依賴著這些，小小的默契和想像，偶然迸開的快樂和滿足，度過蒼白苦悶的愛戀時光。

在城市中，時常，我們經過華麗的商品櫥窗，季節遞嬗，心情換裝。許茹芸。張學友。無印良品。席琳狄翁。痛苦悲傷甜蜜哀愁理直氣壯到此情永不渝的各式情愛在騎樓間公開耳語，經過，恍然錯覺得到了溫柔和安慰，恍然，風過雨過，我都站住了。我們去電影院，偷窺主角們的欲望化成種種巨大的苦難，傾城沉船，然後，我把票根都夾在筆記簿裡，夾成標本。我們去城郊的湖邊，看對岸燈火在水面上野遊，發光，喧譁燦爛，沿岸一座座仿歐式的橘黃燈色，夜風吹過樹，夜釣者的魚線被甩出時發出飛翔的聲音，像天使飛過。銀色夏生。雷光夏。可樂。一種城市裡慣有的戀物癖性格。我努力拼貼著我們過於貧血的愛情面貌，藉由華麗的包裝，抵擋住你的被動與沉默，抵擋住拆開包裝紙的想望。我們都沒有能力再去檢視那個黏稠腥穢的內在肌理了。所以，暫時不要回頭，會變成獸，夜裡向彼此需索、嚙咬，留下殘骸，然後離開。好不好？我們出發，去旅行。

山村裡殘存著唯一的旅店，低矮平房，鐵皮招牌白底紅漆歪歪斜斜地寫著「英花旅館」。也許就叫英花的肥胖老闆娘，有著響亮豪爽的嗓音，領著我們一路穿過陽光如塵的走道，來到盡頭的房間。門板咿呀。「櫃檯有賣泡麵，一碗五十啦！」她笑開一嘴金牙說完，扭臀走了。

房間不大，大床上怪裡怪氣鋪著幾塊榻榻米，翻捲破損的壁紙上開著碎花。舊式熱水瓶和沾有黃漬的玻璃水杯。燈管半亮。浴間窄小，半塊沒用完的肥皂，微溼，殘下上一位借宿者棄置的毛髮和氣味。一個晚上要一千塊，好貴。但窗口很好，可以看見山綠天藍，雞鴨小路，還有村口簇著尖頂的小教堂。花瓣和樹葉映著夕光，飄飛如雪。隱隱的，好像可以聽見教堂裡的鐘聲和風琴聲，牧師帶領著村民齊聲頌讚。

我從背包裡取出一串陶鈴，掛在窗口，讓風牽出一段叮叮咚咚，清清淡淡。陶鈴的綿線繫住一張飄飛的卡紙，寫著：平安幸福。你說過的，一直想要有間可以掛上簷鈴的房間。我幫你布置了。你從仰躺小憩的床上坐起，我們一起並肩坐在床緣，聆聽山中清淡平安的日子。叮咚，叮，咚咚……很久以後，你轉身，抱住我，讓我的頭埋在你肩上。謝謝。我聽見，你說。我用胸口諦聽你的心跳。你看見了嗎？我還幫你準備了豐盛的晚餐：熱粥、荷包蛋、白煮蛋、蛋花湯，都熱騰騰的，就在這個老老的旅館房間裡。我回抱你，緊緊的，不知道為什麼，想起多年前那一對在荒遠旅館裡相約自殺的高中女生。

「去洗溫泉吧，很暖和的。」入夜之後，老闆娘權威般下令。往更深的山裡去，有一座露天溫泉，終年湧出暖暖的水，滌淨旅人塵囂。我們攜了泳褲，出村莊，沿細瘦的山路慢慢走著，溪水流過路面下方的河谷，淺淺吟唱，和著我們的腳步，把憂傷化成長長的哭。是旅遊淡季吧，空谷無人，溫泉自顧自地歎氣。既無他人，我們脫去衣衫，裸裎下水。讓溫熱水流自肚腹間上升蔓延，水蒸氣一一貼緊舒放的毛細孔，繾綣纏綿，溫柔安慰。我沾溼了毛巾，幫你洗浴、擦背，清水一遍一遍剝除你身上的城市煙塵和黏液，傷口和膿瘡皆癒合。你像個小孩子一般乾淨了。我親吻你，記住這是我的脣，開啟你的記憶，記住這是我的眼，看見你的脆弱和驚惶，記住這是我的耳，感覺你傾聽你包容你，耳朵是翅膀、耳朵是飛翔，記住這是我的身體，總是帶你離開城市。夜光藍，照拂山林，林雀驚飛，遠古的獵人回到村莊，把酒放歌高聲唱。

記住，我。

很夜的時候，黑暗無聲，彷彿，有旅行的人正輕輕掩上房門，準備離開旅館。我躺在你身旁，專注聽著你熟睡後的鼻息，安穩的呼吸像一片廣大的草原，牛羊皆安睡。銀河星空下，草原中央，有一棟小小的屋子，木頭材質。越過白色短牆，院子裡伏睡的小狗叫米地，白天牠總是和你的女兒一塊兒奔跑、追逐。窗裡，暖暖黃黃的燈亮著，你的女兒已經睡著了，而你和太太也進入了夢鄉。好安詳。萬籟俱寂。連風都不敢來打擾。我記著你述說過的永恆之家，一個整潔美滿又安康的理想家園。當然，不會有我的，那時，我將是一段灰飛煙滅的歷史，只能在最遠最遠的行旅路上，從你的窗口，經過，走開。我這樣想著，覺得悲傷，彷彿，我之於你，是一段提早發生的外遇。

山中小村在十二月的時候，會飄起霧白的煙嵐，人們一邊說話，一邊吐出白白的熱氣。平安夜的晚上，教堂前的廣場便聚集起一年一度的夜市，橙黃色的燈泡一一點亮、擴散開來，將靜寂的山村裝飾得熱鬧非凡。然後，人們都集合起來，在廣場上點燃引線，一朵朵美麗燦爛的煙火就飛進夜空，爆炸，綻放，呀呼，煙火散開的姿勢，像天使張開翅膀。人們的臉都被照耀得明亮美好。所以我們約好，要在十二月的時候到山上來，看煙火。

但是，我們前不著村後不著店的愛情，也許捱不到那個時候了。我檢視自己的身體，知道所有你留下來的氣味、刮痕和擁抱，都在這個潮悶腥稠的大城裡，凝成汗意，漸漸化開、淡去。所以我們提早來了。我獨自趴在窗口，看著烏雲一片一片游移堆積，遮蔽了星星，樹葉紛紛在空中拉扯、捲飛。這是夏天，而且，氣象預報說颱風就要來了。雨很快就要下了，溪水會慢慢漲起來，沖垮橋墩，毀壞來時路，淹進來，淹沒我們呢，我們會被困在旅館裡吧，困在只屬於我們的房間裡，直到煙火燦爛的季節。

山風好大。

你聽，那只陶鈴被風扯直了身子，正哀哀叫疼呢。

●——————○　**筆記／楊佳嫻**

一九七〇年代以降出生的寫作者所生產的同性愛文本裡，〈煙火旅館〉是擁有恆久地位的一篇。寫不被祝福的愛，無結局的眷戀，預告傷痛的旅程，美景良辰奈何天，雖然是許正平早年作品，十年過去，讀來仍然使人駐足、悵惘，忍不住要唱出那首張艾嘉經典的〈愛的代價〉：也曾傷心流淚／也曾黯然心碎這是／愛的代價。

開頭就說火車。是平快車的速度，依偎相處，慢速的交通工具才能來得及銘記這旅程的風花。那情感是這麼強烈，到了能去想像可樂流淌過愛人身體深處的起伏，握過的瓶身仍有對方溫度，沾黏在自己掌心。寫得那樣仔細，幾乎等於嫉妒：那飲料竟然可以這麼深入愛人的身體，讀取到自己讀不到的部分。

這旅程是逃離（可是仍要回去），也是印證（雖然終究失去）。旅程中回想這愛情的一切，用雨勢、產卵的飛蛾、異形、巨蛹等意象，一方面是性的暗喻，另一方面，也竟是以生殖的意象，相當反諷地與無生殖性的男同性愛形成了意義上的張力。可是，雖然不能繁殖後代，卻也是在繁殖愛，繁殖記憶啊。

文中寫意寫境，愈是美麗，就愈顯得夢幻、危險，不就是林夕的歌詞嗎，「越美麗的東西我越不可碰」。這場煙火行旅，燦爛一瞬，寫作者就把這一瞬一點一點放大，攤開，摩挲，好像那就是靈魂最後的晚餐。

許正平（1975年）台灣台南人。中山大學中文系畢業，台北藝術大學戲劇所創作組碩畢，現就讀清華大學中文所博士班。散文以家鄉小鎮為背景，張惠菁曾說他的文字「很溫暖，有一種講述童話故事般的筆調」。許正平自認劇場訓練讓他對空間的想像和對話的權力關係有了不同以往的理解，幫助他跳脫耽美的抒情調子。有散文集《煙火旅館》（大田，2002）。

邱妙津日記——一九九二年一月一日—一九九五年四月十八日

邱妙津

一九九二年　一月一日

八十一年了，我已經進入二十三歲，這個年齡應該是確立目標積極向前的時刻，我怎麼還在這裡像大海中靜止的小船？而我的這個目標能多高呢？我脫離教育制度已多年，都是由於科學的關係，我在語文上有天賦有熱情，無法抗拒這樣的召喚，我想要去從事的是關於藝術的工作。這樣的目標有錯嗎？在這個時代是一個好且適合我的目標嗎？

生活就是這樣，帶著一些厭煩和困惑，邊走邊摸索。如果不是厭煩和困惑就會是痛苦和虛無，無邊無際的，但，一定這樣嗎？在我這樣的心理年齡，我不願浪費精力在愛情爭逐、虛無情緒和生活漂浮上，我要的是穩定的家庭生活、知識的增長和創作的成就上，所以關於過去愛欲和性別的關心主題，現在已經必須略而不管。我不是為了生活的變化而活著的，我是要先活著而去創作的，還沒有任何一樣東西是如同創作可以引起我衝力會讓我更感到激動而興奮的，所以我說要奉獻給創作，這樣的一句話就是我的核心，想到就淚眼模糊。

維持我原初的夢想，一條創作路線在我眼前等待我，那就是我此生的意義總結，我不會有更多的意義，多出來的都是為了豐富創作。作為一個獻身藝術的人，我無論如何不會放棄創作的。我發誓。

我還有什麼別的可能呢？我可能成為一個學者，一個傳播媒體工作者，或是一個醫療體系帶動者，也許是一個組織人才的藝術活動推動者，但這些能彌補我在創作上渴望的挫折嗎？

我不是沒深愛過，但那些在我個人的歷史上不再重要，它們已失去舞台，我所深愛過的人在這個世界上都有一個我無權置喙的安全位置，我知道我可以在心裡放下它們，不再讓它們折磨著我的心靈，我的心靈可以被釋自由，去完成我生命該完成的任務。愛，從此在我生命裡不再是最重要的，我能愛別人，但不是一定得愛。

但是我能孤獨嗎？我能主要因為懼怕孤獨而留住一個女人嗎？我們對生活本身期待太多，生活像是一個令人失望的大圈套大空洞，我們經常得繞過生活本身的空洞性，去完成少數的任務、行動和愛。沒辦法逃離生活這個大空無，永遠沒辦法。為了跳躍這個大空無，只有依靠愛和創作這兩個東西，但是創作所帶來長遠的光熱和愛的立即溫度之間我無法取捨，唯一我一直深深明白的是獨自生活的困難，我必須承認我已失去那種勇氣，曾經那是我最堅強的堡壘。理論上，人不能為孤獨而需要一個人，那是不純粹的愛，不是面對內心時誠實的召喚，但在現實之中，難道那不是一種在此刻我的現實之內被允許的愛嗎？因為這樣我沒有表現出愛嗎？

想到我可能又要開始過起孤獨的生活，像被抽掉一張硬紙片，從淺短的深度我又掉進深澈汪洋那種怖慄感，而就是這淺短的深度使我有受阻的窒息感，我向內自我意識的通道被堵塞住，我的自我說話系統不能呼吸。似乎必須為了婚姻生活放棄我的自我說話，這兩者如果勢必衝突，我無法作選擇，冒險對我是恐怖的。

面對婚姻的危機，我最後還是只有兩項法寶，就是誠實和面對後果負起責任，是到目前為止我活在世上覺得比較可靠的兩個方法。我必須準備好要孤獨，並且思考清楚這個婚姻對我的意義，總之，搞清楚我在幹什麼，以及以後要怎麼辦。

一九九五年　四月十八日

喜歡這種乾淨、樸素的感覺，內心好潔淨……，昨天一天之內體會的事情彷彿比我二十六年還多，自己精神上所表現的緊張、焦慮、恐懼、顫抖、熱情及欲望，是我的生命渴望去活著、我的身體渴望去生活的表達，而過去我竟然完全不明白。

我生命中的人們已給予我太多，我所愛的人也已愛我太多太甚，而過去我竟然完全不明白……，我把我的整個生命拿來追求、占有、要求更多更多，那貪婪如此之深，我的要求已超過世界及他人所能給予我的，於是我如此劇烈地用我的身體及靈魂傷害了我所愛的人，致使她們的靈魂部分地殘廢，而過去我竟然完全不明白……。

過去二十六年我所狂熱追求的：成就、愛、性、精神及藝術，之於內在的聰明、自信與才賦，生命經驗和記憶內容……，難道還不夠多嗎？連我生命中完全殘廢的另一半也要開始開花結果了，我所擁有和占有的難道還不夠多嗎？除了去讓我所殘廢的那另一半也盡情地去表達及更細密地去體驗我所已獲得及被給予的東西之外，我還有什麼要再緊張地、拚命地、趕忙地去追求和占有的呢？

我的心靈會唱歌會表達美，就像鳥會飛、魚會游一樣自然。

彷彿在一個極深的海底隧道獨自發光著，跟他人不敢言語……。

●———○ **筆記／凌性傑**

在駱以軍的《遣悲懷》、賴香吟的《其後》這兩本小說裡頭，那位自死者的遭遇成為令人憂傷的故事。與《其後》對照著看，才更知道《邱妙津日記》的孤獨絕望。絕望中有激昂的創作力、無盡的吶喊。在台灣的文學出版品中，爾雅的作家日記儼然成為傳奇，從二〇〇二迄今每年出版一冊作家日記。這系列日記皆是有意為之，書寫的當下或許已經預期將在來日發表。

《邱妙津日記》二〇〇七年底出版，距她離世已經十二年。她書寫的當下並不知道，這些端整慎重的字跡會在多年之後公諸於世。或許有人要說這充其量只是，任憑文字在紀實與創造間往復擺盪，成為一場日常生活的自我表演。但我以為，寫信與寫日記，本來或多或少都帶有表演性質，差別只在於是給別人看或給自己看。邱妙津說：「自己一定要寫作，如果不寫作或太久沒寫作人生就完全沒有意義，我生活的所作所為都是為了要寫作。」藉由書寫，她與孤獨為伍，尋找意義的庇護。

真像舒茲（Bruno Schulz）對筆友說的：「我需要與志趣相投的人親近。我渴望外界的肯定，來支撐我認為存在的內心世界……，我需要一個夥伴共同踏上發現之旅。那些在一個人看來是風險、是奇思怪想、是毫無可能，用兩雙眼睛去看就能成為現實。我的世界一直在期待這種二合一……」選錄的兩則日記中，年輕的邱妙津發誓獻身藝術，永不放棄。在閱讀這種書寫模式的時候，不用講求章法結構，只需要珍惜書寫者的勇敢、誠實就已經足夠。

邱妙津（1969年）　台灣彰化人。台大心理系畢業。一九九五年在法國巴黎留學期間自殺身亡。作品影響華語同志文學相當深遠，其中以《鱷魚手記》（時報，1994）和《蒙馬特遺書》（聯合文學，1996）最為著稱。曾擔任雜誌記者、心理輔導員，期間除寫作不輟，還曾拍攝長度三十分鐘的十六釐米電影《鬼的狂歡》。

三

飲食

好滋味見人情

刀工

徐國能

一

當年「健樂園」還在時，父親的刀工是沒有話說的。

一般而言，談喫之人喜言材料、火候與調味，很少研究刀工，這不是沒道理的。講材料，須見多而識廣，山珍海味，葷素醬料，博通者當世已是幾希，略知一二足可誇誇其談，是為「權威」；論火候，則是以心傳心的獨門功夫，要有天分纔可領悟其中意境，像禪趣機鋒，最為引人入勝；論調味，則是魔術師之流的綜藝節目，趣味有餘但內涵不足，不過觀眾最多，當年我們「健樂園」的大廚曾先生最不屑此道，他說「味味有根，本無調理」，味要「入」而不能「調」，能入才是真，調，就是假了。材料、火候與調味，在烹煮時自是有其天地玄黃，發為文字也飽藏餘韻，但刀工，實是一門易學難精，永無止境的庖膳功課。

二

刀工雖然被視為雕蟲末技，但自古也有其承傳，基本上，以用刀的順序來說，廚刀有陽刀與陰刀之分，陽刀宰殺活的禽畜，而陰刀則割分已宰殺完成的食材，接著又有生刀與熟刀之別，生刀切批上砧而未煮之物，而熟刀則分剖已熟之菜。這在傳統社會頗有一些禁忌，譬如《論語．鄉黨》篇中便記錄孔子「割不正，不食」，一般人妄解切割得不方正，孔夫子便不喫，其實大非，「割不正」者，乃支解獸體未依禮法，其實就是刀具不對，庖人用了血釁的刀具來分割食材，孔子便不忍下嚥，善哉此心！仁者家風所遺，故孟子見齊宣王才說：「見其生不忍見其死，聞其聲不忍食其肉，是以君子遠庖廚。」以今日的科學來看，這些區別實乃以衛生條件作為出發，陰陽熟生不分最易傳播細菌，引起中毒，古人不明所以，只以鬼祟言之，試看今日，不也強調生食熟食宜用不同的刀叉甚至砧板？生熟刀中若再細分，其用途又有文刀武刀，文刀或稱批刀，料理無骨肉與蔬果；武刀則又稱斬刀，專門對付帶骨或特硬之物，現今家常多備一柄文武刀，前批後斬，利索痛快，惟無法處理大型物件，是為一憾。另有專家用的馬頭刀、三尖刀等，今已少見，暫且按下不表。前日見報載，某青少年持西瓜刀飆車砍人，其實並無所謂「西瓜刀」之流，此類刀具應稱燒刀，柄薄背厚，只砍不刺，鋒不甚利，但因其沉重，故入物極深，切西瓜自是得心應手，砍人則不免過於凶殘矣。

一柄良刀未必能造就一位良廚，但一位良廚，則定有一柄寶刀。刀會認生，故在廚中，絕無借刀之事，輕則大小方圓不勻，花丁不碎，重則斷指傷人，諸多恐怖的傳說在廚中繪聲繪影，刀的形象似乎趨向惡邪一端，其實父親說：刀本無心，是用者多心而已。

一柄好刀，包括質材與設計兩大部分，兩相得宜，纔好入手。刀不宜純鋼，需入以其他金屬，如鎢，否則鋒易鈍缺，古人「輕用其鋒」之說便是製刀技術不發達時的一個見解，今日科技下的好刀愈用愈快，不必常磨。刀柄與刀身的比例因人而異，重量亦因用途與膂力有所不同，但要能與手掌曲線契合，稍重為佳。若以力道而言，父親說：「殺雞用牛刀未嘗不可，但殺牛卻無用雞刀的可能，大才可以小用，但小才卻萬不能大用。」話中似有無限感慨。

三

常人切割，能夠整齊俐落就算及格，至於刀法則略通砍剁劃拍等常法即已無礙於色味，但要作為廚師，什麼材料用什麼的刀工，卻要花些時間琢磨，不過三五年也可出師，但真正要得到其中精髓，非用一生來追尋，其中還要有名師指點，方可完全。

當年在「健樂園」，二廚趙胖子的刀法可算一流，他身廣體盤，膂力驚人，使一柄沉甸甸的馬頭刀，刀腰沾著一抹烏沉的油漬，大骨之類在他手中往往一鎚定音，無可置喙，再細小的蔥頭薑絲，也在他肥糯糯的指掌間燦然生華，在刀工裡頗有「通幽」之緻，但他自言刀工不及父親，並非謙讓。

父親用刀不疾不徐，但準確無比，手中食物愈切愈小，可還是一絲不苟，直到最後一刀，但這只是入門而已，一般烹飪多是下鍋前即切剁完畢，但有些菜餚需要一體入鍋，待煲熟後才行分割，這種菜最見刀工，其中有許多名堂，如一刀瀝魚脊，只用一劃，即將整條魚骨連魚頭取出，既不扶折，也不留刺，又如分全雞，一罈烏骨雞要在席上半分鐘內分割完畢，罈小雞肥，要能宛轉間肉骨截然，湯水不出，要靠點真功夫。

父親用刀，除了講究力通腕指、氣貫刃尖與專心致志等泛論之外，對於一把刀的發揮，也有過人之處，如一般人較少用到的後尖，甚至柄梢，父親都能開發其中的奧妙，在許多重要場合派上用場。如前述「一刀瀝魚脊」，厲害的就是刀後尖的運用，料理時後分前挑，一刀兩式，一明一暗，不知其中巧手者真是歎為觀止，又譬如殺鰻，多數廚子用摔昏法，有時魚未死而腦已碎，血汁一濁，肉質即有變酸硬之虞；但父親的功夫就在刀柄，往魚兩眼間輕輕一頓，再大的魚也立刻翻眼昏厥，再反手一揮，皮骨開矣。

有回在「健樂園」，酒餘飯後，論起食道，父親說：古代名庖中，取材調味以殺子入菜的易牙排第一，論刀工則屬莊子筆下的無名庖丁，庖丁善解牛的關鍵是「以神遇而不以目視」，這話說穿了並不特別，只是庖丁對於獸類的筋骨結構比一般人了解更多而已，可能是早先研究過牛隻的生理構造，有點像西方文藝復興時代的繪畫，對於人體的肌肉、骨骼了解透徹，所以畫作中的肢幹比例、細部表情能更準確而栩栩如生。故這位「科技領先當時一步」的庖丁刀法，恐怕未必有傳說中的神奇。

自「健樂園」風流雲散之後，父親絕少下廚，現已茹素多年，再也不碰刀具，連這一手技藝也不肯覓尋傳人，每天但鈔讀陶詩、心經而已，「能喫就好，何必不厭精細」是父親現下的名言。倒是趙胖子南下自立門戶，在高雄闖出了一些名堂。前年趙胖子七十大壽，親披圍裙做了幾樣，自言是晚年的心境神味，父親因病不克前往，命我送對聯一副，席上展開，寫的是：「心猶未死杯中物，春不能朱鏡裡顏」，趙胖子對龍飛鳳舞的字句飲盡三大白，流下淚來。

四

那回飯後，趙胖子微醺之際說出了父親刀藝的來由。

父親藝業頗有傳奇色彩，父親少年從軍，一直從事文職的工作，據說與寫得一手好字有關，父親字學顏柳正宗，又自出機杼寫成行草，他的解釋是在鄉下寫紅白練出來的，還曾得意的說于老的字也不過如此。來台後，因代步方便，花了參拾元購置二手腳踏車一輛，經常在營區附近老王處修理，這老王不知何許人也，因為來台時遺失了身分證，一直被懷疑是匪諜，謀職無門，只靠修車為業，一年春節，父親在營區寫春聯，因為紙多，一時收不了手多寫了兩副，無處懸掛，遂轉贈給老王，老王感動之餘，竟說要「切個菜給父親瞧瞧」，硬拉著父親到他的「廚房」，其實只是個違章建築的矮棚，取刀一柄，砧一張，紅白蘿蔔冬筍各一枚，夾心肉一方，二話不說，篤篤篤地開始動手。

那天黃昏，趙胖子回憶，父親失神落魄回到營區，本來兩人約好要去喫涮羊肉，但父親推說頭痛不去，第二天伙房的老楊神祕兮兮地到處對人說，那個劉少尉真是深藏不露，幾下就把全營的菜都切好，刀法之奇，他幹伙房幾十年也還沒這本領呢！

五

這個故事我猜八成是假，不是趙胖子誆我，就是醉後胡言，但向父親求證的結果，父親無可無不可地默認了，但他意味深長地說：「子獨不見貍牲乎，東西跳梁，不避高下，中於機辟，死於網罟……」

我不明白他們在說什麼。

父親一生失意，經營事業幾度成敗，其中尤以「健樂園」的轉讓令其最為痛心，那是他一生的冀望所繫，但近來父親對這事卻有了不同的解釋，認為「健樂園」的失敗反而是他人生境界的一次拓展，是一種福緣。

早年曾聽父親自論刀法，父親尚在得意之時，說其刀法有三大奧妙，一是意在刀先，要有靈感才好切菜；二是馬步需穩，如此浮沉二力方能施展；三是聽聲辨位，斷定材料的內部結構才好施力。初聽之際，以為父親是武俠小說看多走火入魔了，但親自下廚時才漸漸體會出話中之理。我求學台中之時，經常在一家香港燒臘店中用餐，那香港老闆刀工極好，叉燒肉片薄如信紙，我暗中觀察其用刀，發現他以左手持刀，右手拿菜找錢之時，左手不忘用刀背輕輕在砧板上敲出一種節奏，這是一種不讓靈感「跑調」的方法，而他切菜，雙膝微屈，兩足不丁不八，愈細的刀工，雙胯愈開，父親說這是沉氣於踵，使浮力於鋒線的刀法，市井之中，自有奇人，這是不消說的。

中年以後，父親更執著於刀工的鑽研，此時他最得意的是發現了均勻吐納與刀工的關係，他常對友朋推廣，既可切好菜，又可健好身，但一般人常聞言大笑，多當他是瘋子看待，為此父親受到不少打擊，從此自己默默「練功」，不再對任何人提起這套「切菜內丹」。尤其後來事業失敗，這門絕技也就無疾而終了。

晚年父親不再提刀，只寫書法，字中一派圓潤祥和，甚至近於綿軟，不像是殺生無數的人所手書，有一回父親擲筆浩歎：「我的刀法從字中來，還是要回到字裡去。」我仔細回憶父親用刀，並揣摩了他的書法，這才了解父親用刀的技藝，「老王」可能是個神靈啟蒙，而真正的老師，恐怕就是那些人生的風霜，與積疊成簍的唐碑晉帖吧！

六

父親病後，我們極少閒談，沉默反而成為我們之間相互習慣的一種語言。

有一次我偶爾說起他用刀之神，希望能喚起他對往日美好的記憶，但父親只平淡地說：「若非我困於刀工，可能早是大廚了，刀工刀工，終究還是個工！」我明白父親的不甘，當時在「健樂園」，父親似乎只能切菜，我猜他有更多的想望，但都被他那獨步當世的絕藝所埋沒了，如果沒有這項絕藝……，無怪乎他發展出各種玄虛刀工理論，其實都是一種情感的轉移而已。

回想這些年，父親教我寫字，卻不督促我勤練；教我弈棋，卻不鼓勵我晉段；教我廚藝，卻不准我拜師……，讓我在每件事上，都是一個初入門庭的半吊子，一個略知一二的旁觀者，最後他寫給我的一張字是「君子不器」，那時秋夜已深，父親望向庭中那株痀僂老樹，月明星稀，風動鱗甲，久久不能言語。

如今我幾乎不到廚房，免得一些不必要的感傷，成為一個真正遠庖廚的君子。我重新拾起書本，發現了其中腴沃的另一種滋味，偶爾可以嘗出哪些文章是經過熬燉，哪些詩是快炒而成，有時我甚至猜想，某作者應該嗜辣，如東坡；某個作者可能尚甜，如秦觀；至於父親晚年最敬仰的淵明，執著的一定是一種近於無味的苦；而刀工最好的必屬黃庭堅，因為他的字那麼率真而落拓，因為他的詩，父親晚年鈔了許多。

我經常思索父親的哲理，但並沒有成為我人生的指導，有時我會沉溺在某種深邃裡而感到迷惘；但有時則在其中，找到一種真正樸實的喜悅與寧靜。

●———○ **筆記／凌性傑**

散文怎樣可以寫得有意思、有味道？史鐵生〈答自己問〉是這麼談的：「意味者，可意會不可言傳也。意味就不是靠著文字的直述，而是靠語言的形式。語言形式並不單指詞彙的選擇和句子的構造，通篇的結構更是重要的語言形式。所以要緊的不是故事而是講。……它以整體的形式給你意味深長的感動，你變了它的形式就變了甚至滅了它的意味。」徐國能《第九味》中的文章之所以雋永耐讀，正因為意味無窮。〈刀工〉有故事、有情感，作者講起「健樂園」的興衰、父親的教誨，語氣從容有度。更以用刀之法比擬寫字、作文以及人生的況味，其意味內蘊真有如李安的電影《臥虎藏龍》。

用刀的技藝是一門學問，寫文章何嘗不是？徐國能意在筆先、功底扎實，施展浮沉二力，斷定材料內部構造後巧妙施力，其實都是一種情感的轉移。張讓說：「我想談吃不免這樣，在口舌享樂後面，帶了鄉愁和感歎。飲食負載時間，正如建築負載空間，最終都是習俗和記憶，真正負載的是感情和文化、歷史。」徐國能在飲饌之間看見訴說的可能，為飲食文學提供新的意趣，開創了一門永無止盡的庖膳功課。

徐國能（1973年） 台灣台北人，師大文學博士，現任教於師大國文系。創作文類以詩與散文為主，文字兼具古典與現代，無論是對時光記憶的巡禮，或是以飲食烹飪寓寫人間世事，可見其深廣洞見與細膩的人文關懷。曾獲時報文學獎、教育部文學獎、聯合報文學獎等多種獎項。散文集《第九味》（聯合文學，2003），曾獲二〇〇三年聯合報讀書人最佳書獎。最新著作《綠櫻桃》（九歌，2013）。

筍滾筍的滋味

詹宏志

距離大學聯考放榜的時間愈近，我們感受到的壓力愈大，連夏日盛暑的空氣中都瀰漫一股燒焦般的緊張氣味。雖然聯考成績單我們已經收到，考好考壞自己早有結論，但會被分發到什麼學校、科系，卻還沒有丁點兒消息，那種等待命運揭曉前的苦悶煎熬，著實令人難受。我們幾個高中畢業同學相邀到山區走一走，避開那個放榜時一翻兩瞪眼的驟死場面，一聲號召竟有十一個好朋友應約前來，一起出發到山裡頭去，可見大家都憋壞了。

我們的第一站，就來到台灣中部有名的森林名勝：溪頭。選擇溪頭作為出遊地的原因，一方面是嚮往它美麗林景的自然魅力；另一方面也是因為同學當中就有志明家住溪頭附近，可以地陪導遊兼食宿接待，這對我們這些阮囊羞澀的窮學生來說還滿重要的；最後一個原因，則是我們都想去走一走當時很熱門的學生冒險路線，名氣響亮的「溪阿縱走」。

所謂的「溪阿縱走」，指的是一條從溪頭走到阿里山的登山路線，在那個交通不易的時代，這條通俗路線還算有一點難度，特別是從溪頭到溪底，以及來到林班登山口的交通。當時沒有車可以到達，最常見的交通手段是拜託伐木工人用卡車載你走無鋪設的林業道路到登山口，通常清晨四、五點就得摸黑出發，所以前一天必須先住在溪頭附近。入山之後，依你腳程的快慢，一般還必須再在山區裡走上十二、三個小時，一路上穿越的是人工林和原始林，行經樹草茂密的走道和山脈稜線，再走過一段載運木材的林道鐵軌，才能抵達阿里山，而你也已經從南投縣走到了嘉義縣境內。到了阿里山，通常時間也已近黃昏，你可能必須再投宿一夜，第二天看完阿里山聞名的雲海和日出，再乘阿里山鐵道火車下山。

到了溪頭，志明就來車站迎接我們，預備帶我們四處去逛逛；而班長阿仁來自竹山，對溪頭也很熟。兩個人帶著我們去吃了一個所費無幾卻滋味美好的大餐，最後還是志明付的錢請的客。鄉下餐廳沒什麼奇怪花樣，大部分的菜都是老實而熟悉的農家菜色，不外乎是豆干炒肉絲、炒高麗菜、菜餔煎蛋之類的，但有一道看似清澈平淡的湯，滋味鮮美無比，則是我們在其他村子裡從來沒見過的東西。阿仁說那叫做「筍滾筍」，是溪頭特有的菜色。原來溪頭人把曝曬醃漬的筍乾拿來和當日新掘的鮮筍同煮為湯，借筍乾的鹹襯托鮮筍的甜，本來是窮人無肉煮筍的替代，不料竟成為一種滋味無窮的鄉土菜餚。

竹筍本來就是甘鮮甜美的自然野味，在鄉下地方唾手可得，但料理竹筍時，煮、炒、燜、滷，或做湯，都需要一點豬肉增添它的鮮味，母親煮筍的時候總愛說一句「四腳行過就好食」，大概一方面是讚美豬肉（四腳）在料理提味時的神奇作用，一方面卻又感歎窮人家肉食的得之不易。

一群高中生對溪頭的「筍滾筍」驚為美味，加上正是發育好動的年紀，胃口本來就大，同行的太三就是班上食量最大的同學，平日上學就得帶兩個便當，我們其他人也都是常感飢餓的餓鬼。我們一口氣吃掉了幾鍋飯，把所有的菜餚也一掃而空，連最後一滴湯汁也用來拌飯，統統不放過。

但我們真正的目的地不在遊人如織的溪頭，而在更深入、當時還未有鋪設道路可達的「溪底」（溪底現在已經新闢為「杉林溪底」的遊園區）。吃過飯後，我們一行人步行從山徑抵溪底，借宿在一間已經無人居住的工寮。工寮本來也是伐木工人工作居住之處，但後來林班移動，工人也隨著移居，不再住在這個廢棄的工寮了；在地的志明有地緣之便，借來了工寮棲身，連帶也讓我們使用寮中的廚具和棉被。

溪底還是完全無人跡的自然原始之地，木造鐵皮的工寮緊鄰一潭碧綠湖水，景色優美，我們大聲呼叫，空谷響起回音，也只是驚起一些飛鳥，無損於樹林中無邊的沉靜。同學中的啟泰是天賦異稟的男高音，每個週日在教會唱詩班裡都是扮演吃重的角色，此刻在森林中高唱聖歌，森林像是個巨大的共鳴箱，把他的聲音烘托得清亮高亢，音色飽滿，好像美聲歌王吉利（Beniamino Gigli, 1890-1957）一般，只是有幾隻烏鴉在樹梢頂上呱呱呱熱心地唱和著，讓我們忍不住發笑。那時候，一片的山嵐霧氣隨風輕輕飄下湖面，突然間霧失樓台與美景，我們就被籠罩在白茫茫之間，連彼此都看不見彼此了。

我們在水潭邊生火煮速食麵，跳到潭水裡打水仗，在石頭上聊天嬉戲。夜裡頭氣溫下降，刺骨的冷風從工寮縫隙吹進屋內，工寮裡透著溼氣的棉被顯然是不管用，我們一面瑟縮著取暖，一面笑鬧著開彼此的玩笑。但放榜的日子就在第二天，此刻我們在一個遠離文明、消息全無的地方，大家也盡量不想去提及這件事，但我們心頭上還是有沉沉的壓力揮之不去。

第二天，我們四點半摸黑冒冷起來，直接步行走到登山口，開始我們的「溪阿縱走」。開始時走的是卡車能通行的泥土大路，很快地就走進僅能通人的密林山徑，雜草有時比人還高，走在前面領頭的人就頗有披荊斬棘的感覺。不過天很快就亮了，每到轉彎處常有可眺望的山景，一路行走說笑，偶爾駐足看景，流汗中有山風吹拂，倒也覺得心曠神怡；但大家年紀輕，自恃腳程，貪圖速度，對美景不多流連，猶如將軍趕路一般。

我們找到一個視野開闊的空曠高處，停下來吃午飯。午飯是前一天在溪頭餐廳裡訂來的餐盒，很基本的台式便當，有大塊炸排骨和半個滷蛋，加上一點鹹菜和蘿蔔乾；在群山輕風之間，與朋友笑談之中，冷卻的餐盒也吃得津津有味。過午之後我們逐漸靠近阿里山，地勢轉為上坡路，開始有了體力的考驗。阿孝和啟泰前一段路過度亢奮，現在就有一點氣喘不過來的模樣。走到林道鐵路的時候，幾位同學已經累得笑不出來，幸虧痛苦撞牆的時間很短，那是最後一段路了，好像轉了彎，不覺阿里山已在眼前。

當晚我們投宿在阿里山一家旅館裡，大家睡在一個榻榻米通鋪，本來說好都不去聽放榜的廣播，免得影響我們高中時期最後一起共同出遊的心情。夜裡頭我因為白天的體力消耗而沉沉睡去，睡到一半卻聽見收音機廣播的聲音，顯然有人是沉不住氣了。班長阿仁先是抗議了一下，但是很快地也沉默下來，安靜地加入傾聽，畢竟大家對這件「終身大事」是沒辦法完全瀟灑的。

廣播中報出一個一個名字，很快地我聽到自己的名字，雖然在廣播中也顯得不真實。沒多久，又聽見連順的名字，他考得是比大家預期的出色；然後聽到阿仁的名字，雖然是不錯的排名，但以他的實力而言是考壞了；然後又聽到太三、啟泰和幾位同學的放榜唱名，他們都考壞了。名字一個一個唱過去，報到全部結束，志明和另外兩位朋友是完全沒聽到名字，他們是落榜了。

第二天起來，大家心情變得複雜了，本來是每天在一起的好朋友，如今要各奔前程，而且考試的結果有點把我們分裂為不同等級的人了。我們有點不知如何恭賀對方或安慰彼此，大家開了一點言不及義的玩笑，就坐火車下山了。一路上大家各懷心事，也意識到將來再要這樣出遊，大概是不容易了吧？

果然我們一別三十多年，其中幾位朋友是不曾再相見了。後來我進大學、入社會，再也得不到這樣忠誠無邪的朋友，我常常在夢中想到他們，以及那一場森林中的旅行。三十年後，我重遊溪頭，在餐廳中問起「筍滾筍」，老闆竟說沒聽過這是什麼菜。唉！一切都消逝了，我突然沒來由憎惡起這增添了許多水泥建築的溪頭。

●————○ **筆記／凌性傑**

如果考試可以決定命運，人怎麼可能不為成績焦慮？當升學考試成為一道命運的關卡，等待命運揭曉的時候，做什麼事最好？在大學聯考錄取率極低的年代，為了避開放榜驟死場面，一九五六年生的詹宏志與朋友進行一場青春冒險，在山林中徒步旅行。他們穿越山稜與河谷，在溪阿縱走路途中刻意不提跟聯考有關的事。然而聯考的陰影實在過於龐大，始終籠罩著年輕的心。旅程、縱走，於是也成為命運的隱喻。他們故作瀟灑，實則心頭不定，記掛「終身大事」。

縱走跋涉最耗體力，途中他們飽餐「筍滾筍」，獲得了充足的能量。筍乾與鮮筍同煮，看似簡單卻滋味無窮。舊筍與新筍之為喻，莫不也是當下與過去的摻同？當這一趟旅行結束，考試結果畫分了人生的去向，青春友伴從此分道揚鑣。三十年後，作者重遊溪頭，面對已然消逝的一切，「沒來由憎惡起這增添許多水泥建築的溪頭」。而昔日友朋一別三十年，有幾位已不曾再相見。餐廳老闆亦未曾聽過「筍滾筍」這道菜，往日時光到底是一去不返了。

三島由紀夫說：「散文的實用性最高，它的指涉最明確，清楚明瞭又不假修飾，能將事物以最接近寫實的方式呈現出來。」二〇〇六年，詹宏志出版首部散文集《人生一瞬》，極力爬梳記憶中的真實。二〇〇八年的《綠光往事》延續這種風格，把過往的生活痕跡寫得歷歷如繪。詹宏志說：「我不是要寫我的生活回憶，我是要寫某一個時代的經驗。」在〈筍滾筍的滋味〉裡，生活回憶和時代經驗畢竟可以兩全了。

詹宏志（1956年）　台灣南投人，台大經濟系畢業。知名作家、編輯、出版人，亦是PChome Online網路家庭出版集團和城邦文化事業創辦人。早期論述主題多是趨勢或文化觀察，直到《人生一瞬》（馬可孛羅，2006），文案以「開啟記憶，書寫生命最深處的感動」吸引讀者，也注明「詹宏志第一本散文登場」。至《綠光往事》（馬可孛羅，2008）一書，筆觸更溫柔，更貼近生活，更親近讀者，展現迥然不同的懷舊風情。

干絲

汪曾祺

南京、鎮江、揚州、高郵、淮安都有干絲。發源地我想是揚州。這是淮揚菜系的代表作之一，很多菜譜都著錄。但其實這不是「菜」。干絲不是下飯的，是佐茶的。

揚州一帶人有吃早茶的習慣。人說揚州人「早上皮包水，晚上水包皮」。「水包皮」是洗澡，「皮包水」是喝茶。「揚八屬」各縣都有許多茶館。上茶館不只是喝茶，是要吃包子點心。這有點像廣東的「飲茶」。不過廣東的茶樓是由服務員（過去叫「夥計」）推著小車，內置包點，由茶客手指索要，揚州的茶館是由客人一次點齊，陸續搬上。包點是現做現蒸，總是等一些時候，一般上茶館的大都要一個干絲。一邊喝茶，吃干絲，既消磨時間，也調動胃口。

一種特製的豆腐干，較大而方，用薄刃快刀片成薄片，再切為細絲，這便是干絲。講究一塊豆腐干要片十六片，切絲細如馬尾，一根不斷。最初似只有燙干絲。干絲在開水鍋中燙後，瀋去水，在碗裡堆成寶塔狀，澆以麻油、好醬油、醋，即可下箸。過去盛干絲的碗是特製的，白地青花，碗足稍高，碗腹較深，敞口，這樣拌起干絲來好拌。現在則是一只普通的大碗了。我父親常帶了一包五香花生米，搓去外皮，攤青蒜一把，囑堂倌切寸段，稍燙一燙，與干絲同拌，別有滋味。這大概是他的發明。干絲噴香，茶泡兩開正好，吃一箸干絲，喝半杯茶，很美！揚州人喝茶愛喝「雙拼」，傾龍井、香片各一包，入壺同泡，殊不足取。總算還好，沒有把烏龍茶和龍井攙和在一起。

煮干絲不知起於何時，用小蝦米吊湯，投干絲入鍋，下火腿絲、雞絲，煮至入味，即可上桌。不嫌奪味，亦可加冬菇絲。有冬筍的季節，可加冬筍絲。總之燙干絲味要清純，煮干絲則不妨濃厚。但也不能擱螃蟹、蛤蜊、海蠣子、蟶，那樣就是喧賓奪主，吃不出干絲的味了。

北京沒有適於切干絲的豆腐干。偶有「大白干」，質地鬆泡，切絲易斷。不得已，以高碑店豆腐片代之，細切下揚州方干一菜，但要選片薄而有韌性者。這道菜已經成了我偶設家宴的保留節目。

美籍華人女作者聶華苓和她的丈夫保羅．安格爾來北京，指名要在我家吃一頓飯，由我親自做。我給她配了幾個菜。幾個什麼菜，我已經忘了，只記得有一大碗煮干絲。華苓吃得淋漓盡致，最後端起碗來把剩餘的湯汁都喝了。華苓是湖北人，年輕時是吃過煮干絲的。但在美國不易吃到。美國有廣東館子、四川館子、湖南館子，但淮揚館子似很少。我做這個菜是有意逗引她的故國鄉情！我那道煮干絲自己也感覺不錯，是用干貝吊的湯。前已說過，煮干絲不厭濃厚。

●——○ 筆記／楊佳嫻

汪曾祺過去以小說著名，後來讀到他那些談吃、談畫、談戲、談草木蟲魚的散文，也好看得不得了。有典故，有見識，有生命的體驗，也有情感的潤澤。文字看上去，不雕不琢，可是全都恰到好處，又特別適合讀出聲音來，是調整過節奏的；當然可能不是那麼刻意，就是，文章寫久了，知道怎麼讓文句呼吸吧。

〈干絲〉寫風土、烹飪，也寫親情，還寫朋友。對於本地讀者來說，比較新鮮的，是汪曾祺開頭就說，「干絲不是下飯的，是佐茶的。」——畢竟台灣人習慣以春光或者芭樂乾佐茶——干絲佐茶，能「消磨時間，調動胃口」。那好吃的干絲，材料、切工、盛器，都有講究，但是並不繁難。再來，則是他想起父親的做法，加青蒜、花生米。最後，還談到燙干絲與煮干絲不同，前者力求單純，後者不厭濃厚。整篇文章不長，可是把干絲的美味、分別，以及在個人記憶中的面貌，都寫出來了。汪曾祺寫散文，不用渲染搖蕩，而是以骨架堅實而簡單地撐起來，加一點情感的事實，作為血肉。是老派的寫法，醇厚而不張揚。

汪曾祺（1920年）　中國江蘇高郵人。以短篇小說和散文聞名。一九三九年考入西南聯大中文系，曾受沈從文指導寫作。他的短篇小說《受戒》、《大淖記事》開創了一九八〇年代中國小說新格局，短篇散文〈端午的鴨蛋〉、〈金岳霖先生〉則被選入大陸中學語文課本。其散文寫風俗，談文化，憶舊聞，述掌故；風格平淡質樸，但饒有趣味，充滿文人閒散的情調。散文集有《人間草木》、《五味》等。

六朝之後酒中仙

楊牧

飲酒這件事，在我的朋友當中，會的人不少，而且真能認識個中興趣，談而論之，甚至訴諸文字渲染的亦復不少。當然，能談論酒趣，甚至以文字記敘他的愉快或痛苦經驗的，不一定是最道地的飲者；何況天下自有許多積豐富的飲酒經驗，卻始終對此事保持緘默，不予置評的人，正是「但得酒中趣，勿為醒者傳」。雖則如此，傳與不傳，口舌筆墨之間，仍有其修辭語意的殊相。李白雖然說他不想將飲酒的妙趣告訴你，言下卻已經告訴你了。我們都知道，六朝之後，最偉大的酒仙，當然就是他。

我個人稍識酒趣，對此杯中之物帶有濃厚的敬意。有時也遭遇到一些困擾，被人質問：「酒有甚麼好？」我也覺得這事無可形容，「勿為醒者傳」。古人喝酒，和樂且湛，威儀幡幡——人多固然最好，獨飲也有其孤高的境界。要之，中國人從來不覺得飲酒是一件不好意思的事情，即使偶然生顧慮，至多害怕「將非遐齡具」罷了。近代醫學昌明，一般人都強調酒與遐齡之間的衝突，所以許多長輩在飲酒半生之後，輒主動地或被動地戒了；不但自己戒酒，也勸我們晚輩少喝或者根本不喝。通常勸說的人總是充滿了誠意，聽訓的人則始終是藐藐的。此事是非，不可分析，何況長輩當中，以高齡的道德文章，猶對飲酒鍥而不捨的仍然大有人在，可見是非辨詮之難。我自覺在這個文化價值交戰的社會裡，有一天大概也會變成一個諄諄規勸小子戒酒的人。陶公有詩曰：「止酒情無喜」，其沮喪可以想見。現在我必須趁情無喜之前，先把飲酒的正面意義記下來，以免不飲以後，失去追憶傳述的興趣。

我出生在一個頗為重視飲酒的家庭裡。父母親都能解小飲之樂，兄弟姊妹也多可以附和，尤其到了年節晚餐，人手一杯，團團圍坐，需供之間也都恰到好處。但我真正體會到薄醺的快樂，則是高中時代才有的。我的國文老師胡楚卿先生不但鼓舞我對於新文學的信心，也啟發了我對飲酒的興趣。胡老師是台灣現代詩運動的先進人物，帶有他獨具的詩人色彩，但他是湖南人，好像來自湘西，曾經對我們堅稱趕屍是確有其事，不是開玩笑的；我們半信半疑，不便追問。我的作文受到他的賞識，乃自然而然被喚到他家裡去玩。過年前後，胡老師還會做臘肉。我去他家，看他興致高，在廚房洗蔥切肉，就跑到小店裡買一瓶酒（通常是他出錢叫我去買），回來和他對飲，吃臘肉，談詩。上大學以後，我寒假回家，也一定會帶瓶酒去花蓮中學看他。吃湖南臘肉，談詩。有一天我們大談楚辭，薄醺之後，我告辭出來，騎摩托車進城，在靠近太平洋的海岸公路上摔了一大跤，皮夾克擦破了，手臂脫臼，還去找了一位接骨醫生推拿半天才好。這算是詩酒經驗裡的第一件意外，然而詩之樂與酒之樂，終於還是遠遠超過摔跤的恐懼。胡老師喝酒之後，談興更濃，一口抑揚頓挫的湖南話，滿腔新文學的熱情，都隨著酒意傾洩而出。師母是浙江人，時常不忘表揚西湖之美，無非是鄉思使然。有一次胡老師聽厭了，咕噥說道：「西湖是甚麼東西？最多也不過和花蓮菜市場後面那條排水溝差不多罷了！」師母不悅。我做學生的卻覺悟比喻之妙，誇張之美；鄉土的可愛，見仁見智，時空距離，增益其混亂。後來我每次看北平人寫文章說北平叫賣市聲如何如何美妙，而台灣的叫賣市聲又如何如何不美妙，總不免啞然失笑，稱之為「花蓮菜市場後面那條排水溝之情意結」。

我的大學生活，酒興索然，因為讀的是教會學校，校園裡是禁酒的——至少表面如此。偶然好奇，必須到校外去買，提到公墓裡，坐在某某人之「佳城」慢慢喝之。教會學校禁酒，不知道十誡裡有沒有這一誡，但酒是耶穌的血，神父做彌撒，最後一道手續總是將銀杯裡的葡萄酒一口乾盡，才把聖餅給信徒分食。可是公墓佳城中飲酒，一尊還酹黃土，與古人神魂交涉，自有許多奇趣。我曾經邀請余光中一試這種奇趣。多少年後，光中重上大度山，寫詩〈調葉珊〉乃有這樣的開口三句：「死後三年　切勿召朋呼友　上我的墓來誦詩，飲酒。」光中不算是善飲的詩人，故有此慮，雖然他的詩中時常出現喝酒的形象。他早年嘗作一詩曰：〈飲一八四二年葡萄酒〉，格律嚴謹，玄思浪漫，頗得濟慈神髓，但我懷疑他喝的恐怕不是一八四二年的葡萄酒，則詩與真實之間仍必須有它美學的距離。

金門行伍，使我練就一身酒膽，雖然酒量依然薄弱。秋天裡我們大軍開到金門，晚上涼風颯颯，戰地戒嚴，更無處可去，我尋思：「何不飲酒？」乃購得高粱一瓶，頭一夜對著瓶子喝了兩口，頓覺頭重腳輕，始知此白乾之厲害。我在金門結識一位好友，戰車連的修護少尉吳鼎榮。我們時常從這個坑道提一瓶酒走到那個坑道，在昏黃的馬燈下，一杯一杯喝著。平時我們喝酒就花生米和軍用罐頭，自得其樂；螃蟹季節到時，更不愁下酒菜。鼎榮是官校出身，為人和氣豪邁；我退伍前他就調回台灣了，後來竟失去聯絡，回想起來不免悵惘。那年冬天，國防部派來了一個軍中作家前線訪問團，成員中有不少朋友在。金門廣播電台台長是詩人一夫，他為我向師部請了公假，陪作家們玩。晚上吃飯時大家酒都沒喝足，一夫乃又安排眾人洗盞再飲於某部中山室，下酒菜不夠，竟以貢糖湊合痛飲，結果瘂弦，張永祥，一夫自己，和我都爛醉。據說我第一個滑到桌子底下，不省人事，由司馬中原，朱西甯，張永祥，吳東權四人合力抬上吉普車，適逢大雨，眾人抬到半途手都痠了，永祥建議：「放下來歇歇，」乃將我擺在黃泥地上，四人在雨中喘氣，當然也都溼透了。師部看我一夜未歸營，向電台要人，一夫特別為我說明是招待國防部的訪問團喝醉了，睡在電台的坑道裡。軍中不忌酒，也沒有處罰，只是我的軍服背後染上金門的黃泥雨水，一直到退伍還沒洗乾淨。多少年了，現在每次遇見司馬和一夫，他們還樂道此事，引為笑談，我想這是我平生第一次真正喝醉，只好以「醉臥沙場君莫笑」解嘲。

金門是一個令人懷念的地方。那一年寫了不少詩和散文，屢次提到酒；但其實我的酒量並不行，高粱喝不多，黃酒之類的比較能夠入口。那一年端午節，曾被士兵連勸帶騙，乾了一瓶黃酒，從此酒膽大增。退伍回台灣，自覺不再是吳下阿蒙了。但其實我對酒之為物毫無研究，烈酒淡酒，還是分不太清楚。秋後出國去愛荷華大學，天欲雪雲滿樓，染上感冒。安格爾教授送我一瓶波旁威士忌說：「感冒喝威士忌最好。試試看！」等探病的朋友走了以後，我咕嚕嚕喝了半瓶，把威士忌當黃酒處理，蒙頭大睡。第二天感冒不知好了沒有，宿醉之累則為平生所無。從此有一段時間，我視此波旁烈酒如洪水猛獸，輕易不敢碰它。愛荷華大學校園外有一家啤酒館，面臨克靈頓街，詩人作家常去。有一天下午課後，魏爾教授邀我去喝一杯。那是我第一次嘗試黑啤酒。和魏爾坐在落雪的酒店窗裡，談歐洲文學，喝黑啤酒，聽民歌和搖滾樂——一切都喜歡。多少年來我還忘不了那天黃昏的愉快經驗，啤酒，歌德，民謠，這些東西我到今天也還是喜歡。

黑啤酒和普通啤酒味道大概有點不同，我也說不出所以然來。有一次和一批中國同學去，大家談完文學和戰爭的關係以後，開始討論兩種啤酒的異同，不料王文興說道：「黑啤酒的味道就好像啤酒裡加上味精。」我覺得胃口大壞，從此對黑啤酒失去了興趣。王文興和白先勇相繼離校之後，劉國松到了愛荷華。國松的住所正好就在克靈頓街這酒館樓上，每天關在屋裡畫畫，燉排骨湯。有一天我喊他下樓去喝酒，但他也是滴酒不沾的豪客，我坐下來灌啤酒，他無聊地站起來看美國學生玩電動遊戲，不久居然加入比賽，更以他清醒的頭腦大勝。此後一年，電動遊戲乃成為國松最重要的娛樂；酒館老闆知道住在樓上的中國畫家進門來，買一杯啤酒拿在手，但意不在酒，而在那一閃一閃的機器，一定覺得非常好笑。

我對波旁存有戒心，誰知一九六六年轉學加大以後，又和它結緣，原因是陳世驤先生偏愛波旁威士忌。第一次到陳先生家，剛剛坐下，他的第一個問題就是：「能喝酒嗎？」此後四年，到他家一定喝波旁。但陳先生規定下午五點以前不可喝酒——這條誡律我到今天還都大致奉行。陳先生除了波旁威士忌，只喝少許白蘭地，偶爾也喝啤酒，可是啤酒當中非日本啤酒不喝；有時他也願意溫一壺日本清酒吃菜。第二年冬天，他不知道透過甚麼特殊關係，買了數十箱台灣紹興酒，喊我去幫忙卸貨，囤積在地下室的酒窖裡，從此就不碰日本清酒了。他飲酒十分講究，而且極有節制。飯前喝加了冰塊波旁威士忌數杯，吃飯時喝溫熱的紹興，飯後喝白蘭地。至於野餐戶外，則以啤酒為優先，偶爾來點波旁。他最不喜歡的就是普通的葡萄酒，無論紅白，一概不沾。這些是我多年觀察的心得，但有人說並不一定如此。也許陳先生在學生面前特別節制，在其他場合又不同了，則不得而知。我晚間若上他家問學，時常是一邊飲酒一邊談論，小飲竟能促進思考之敏銳，這不是我從前所能想像。而且我過去對波旁所懷的恐懼，也因為這份溫諄的經驗一掃而空。陳先生去世後，我再度棄絕波旁威士忌，十年來不知其味，今後也不太可能再喝它。一滴酒香，足可勾回許多求學時代溫暖的記憶。但先生墓木已拱，我自己也已進入中年，當年那種縱酒雄辯的日子，恐怕不易再得。

柏克萊朋輩頭角崢嶸，惟能飲者並不多，大概只有鄭清茂解此酒趣，其他諸子都不行。清茂為人溫柔敦厚，但出身早期的台大中文系，觀自體驗了幾位國學大師的杜康豪情，酒量雖非第一流，情趣也確實老到。我看他斟酌自如，面無難色，而從來不醉，大事小事侃侃談之，確有古君子風。清茂學識文章不同凡響，詩書超人一等，古律新體莫不在行，甚至能以日文作「俳句」。年前普林士頓重逢，雪夜無事，相與對飲，酒後濡筆為我寫一中堂：「酒能養性，仙家飲之；酒能亂性，佛家戒之。飲酒學仙，戒酒學佛」，真性情中人也。在柏克萊時，因清茂的關係，認識史坦佛的莊因，也是台大中文系的詩酒才子。前此我已經和莊家老三莊喆相知多年，且去過霧峰洞天山堂，瞻仰過莊老太爺慕陵先生的法書。但莊喆以抽象畫知名，屬於「新派人物」，不太飲酒；老二莊因則以詩書知名，嗜杯中物，風流蘊藉，最肖乃父。我時常看莊因在清茂家飲酒寫字，西裝革履，打扮入時，不知道此公奈何如此講究衣著，後來才聽說他正在追求夏家大小姐，奔波於金山灣之兩岸，週末渡海自史坦佛來，司馬昭之心，路人所知也，獨我不知。

一九七七年在舊金山，又逢莊因於已涼天氣未寒時，海水依舊，人事全非，只有他和夏美麗夫婦二人整潔安寧如曩昔，師友中有的離開了，有的亡故了，風雲消散，令人不勝唏噓。我們對飲於酒蟹居椒木蔭鬱之窗前，談起前塵往事，恍若隔世。當晚狂飲啤酒，連寫陶淵明飲酒詩二十首過子夜。現在想想，這種心情，無非「停雲」「榮木」的思念。人生在世，動若參商，如果不將思念訴之陶公的「今日天氣佳」以忘形，又怎麼能夠自保？我時常覺得我輩中人，真能賞識人生情趣，洞知是非真假，則寓莊嚴於詼諧，寄憂患於幽默中的，實在不多。莊因齋名「酒蟹」，我為他撰製一聯：「君子飲酒愛其令德，達士啖蟹厭他橫行」，自以為略窺其廟堂深奧矣。

杜甫說「李白一斗詩百篇」，又說「張旭三杯草聖傳」。我一向懷疑飲酒充足之後，有無可能作詩，但我相信酒後寫字揮灑自如，卻有可能。莊因酒後能作詩，出口成章，最值得佩服。有一次莊喆在西雅圖小飲，為我水墨畫一側面像。我攜示莊因；幾杯日本清酒下肚後，莊因在畫上題一絕：「年來四度與君見，未識廬山半邊面。詩人像出丹青手，定乃花蓮王靖獻。」莊因字攻右軍體，喜帖不喜碑，近來一意追文徵明，貌似神似，同輩中推為第一人。我另外一位詩人朋友鄭愁予也善飲，二十年前在台北，與紀弦，許世旭，沙牧等齊名。愁予曾到柏克萊度暑假，飲酒論詩於世驤先生之六松山莊，深獲主人讚揚。愁予酒量極佳，而且來者種類不拒。有一次我和他在舊金山漁人碼頭喝酒，他提議飲白葡萄酒，水晶杯中盛佳釀，海鷗翻飛，我第一次感覺葡萄酒之風味不俗。愁予酒後喜談詩壇掌故，五斗卓然驚四筵；有時也發為詩學理論，禪意悠然，可是他惜墨如金，從來不把這些掌故和理論寫下來，大概也屬於「勿為醒者傳」一道。有時酒後任意出口，能得妙句一二，輒曰：「明天將這個句子寫進詩裡」，但明天大家都忘了。近年愁予酒量退步，但還在儕輩之上。五斗酒後，神采飛揚如昔，能唱「平貴別窯」。

另一位能飲而善談的詩人是商禽，以超現實主義的現代詩知名。他詩中獨多以酒喻天色的句子，黃昏如福壽酒，體物深刻，人人皆知；又說星子如香檳，想是星子高高在天，不易摘取，則不但顏色如香檳，有價無價也都如香檳，只能仰望解渴，而無由斟酌故也。有一年冬天，雪封我麻薩諸塞林中小屋，商禽與愁予遠道來訪，爐邊煮酒竟夜，窗外新雪紛落層冰之上，明亮如白晝，我們談論三十年代文學與現代詩的功過，睡前推門鏟雪，在院子裡掘出一條小徑，直通林外。風搖林中霽色，積雪傾落如海濤。這已經是十年前的事了。

十年前在麻薩諸塞，初識沈燕士。燕士並不寫詩，是生物化學家，但他家學淵源深厚，所以博聞強記，無書不讀，對舊小說新文學都廣泛涉獵，談起來頭頭是道，頗有意見，惟一不愛談的就是科學，這一點和張系國差不多。燕士酒量驚人，那一兩年間我們生火涮羊肉，非蘇格蘭威士忌不能甘味。新英格蘭地帶總還遺留些歐洲風氣，飲酒也以歐洲格調為主，威士忌加蘇打水，入口不覺其烈，後果可以想像。燕士海量，一人可盡「尊尼行者」一瓶，面不改色。回台灣以後，有一次我們同赴詩人之集會於長沙曲園，只見他一人和滿室詩人遊走敬酒，一口一杯大麯，舉座為之喪膽。那時紀弦已戒酒，徒有金樽空對月；世旭早已回到韓國去了，沙牧行蹤不明，瘂弦正在戒酒狀態，愁予和商禽都羈留海外，座中能飲的詩人大概只剩袁德星一人，但也遠遠不是燕士的對手。燕士不寫詩，甚至也不是學文學的，但出口成章，能引用冷僻的典故，背誦艱澀的句子，我的科學家朋友當中除了張系國和他相似之外，還有物理界的沈君山和陳敏。惟君山能飲大麯數碗，談笑風生，皎如玉樹臨風前；陳敏十餘年不見，大概還和柏克萊時代一樣不勝酒力，令人思念。

我遷來西雅圖之後，人生體驗進入另外一個階段，詩興不減，酒趣趨下，主要是缺少對飲的人。北國天氣，夏季日頭最長，晚間九時猶見彩霞滿天；冬季則四點過後，天已大黯，雨水淅瀝而滴下，蕭索之極。宇宙光陰起伏如此，心緒也隨之不寧，如是者數年才逐漸習慣了這高曠的新世界，甚至產生了充分的戀慕認同。對飲無人，我只好改喝啤酒。美國啤酒淡而無味，但黃昏五點以後一杯在手，頗能促進思考，如此則啤酒乃變成為我的惟一嗜好，漸棄中外各種佳釀。其實啤酒之為物，人多一起暢飲最佳，和一二良朋對酌也有其無窮的趣味，等而下之才是獨飲。在西雅圖，暢飲的機會不多，和友人對酌的機會可待而不可求，無奈只好一邊看書一邊自斟，是為獨飲。然而獨飲也並不一定非看書不可，有時春日遲陽，徜徉小園徑上，枯坐可以獨飲；夏夜星火，閒散陽台階前，俯仰可以獨飲；秋夕風涼，改訂舊作於孤燈之下，舉手挽杯可以獨飲；而冬雪飄飄，擁坐書城，拆讀友人遠方來信，嘻笑嗔怒之間，未嘗不可獨飲。

這些年來，過息西雅圖與我對酌的朋友不少，但滿座暢飲皆知己的情形只有一兩次。這些人當中，劉紹銘專攻杜松子苦艾，頗有心得；李歐梵在威士忌與啤酒之間，酒量平平；陳若曦偏愛白蘭地，酒後聽台灣民謠，淚下如雨；白先勇品高量淺，仍然停留在蘇格蘭威士忌加冰塊的階段；莊喆喝葡萄酒，不一刻而酣聲作。他們還算是好的，其餘如余光中，顏元叔，張系國，葉維廉，翱翱，則酒興全無，推托不飲的理由極為繁多，或胃殤，或風痛，或皮膚敏感，不一而足。這些年真能來與我暢飲淺酌，而堪稱對手的，除了劉紹銘之外，只有胡金銓和瘂弦二人。

金銓能飲，酒後更喜歡說故事，尤其喜歡說他構思中的電影劇情；酒愈多，表情愈豐富，等到嚅嚅囁囁口齒不清時，倒頭便睡，氣似奔雷。數年前他和鍾玲在紐約結婚後，須單獨趕返香港，竟先飛西雅圖來「聊天」（大概因為新娘是我東海外文系的學妹之故）。我赴機場接他，兩人先就地喝了幾杯解除旅途疲勞，進域又直驅大學附近的啤酒店，分別灌下數缸啤酒。金銓喝啤酒如長鯨吸百川，和戴天在伯仲之間，但後者總是一面推辭一面乾杯，不若前者痛快，雖然一席下來消耗量也大致相當。有一年在香港，兩人同時喝醉，一個說：「你寫的都是狗屁詩，」另一個說：「你拍的是狗屁電影。」但兩人惺惺相惜，友誼最深。瘂弦也能飲，而且各種雜酒來者不拒，雖然我知道他最喜歡的是大麴。我和瘂弦相交二十餘年，從來沒看他喝醉過——金門一役我自己先滑到桌子底下去了，故未見，聽說他醉後不斷表演步兵操典的基本動作——他是一個寧靜安詳的人。瘂弦詩中不常提到酒，但〈土地祠〉中有「酒們嘩噪著　待人來飲」和「油葫蘆在草叢裡吟哦　他是詩人　但不嗜酒」這一類神乎其神的句子，酒而有多數的「們」，已經超越普通修辭學的尺度，而把油葫蘆比為不嗜酒的詩人，詩的類推諷諭，直發前人之所未發。瘂弦能飲，但不放縱，而且他時常為各種理由忽然宣稱「戒酒了」，苦笑情無喜。幸虧常常戒酒的人也常常破戒，所以我也從不憂慮。

根據我的觀察，飲酒的意義大都是正面的。至於大量飲酒能不能促進詩思，我不敢斷言；我猜想縱飲之後，落墨作詩恐怕不太可能。杜甫說李白能，我們沒有反證（其實還有不少有力的旁證可以支持杜甫之說），也許李白是能的，否則怎麼說他是下凡的謫仙？不過我猜想酒後寫格律嚴謹的酬答奉和詩較有可能，寫現代的自由詩，則難矣，因為思維缺乏詩律的扶持，縱酒之後，更形渙散。證之以酒後狂草可讀，囈語難解，也可見一斑了。陶淵明說他閒居寡歡，無夕不飲，醉後寫詩成一輯曰「飲酒」，我相當懷疑。〈飲酒〉二十首只像薄醺境界下的產物，反而〈止酒〉一首，才像是醉後所作。

我常聽人說：「他是詩人，一定能喝酒，」這種說法不通。我的詩人朋友中很多就是不喝酒的油葫蘆，偶爾為之，實在不見得比生意人或公務員量大。世說新語裡有一條說：「名士不須奇才，但使常得無事，痛飲酒，熟讀離騷，便可稱名士。」然而所謂名士，不一定是詩人，更不一定是優秀的詩人。一個人每天無所事事，爛醉如泥，高呼「吾將上下以求索」，到底還只是一個近乎癲狂的人罷了——稱為名士，勉強可以；稱為詩人，萬萬不可。詩人是具有文學藝術和社會道德雙重使命感的人，立意將現實世界通過比喻寓言加以嚴厲的批判和規畫。酒如果能作為他玄思和正義的觸媒，酒之令德可以無愧；酒若竟轉為他逃避和囂張的藉口，則酒之有害，也就不只「將非遐齡具」一端而已了。

飲酒既有這許多崇高的道理，止酒須更難矣。八年以前，梁實秋先生曾應我的懇求，為我寫了一條「名士不須奇才」云云，因為這是當年聞一多講楚辭的開場白，我求梁先生寫，意在靈均，不在杜康。又過兩年，我再向梁先生求字，他大概很後悔當初筆墨之間彷彿在鼓勵我「痛飲酒」，不問世事桑蔴，乃改寫稼軒詞〈沁園春〉送我以為補救：「盃汝前來，老子今朝點檢形骸；甚長年抱渴，咽如焦釜；於今喜睡，氣似奔雷。汝說劉伶古今達者，醉後何妨死便埋？渾如許，歎汝於知己，真少恩哉！更憑歌舞為媒，算合作人間鴆毒猜。況怨無大小，生於所愛；物無美惡，過則為災。與汝成言，勿留亟退！吾力猶能釋汝盃。盃再拜道：麾之即去，有召須來。」長輩之良苦用心令我非常感動。我讀稼軒詞，深覺六朝以後，值得欽佩的酒中詩仙，除了李太白以外，再無幾個，而辛棄疾正是其中卓犖一位，〈卜算子〉飲酒，〈賀新郎〉停雲，莫不直追陶令，「身世酒杯中」感慨之深，更不是少年強說可即。家國荒亂，大時代的崩潰加上小場面的尷尬，最後只好以詩的悲哀詮釋時代的悲哀，以酒化解生命的沉鬱；學仙或許戛戛甚難，做人仍可留一活路：盃再拜道，麾之即去，有召須來。

●——○ 筆記／楊佳嫻

飲酒與詩人，似乎時常連結在一起。陶淵明有飲酒詩，紀弦曾出版《飲者詩抄》。大抵因為飲酒使人有豪邁、曠放、解脫之感，或者相反，酒入愁腸，化為情淚——無論哪一種，詩人飲酒，都是得其所哉。然而，楊牧〈六朝之後酒中仙〉一文，縷述詩壇飲者情狀，常常在詩中提及酒者，未必善飲，而善飲者，往往「勿為醒者傳」，醉中的玄思妙想，語驚四座卻很少真的傳錄下來。

文中肯定飲酒的正面意義，說生命裡第一次同時領略飲酒和文學的樂趣，是中學時在老師家對飲，吃湖南臘肉，談詩。大學讀東海，教會大學，校內禁酒，只好拎著瓶子到附近的公墓佳城去喝，也頗有「異趣」。服兵役時，練了一身酒膽，曾與瘂弦、朱西甯等人在坑道裡痛飲，大醉，人事不知。赴美讀書，安格爾教授和陳世驤教授俱喜波旁威士忌，鄭愁予領他體會葡萄佳釀的情調，與胡金銓對飲則放肆過癮，醉後輒互罵狗屁。凡此云云，倜儻行跡，卓然可觀，酒所串起的文學藝術的情誼網絡，時光當然不留情，人老了，燈暗了，可是飲酒時的親密情趣是深深銘刻在身體裡的。

楊牧此文，以文言調劑白話，新舊典故與人品詩興並存，忽然尚友古人，忽然作詩學辯證，出入上下左右，讀起來伸縮有致，與其中記載剪影的人情聚散相表裡。散文之筆至此可謂興會淋漓，出神入化，使人嚮往又使人低迴傷感。

楊牧（1940年）本名王靖獻，台灣花蓮縣人，著名詩人、散文家。早期筆名葉珊，中學時代起便在詩刊發表作品。東海大學外文系畢業，赴美進入愛荷華大學詩創作班，並獲藝術碩士學位；接著進入柏克萊大學，獲比較文學博士。「葉珊」時期的散文唯美浪漫，「楊牧」的散文則玄思綺麗，帶有人文關懷。著名散文集有《年輪》（洪範，1982）、《山風海雨》（洪範，1987）、《星圖》（洪範，1995）、《亭午之鷹》（洪範，1996）、《奇萊後書》（洪範，2009）等。

蘋果嚎叫

蔡珠兒

咕咚咕咚咕咚，我在花園看報紙，一版還沒翻完，已經聽到三粒蘋果掉了下來。上星期剛撿了兩大籃子，熬果醬、做蘋果餅分送左鄰右舍，好不容易才打發掉，沒幾天又掉了一地果子，而留在樹上的也個個滿臉酡紅，醺醺然搖搖欲墜，一副不勝地心引力的模樣。

這幾天風雨不定，蘋果落在溼地上，不久就會因為擦撞而潰爛，我只好胡亂把報紙瞄完，拿出籃子來採蘋果。果子結得密密麻麻，把枝子都壓彎了，唾手可得不勞而獲，實在很無聊，跟小時候去鄰家偷芭樂的緊張刺激不能比。不知道為什麼，我突然想起小時候唱遊課上有一首歌，從頭到尾只有一句歌詞：「採一個蘋果跑跑跑，採一個蘋果跑跑跑……」一邊唱一邊做動作，跑得興高采烈。

採了蘋果為什麼要跑，而且要跑、跑、跑？不言可喻，那種蘋果絕對不是我現在採的這種，冒險的、犯禁的、小小的不道德的快樂，滋味總是更難忘，中國人說偷來的瓜好吃，英國俗諺也說，趁園丁不在時偷摘的蘋果，味道格外甜（Apples are sweet, when they are plucked in the gardeners absence）。可見中外所見略同。不過我實在想不通，為什麼我小學時會有那麼一首歌？蘋果樹在台灣並不常見，二十多年前的蘋果更是稀有昂貴，是不是因為「蘋果的滋味」在匱乏中尤其充滿甜美的誘惑，所以有人編來哄小孩？

在這裡，再頑皮的小孩都懶得去偷摘蘋果，因為英國人家的院子裡，十之八九都種了至少一棵蘋果樹，這就像台灣鄉下的屋前屋後，少不了有棵木瓜樹、龍眼樹或芒果樹一樣。再說這玩意既多又不值錢，市場裡一年到頭都有，紐西蘭和阿根廷來的「皇家節」（Royal gala）嫣紅玲瓏，法國和南非的「金可口」（golden delicious）鮮脆爽口，本地和西班牙來的「史密斯奶奶」（Granny Smith）則晶瑩翠綠，可惜酸得很，多半拿來做菜。從早上抹麵包的果醬、中午的水果、下午茶的餅派，一直到晚餐的沙拉和飯後的甜點，蘋果簡直無所不在，煩都來不及了，怎麼可能有人要去偷摘？

每年夏秋之際，幾乎家家花園裡都有滿地落果，即使主婦挖空心思變盡花樣，還是吃不完，只好慷慨留給松鼠、雀鳥、土獾和狐狸，滿園的蘋果香氣，漸漸轉為濃熟的酒味，一聞到這氣味就知道秋天來了。我和丈夫都不喜歡吃蘋果，每年為了處理落果大傷腦筋，恨不得裝船運回台灣饋饗諸親友。英文的「落果」（Windfall）一字，有意外之財、不勞而獲之意，可見在以往是一筆額外的福利，可惜對我來說，反而變成額外的煩惱。

自從夏娃偷吃禁果以來，蘋果之於西方文化，就像稻米之於東方，由於深深滲進生活裡，連骨帶肉無法拆離。英文的村俚俗語、典故傳說中，關於蘋果的例子真是俯拾皆是，我們最熟悉的當然是「一日一蘋果，醫生不找我」（An applca day keeps the doctor away），這個諺語起源於一八七〇年左右的英國民間，老一輩人信奉不渝，據說英國南部朵塞（Dorset，哈代的故鄉）一帶，還有一些農家恪遵此道，每天晚餐一定吃蘋果麵餅。

另外還有「爛蘋果壞了左鄰右舍」（The rotten apple injures its neighbors），有害群之馬、始作俑者之意。至於「蘋果落地不離樹」（The apple never falls far from the tree），意思是有其父必有其子，龍生龍鳳生鳳，歹竹只能出壞筍。

蘋果的栽植歷史可以遠溯到六千年前，兩千多年前才被羅馬人引進英國，從此就對盎格魯薩克遜文化影響深遠。新鮮蘋果既可果腹又能健身，就連爛蘋果也有用，鄉下偏方用它來治眼瞼的麥粒腫、腳趾的凍瘡，還有可怕的天花：在天花患者的病房裡擱一粒蘋果，等它爛掉時，就能把作怪的病因「吸」過來。

有蘋果就有蘋果汁，以前的盎格魯薩克遜人雖然野蠻，還是懂得喝蘋果汁，但一直要等到十一世紀被諾曼第人征服後，由於法國人的開導，英國人才會把蘋果汁釀成蘋果酒（Cider），Cider 這個字就是由古法文 Sidre 而來的，經由英國繞經美國，傳到台灣後就成了「蘋果西打」，名字和味道都走了樣。

英國西南部的得文郡（Devon）及康瓦耳（Cornwall），是蘇格蘭最典型的農鄉，也是蘋果園最多的地方，產的蘋果酒最可口，如果你有機會去那裡玩，別忘了到酒館裡叫一杯來嘗嘗。不過可別只跟酒保說「來一杯蘋果酒」，因為英國蘋果酒品牌眾多，口味各有千秋，從醇烈如高粱到甜淡如果汁的，起碼也有十來種，他（她）一定會逼問你：到底要哪一種？這時最好的回答是：「哪一種？當然是你們貴寶地土產的那一種囉。」

這些蘋果園流傳著一個有趣的古老風俗，叫做「祭果神」（wassailing）或者「蘋果嚎」（Apple howling）。大致在一月初舉行，由一個主祭的「師公」率領一群大人小孩，浩浩蕩蕩開進果園，把號角吹得驚天動地，說是這樣才能嚇走妖魔；接著選一棵健壯的果樹，先用棍子打再用啤酒澆，用意是答謝照顧果樹的神。最後的高潮，則是眾人大聲合唱祭神歌，哇啦哇啦大吼大叫（所以叫「蘋果嚎」），祈求今年好收成，蘋果結得又飽又多又大。聲嘶力竭完成祭典後，眾人就擁到園主家裡討賞，主人也會準備酒、點心和祭神糕善加款待。

這個源起於十六、七世紀間的民俗，原本已然漸漸式微，但近年來卻有復甦的趨勢，九〇年代以降的「新世紀」（New Age）潮流與綠色思想，在英國間接推動了一段「本土熱」，地方傳統與民俗音樂、舞蹈，日益受到重視。基於蘋果與英國文化的深厚關係，「祭果神」的活動不但愈趨盛大，有人還倡議設立「蘋果節」，提醒眾人珍惜蘋果的品種與傳統。一九九二年的蘋果節，全國各地總共推出八十多項活動，規模頗為可觀，有朝一日，這個慶典說不定能和倫敦塔、白金漢宮等量齊觀，成為大不列顛的象徵與號召呢！

我不會釀蘋果酒，只會做蘋果派，把蘋果切碎後加入肉桂、豆蔻和糖，用小火熬煮成醬，包入揉有奶油與雞蛋的麵皮裡，烤熟後黃橙橙香噴噴，是最家常不過的甜點。這蘋果派也大有來頭，它的起源可以直溯到數百年前的中古世紀，但正式見諸文字則遲至十六世紀末葉，多虧一位詩人順手拈來，把它寫入詩文裡：「……你的呼吸宛如蘋果派的熱氣。」大概因為蘋果派實在太家常了，難登大雅，吃了幾百年才有人想到要寫它。想想看，你會用燒仙草或蚵仔麵線來形容自己傾慕的人嗎？

蘋果派當然是正宗的盎格魯薩克遜產品，但自從「五月花號」把它帶到新大陸，被移民發揚光大後，反而成為亞美利堅的「國食」（national food）之一，進而衍生出「美國風格」的含意，所以有句成語形容某人（或事物）是道地美式，就說是「像蘋果派那麼美國」（as American as apple pie）。

不過，在大西洋另一邊的英國，才不吃這套「美國派」哩，他們說的蘋果派是完全不同的意思。in apple-pie order 意為條理井然、一絲不亂；而 an apple-pie bed 卻指的是被單掀不開來的床，鋪床時故意惡作劇整人的。這兩個源於十八世紀的成語，實在很難讓人意會，比較合理的解釋是，這兩個 apple-pie 原來是不同的古法文，由於年深日久誤寫訛讀，積非成是，反而變成一個完全不相干的字。這個例子，除了又一次揭示出蘋果派的古老歷史，同時也告訴我們，英國古人的法文很糟糕。

咕咚咕咚，我剛採完兩大籃子，一轉身，腳邊又滾落了兩枚，飽滿多汁的肉體撞擊泥土，發出短促而結實的悶響。看那晚霞般瑰麗的皮色，兀自湧出新鮮熱情的甜香，如果我能在「採一個蘋果跑跑跑」那時候撿到它，一定會高興得暈過去。可惜這個蘋果遲到了三十年，時移境遷，心情與口味都不一樣了。

輕輕地，一層淡淡的惆悵，從蘋果樹上灑落下來，我一面追想童年的缺憾，一面煩惱解決蘋果的辦法，然而在失落與收穫、過去與現在之間、不知怎麼都連不起來，愈想愈迷惘。

當然，沒有任何關於蘋果的典故、俗諺或成語，能夠說出我現在的心情。

●———○ 筆記／楊佳嫻

蔡珠兒散文，食物與植物兩大題材，每一類讀起來都過癮。文字鮮豔豐厚，知識雜然紛呈，有時候抒情，有時候批判，而且與地理、歷史、風土脫不了關係。她曾自陳寫散文有如寫論文，捉定目標，戮力追尋，結構井然。可是，如何以文字重現食物的五官感覺，她也絕對是有能力讓最堅強的讀者也心神動搖的。

〈蘋果嚎叫〉從英國生活寫蘋果身世，台灣早年生活裡，蘋果是稀有物，可是在英國，它是最常見的果物，掉了一堆在地上，連孩子都懶得撿。正因為盛產，家常，和生活結合得也緊密，早中晚餐下午茶都有份參與。在宗教故事裡是禁果，在格言裡可以代替醫生，或拿來比喻各種人際關係。至於題目所指的 Apple Howling，則是源於英國西南的風俗，是一種祭典，對健壯果樹又叫又打又飼以啤酒，祈求豐收。此一儀式曾經式微，後又與當代綠色思維相連，重新蓬勃起來。而對作者來說，童年時代曾經如此難得，現在手邊卻多到煩人，蘋果這項熱情甜香食物不是連結過去與現在，反而使得過去更像是過去了。

〈蘋果嚎叫〉是蔡珠兒食物書寫中，比較偏重知識、生活，而把色香味覺的渲染降到比較低的一篇，即使如此，仍頗有勾人的能量。追蹤閱讀，方可知道她如何在異地普通生活中一路追躡植物與食物的豔光香氛，如何調勻稠麗文字和內在骨架，讓軟和硬相輔相成。

蔡珠兒（1961年） 台灣南投埔里人，台大中文系畢業，英國伯明罕大學文化研究系碩士。曾任《中國時報》編輯、記者、研究員、專題記者。現居香港，專事寫作。創作以散文為主，抒寫植物與食物、遷徙與種地。以感性抒情的文字、人類學式的筆觸，追索事物的前世今生。散文集《花叢腹語》（1995）、《南方絳雪》（2002）、《雲吞城市》（2003）、《紅燜廚娘》（2005）、《饕餮書》（2006，以上均由聯合文學出版），近作《種地書》（有鹿，2012）獲《中國時報》開卷中文創作類年度十大好書。

吃的道德辯證法

張讓

一

我常愛午後坐在落地窗前，看後院裡的灰松鼠跑來跑去。總覺那些松鼠嘻哈追逐，就像街頭遊戲的小孩，或者，就像童書裡聰明的動物。

我相信動物有智慧，許多號稱只有人類能做的事，譬如記憶、感情、道德、玩笑、時間概念，甚至預為將來做準備等，牠們也能。沒有比像「只有人類能……」，譬如只有人類具靈魂、語言能力，或自我意識、善惡意識等說法更可笑的了。這種論調一來洩漏人類的自大，二來洩漏無知。越來越多的科學研究顯示，動物遠比人類一向假設的要聰明複雜許多。豬和海豚聰明幾乎已是常識，新近研究發現鸚鵡、烏鴉能做算術，甚至無脊椎的烏賊和章魚也有解決問題和學習的能力。

不過，一般人對動物的態度仍維持在「人為萬物之靈」這種陳年老調上。推衍出去，就是人對動物掌有生殺大權。因此能一邊寵貓愛狗抱玩具熊，並一邊大啖雞鴨豬牛，而毫不覺得這中間有什麼明顯矛盾的地方。

二

為什麼有些動物就該受寵？有些就該下油鍋上餐桌，甚至慘遭活烹活剮？

飼養寵物的人可能振振有詞：「可是我的狗是我的心肝寶貝！」也就是，因為愛而不忍。至於那些豬牛雞鴨？既然牠們不是寵物，「活該」被吃。

當然，沒人會說出這樣「冷酷」或「野蠻」的話來，因為大家肚裡有數。除非你是印度教徒、耆那教徒或是佛教徒，吃肉是再自然不過的事了，像呼吸和吞嚥一樣。而在這不言自明的態度背後，隱藏了一圈黑暗汙穢，關乎血腥、殺戮、殘酷的東西，一些大家寧可假裝不存在的醜惡。

三

「活，還是不活？」

遠在哈姆雷特提出這謎樣的問題幾千年前，人就問過另一類似難題：

「吃肉，還是不吃？」

所以難，因為吃肉的「問題」關係道德，而道德是個滑溜的東西。經常，看似超然的道德，其實正是人類最冠冕堂皇的說詞。無論如何，道德出自於人，也為人而設。人的道德，因此首先為人服務，正如理性為感情服務、政府為國家機器服務。

就吃肉與否這個古老問題，不同文化提出了不同對策：

印度教、耆那教和佛教敬惜生命，從而教人戒殺、吃素。

猶太教和回教並不禁絕肉食，但教人要慈悲殺生，宰殺時盡量減少動物苦痛。

儒家提醒君子要遠離廚房。

印第安人在獵殺動物後祝禱以謝動物捨身。

四

在葷素之爭裡，一端是生命神聖，另一端則是肉食神聖。

而生命是否神聖？肉食是否天經地義？

在一個理想的宇宙裡，生物間應該和樂相處。事實卻恰恰相反，物物相食，充滿了尖牙利爪的血腥暴力。因此生命汪洋裡最大的兩條船並非名與利，而是：食與色。生命最雄辯有力的法則是：沒有死便沒有生，要活命就得吃。吃喝拉撒，就是聖人也無法避免。而餵養本身，則必須從殺開始。

生物世界是一長串的食物鏈，所謂的大魚吃小魚，小魚吃蝦米，環環相扣，人類在鏈的終點（從人的角度而言）。這一龐大複雜的食物鏈串起整個生命世界，所有的生物，從細菌類、真菌類到爬蟲類、靈長類，不管多大多小都息息相關。從吃的角度來看，一切再簡單不過：不是我吃你，便是你吃我，先下手為強。這是大自然鐵律，沒什麼道德不道德。如果道德便是公平，物物相食再公平不過，沒有什麼好廢話的。

五

直到你和那個所謂的鐵律正面撞見，譬如必須自己動手宰殺；又或者，讀到像碧雅翠絲・波特的圖畫故事。

在《彼得兔的故事》裡，彼得媽媽警告小兔不要到麥克貴格先生的菜園裡去：「你們爸爸就是在那裡出事，給麥克貴格太太放到餡餅裡去了。」

我記得第一次讀到那句時，微笑當頭猝然一驚——觀點倒轉，我就是小兔彼得，可能一不小心就變成了餡餅。後來重讀到那裡還是照樣一笑又一驚，效力絲毫不減。

等讀到中國歷史上饑荒或戰爭時的吃人故事，更可怕的是有的地方以嬰兒湯進補的習俗，真的是血液冰凍，笑不出來了。

人為刀俎，我為魚肉。看你是認同刀俎，還是魚肉。

六

我雖不忍殺生，愛吃青菜，但多少還是吃點肉，主要是海產。生平第一次在上海宴席上碰到熗活蝦時，驚心動魄中為了「增長見識」還是吃了一條，不免自責假仁假義，心中嘀咕不停。後來讀到好吃者流如梁實秋便拒吃，理由是即使為吃無所不用其極還是應該有限度，有一條線他絕不越過，便是生烹活煮，更覺慚愧到無地自容了。但已經吃了，沒法挽回。身邊一個可愛女孩就沒吃。全桌面不改色享食，就她沒動筷。她媽媽因拉肚子也沒，不算。

這種「上天有好生之德」的意識，在中國的飲食文化上似乎全不可見。只要看看曹夢龍的小說《閣樓上下》裡寫中國人的吃文化，從吃猴腦到烹活魚，讓人不敢聽聞。尤其是寫到如何製作「紫條」，那種殘酷惡毒讓人悚然。而中國一向自命禮義之邦，自古書上滿篇仁義道德。如何理解？

七

就像印第安人感念動物捨身之恩，像人道殺生和君子遠庖廚，是否只是偽善、自欺？人類並未事先徵求動物意見，並未給牠們選擇活命的機會。先宰食了，再裝模作樣祝禱感恩一番，就算擺平。事前不由分說，事後慈眉善目，只為必要，這道理便可通。未必太一廂情願了吧！

君子遠庖廚的「邏輯」更靈巧，在「聞其聲便不忍食其肉」，好像有這不忍便仁至義盡了。若真是慈悲，邏輯推到底應是不殺生拒吃肉。遠庖廚因此只是半吊子邏輯，骨子裡是一種偽君子哲學。也就是，借刀殺生，以距離製造無知，以他人代罪來卸責。

同理，猶太教和回教的慈悲殺生也是。果真慈悲，便應當不殺生。所謂慈悲殺生，只不過是找藉口脫罪，自我安慰而已。當然潛在的前提是：第一慈悲的對象是人類自己，既然必得吃肉，退而求其次，以慈悲殺生來緩解。

當然，一個安心吃肉的社會不止君子遠庖廚而已，心理上人人都是如此。俗話說眼見為真，反面來說便是沒看見的就不算數。一般人遠離屠宰現場，從而遠離殺戮的血腥，殺戮的殘酷，以及最根本的，遠離殺戮本身的惡。

距離除了帶來美感，也帶來安全感。在安全的距離外，我們便可心安理得食肉寢皮，無視殺戮這番事實。吃歸吃，殺歸殺，與我無關。沒有這層距離的保護，我們便沒法相信自己善良無害而好吃好睡。

八

在有的基督教徒眼中，物物相食是上帝的設計裡最「邪惡」的一環，必須想方設法以解釋轉圜，不然必須以人力加以「矯正」。

其實，從個體生命的角度，生命有限不也是個無法接受的「邪惡」？然而不可否認，以死餵生，物物相飼，正是大自然賴以循環不息的巧妙手段。所以說造化無情，而無關邪惡。這「無情」本身，正是無倚無偏，終極的公正。勝過人情和道德。

梭羅在《湖濱散記》裡寫他一晚釣魚回來途中看到一隻土撥鼠，突然「感到狂喜，有種想把那土撥鼠活剝生吞的衝動」。這意外迸發的獵食本能讓他發現了那動物性的，也就是屬於純生物界的自己。在殺戮本能和素食信仰間反覆沉思以後，決定人之所以為人，在於能夠選擇。於是他選擇超越本能，追求無血無暴力的境界。他選擇了素食。

九

「無神論者一腦子都是神。」

在一個專題討論宗教信仰的電視節目上聽見《魔鬼詩篇》作者魯西迪這麼說，我不禁微笑。跟著聯想到比爾．布福特在《煉獄廚房食習日記》裡說的：「只有素食者和少數一些人才真正談肉。起碼他們知道肉是什麼。」妙在魯西迪不信神，而布福特是個葷素不拘的美食家。我呢，正是一個滿腦子都是神的無神論者，和擺脫不了殺生愧疚感的半素食者。儘管我同意從整體生態的角度而論，人實在不必太自命高尚而斤斤計較素食還是肉食。終究還是覺得，再有力的說法，都無法消弭人吃肉和並不殘忍這兩者間內在明顯的衝突。坐在落地窗前，我無法想見獵殺後院的松鼠或鳥雀，卻能心安理得讓人代我屠宰。為什麼？職業的分工也就意味道德上的分工嗎？吃肉也許並不野蠻，但殺戮難道不是不善？

最終只能說，我接受梭羅的邏輯，但是，唉，慚愧，一時還沒法做到。

●——○ **筆記／楊佳嫻**

張讓散文一向冷調，思索先於抒情，理性強於渲染。寫吃，不寫色香吞嚼，也不寫食材履歷、生活品味，而是問，自己不直接獵殺動物，可是畢竟吃了他人代為屠宰的肉，那麼：職業的分工也就意味著道德上的分工嗎？然後，還可以進一步問：為什麼有些動物受寵，有些就活該下鍋烹煮？

每種解答或者辯論，都有其執著與預設。要活命就得餵食，餵食則必然殺生，大自然由食物鏈構成，這鐵律與道德無關。平日，正因為各種經濟、社會與文化的差異，我們可能並不直接與此一鐵律正面撞上。距離帶來美感與安全感，君子遠庖廚，因為「聞其聲便不忍食其肉」，張讓看來，未免虛偽，只是半吊子。基督徒把物物相食看成是上帝的設計圖裡的「邪惡」，可是，正因為相食，才推動了生與死的循環，看似無情，其實最公正。可是，無論怎樣的說法和領悟，其實「都無法消弭人吃肉和並不殘忍這兩者間內在明顯的衝突」，張讓承認：「老實說，我還沒想通。」

涉事，追問，自省，從生活出發，哲學、宗教到文學，羅列說法與證據，試圖說服自己，而未必要教化他人。散文也可以是生命路線與文化現象的清理，抽絲剝繭那樣地分辨疑惑，能不能獲得不可推翻的答案，或者並非張讓的目的。

張讓（1956年） 原名盧慧貞。出生於金門。台大法律系畢業，美國密西根大學教育心理學碩士，現旅居美國。冷澈洗練、知性析辨的散文風格在文壇上獨樹一幟。重要散文集有《當風吹過想像的平原》（爾雅，1991）、《剎那之眼》（大田，2000）、《空間流》（大田，2001）、《急凍的瞬間》（大田，2002）、《裝一瓶鼠尾草香》（聯合文學，2012）。

四

移動

歸宿之夢，遠行之思

異鄉客的凝視

——我看韓人生活習慣與性格

石曉楓

居停首爾近一年，與韓人之間的關係可謂「偶然與你相遇」，然而在這短暫的交會裡，倒也迸發出不少或是愕然疑惑，或是溫馨感動的火花。有一回行走在小劇場、咖啡廳林立的大學路上，一家店招名為「恨」的餐廳，赫然矗立眼前，我但覺驚訝難置。在台灣客的想法裡，大約甚少有人會如此大剌剌地將「恨」的情緒行諸於外吧？然而時日既久，我才逐漸了解所謂的「恨」，在韓人的理解裡別具涵義，並非我們所習慣的字面意義。

同理，由於文化養成的差異性，在韓人社會裡生活的異鄉客，必然會有形形色色難以言宣的複雜感受。《朝鮮日報》不時便會對在韓的外國人進行觀感調查，例如二〇〇三年，號稱以「外交使節、教授、媒體特派記者、企業駐韓人員等有影響力的輿論界人士」為詢問對象，所得到的評價結果，是外國人認為韓國的優點依序為「親切、熱情、熱心、安全、公共交通方便和女人漂亮」；不足點則依序為「封閉、嚴重歧視外國人、交通堵塞、空氣汙染、不講禮貌和很難用外語溝通」等。時至二〇〇八年初，《朝鮮日報》復有一系列名為「韓國讓外國人四處為難」的系列報導，主題分別有「獲得自己ＩＤ比登天還難」、「不尊重隱私生活和空間」、「與外國人溝通渠道欠缺」等。文中諸多訪查意見，讀來果真令身在首爾的我心有戚戚焉。於此，我亦嘗試就年來生活的感觸，試著描述一名台灣異鄉客眼中的韓人形象。

「親切而封閉」的矛盾表現

在首爾生活，首先遭遇到的最大困擾便是「食」和「行」方面的問題。韓國號稱已全面走向國際化，然而初至首爾，入眼但見商家店招全係韓文，入耳滿街盡是異國言語；餐廳入座，菜單亦都大字不識，令人備感無力。若是用英語溝通，則會發現韓人避之唯恐不及，我曾嘗試過，若用簡單的韓語再輔以指手畫腳表意，路人會相當親切地指引你行路，甚至熱情地將你帶到目的地；但若用英語問路，行人不是匆忙走避便是隨手胡指，常常弄得我白走不少冤枉路、白搭不少趟反向班車，但覺好氣復好笑。

至於到公務機關或私人企業辦事亦然，若是不帶上一名懂韓語的同伴隨行，即連最簡單的寄信、看病等小事，都無法順利完成。此外，常常令外國人抱怨的一點是，韓國人自身有非常強的凝聚力，但對於外國人卻表現出「不信任」的排斥態度，例如手機以外國人身分申辦便相對麻煩，無法享有車票、電影票的線上訂購服務等。難怪一名亞洲中年男性發出的慨歎是：雖然韓國社會「令人嚮往，但很難成為其中一員」。

除此之外，我還深深見識到韓國人行事的「急躁」風格，例如搭乘友人便車時，車行速度稍慢，後方隨車喇叭便揿個沒完沒了；紅燈止處或行將轉彎，亦有人從後面猛按喇叭。至於走在地鐵裡、馬路上，大叔們常常順手一撥，便從你後方橫行通過；大嬸們則習慣用手中的陽傘，從後頭輕觸腰脊，催你快快行路。此類急躁作風屢見不鮮，如此看來，韓國人辦事效率應當頗高，然而遺憾的是，在公務方面，韓人似乎都比較積極於催促他人，而非自我要求。

由此亦可稍稍探討所謂「同理心」問題。韓人待客的熱情自然毋庸置疑，例如在飲食習慣方面，同桌共飲熱湯、飲酒習於換杯，都是「相濡以沫」、不分彼此的親暱表現，但看在外國人眼中，便會覺得唾液接觸相當不衛生。換言之，韓人的熱情表現偶會流於「以己度人」，例如請客點餐時，他們通常不太詢問客人的意見，因為認為自己所點的絕對是道地美食。再如用餐時，我曾在餐館裡要求食物不要加辣，商家點頭示意理解，但送上的餐點仍然微辣。此間有朋友告知我，韓國人認為食物一定要加點辣才會好吃。對於如是熱情的自作主張，我但覺匪夷所思。

除此之外，韓國人的行事風格，一般而言都是照章辦理、毫無彈性。往好處想，這是整體社會相當守規矩的表現，然而此種態度，有時卻也暴露出「靈活度」不足的弊病。中國人所崇尚的「人情味」，在首爾似乎相當少見，例如我曾往郵局寄送包裹，正慶幸著重量分毫不差的當兒，辦事人員卻要求我再卸下一二物件。陪同前往的學生解釋，承辦人員的說法是，包裹封上膠帶後重量將會增加。我不服氣，答以「不會增加太多吧？」未料郵局人員的答覆竟是：「多一公克都不行！」其行事之一板一眼，看在外國人眼中真真令人氣結。

至於重外表、好面子、自尊心強，則更是一般對韓人普遍的印象。根據某項針對國情差異所做的調查結果顯示，在韓的外國人對於宴客地點，一般會選擇邀請客人到家中招待；至於韓國人，則以在高級餐廳招待貴賓為尚，大約認為這才是「有面子」、「重禮數」的表現。至於報端所楬櫫的韓人年度置裝費用，數字也相當令人咋舌。友人曾經開玩笑表示，韓國人就算在家裡喝清湯、吃泡麵，也一定要省下錢添購名牌服飾。就我的觀察而言，韓人普遍較重視服儀表現，女性出門必上妝容，男性則西服不離身；即連登山活動時遇見的大嬸們，也全都是名牌運動服、諸般裝備無一不全，簡直粲然蔚為大觀。

在首爾教書，我還發現戲謔式的玩笑或挖苦，會令韓國學生相當不安，若是好意指出報告內容的不妥與待改進之處，他們亦會當眾面紅耳赤，顯得異常難堪。相較於台灣學生，韓國學生的幽默感似乎少了一些，自尊心則強烈甚多，或許因為如此，他們在學業及事業方面也更加盡力，充滿了「拚命三郎」的精神。

以「恨」為底調的民族性格

正由於大家都恪守崗位、力求表現，因而韓國社會可謂整體充滿了旺盛的競爭力；然而生活在這樣的環境裡，有時不免也令人覺得氣悶甚且很有壓力。除了社會競爭力太強之外，韓人在親切熱情的外表下，其實還隱藏了更多難以言宣的苦衷。這些壓力誠然來自於現實生活，然而深層言之，韓人民族性裡還有相當微妙的感情因素，即前文名之為「恨」的情結。

我曾詢問過韓國友人，「恨」既然並非指稱一般所認為咬牙切齒的「恨意」，那麼「恨」到底是什麼？友人的回答是：此種情感太複雜，很難一語概括。韓國人內在的「恨」，通常不是針對他人，而是內化為一種自我埋怨的宿命與生不逢時的感歎。那麼，這樣的「恨」可謂之為「怨」或「憾」嗎？彷彿亦並不盡然。

「恨」的情感若是長期積累，鬱積於心，便會造成韓人所謂的「火病」；若是加以適當的昇華，則會成為優秀的藝術表現。要體會何謂韓國人的「恨」，據說從「潘索里」（Pansori）和「僧舞」兩種表演形式裡最可得見。

「僧舞」是反映僧侶生活的舞蹈，內容主在刻畫與世隔絕的深山古剎裡，僧人的孤寂與煩悶，以及渴望過人間生活的願望。表演者身著藍裙、白衫、紅袈裟，頭戴三角笠，舞者將鼓棒藏在衣袖裡，表演進行中從長袖裡拿起鼓槌來打鼓。而將白綢條揮往空中，則是僧舞的主要動作之一，那柔軟的綢條翻飛，猶如白雲飄浮，象徵了僧侶嚮往自由，希望插翅升天，以擺脫苦惱、尋找歡樂的心願。這種苦悶與複雜的心情，略可名之為「恨」。

至於「潘索里」則是韓國傳統的一種說唱藝術，或名之為「朝鮮清唱」。其形式相當簡單，即一人敲鼓、一人歌唱，歌唱的內容則故事性極強，多為古典悲劇故事，如〈春香歌〉、〈沈清歌〉、〈興夫歌〉等，因此潘索里也可以看成是韓國的傳統歌劇。初聽潘索里，我但覺單調平板，甚少文飾，但歌者唱腔裡卻蘊藏了頗為幽微的情愫，時而慷慨激昂，時而淒涼無端，分明也隱含了無盡「恨」意。

韓國導演林權澤，曾以「潘索里」為主題，拍攝過不少電影，其中以《西便制》（*Sopyonje*）最具代表性。《西便制》完成於一九九三年，是導演改編自李清俊小說的電影。片名「西便制」所指稱者，乃潘索里演唱類型之一。朝鮮時期，潘索里曾經形成多種唱腔，各家唱法不一，其中「東便制」的節奏明快有力，聲音雄厚高亢；「西便制」則以緩慢多變的唱腔以及悲惻情緒著稱。

電影的內核其實圍繞著傳承展開，主要描述養父如何磨練下一代松華及東戶的技藝。兒時的東戶與寡居的母親相依為命，一日村裡來了潘索里的演唱藝人俞本，歌聲打動東戶母親，兩人很快墜入愛河，為了避免村人的閒言閒語，俞本帶著東戶母子和養女松華展開流浪生涯。不久，東戶母親難產而死，俞本開始教導松華和東戶演唱「潘索里」和擊鼓。此際傳統清唱受到外來文化的衝擊，欣賞潘索里的人已愈來愈少。心灰意冷的東戶離家出走，松華很傷心，也無心再演唱「潘索里」。父親無計可施，竟讓松華喝下盲藥，以為這樣可以使松華更潛心於鑽研技藝。俞本死後，留下松華獨自練習高難度的〈獄中歌〉。東戶後來找到了松華的住處，以激昂的鼓點伴奏，全盲的松華乃如泣如訴地唱起了〈獄中歌〉。

關於《西便制》，我是在不辨韓語的狀況下觀賞，然而即使不解其語言，電影畫面之唯美及潘索里唱腔之曲折，仍然相當令人動容。在穿村走里討生活，飄蕩無所著落的流離時光裡，「潘索里」藝者的人生本就帶著宿命的悲劇性，因此演唱起淒愴的故事情節，更能夠以歌照映人生，表現愈加悲涼。電影裡父女三人在曠野裡且流浪且吟唱，那種苦中作樂的內斂與壓抑，展演得相當成熟。「潘索里」歌聲裡撕裂式的淒厲吶喊，於父親是技藝式微、世道多艱的「恨」；於女兒則是身世傷懷、情感深藏的「恨」。終曲松華與東戶合奏的潘索里，時而幽婉傷怨，時而慷慨泣訴，千迴百轉中，確實相當有力道地展現了「恨」的複雜內涵，所謂「哀而不傷、怨而不怒」，或許稍可詮釋此種「恨」的內在層次。

壓抑情感的當代表現

這種壓抑的情懷，在韓國現代文學裡也屢見不鮮。無論是嚴肅小說抑或通俗作品，都常有刻畫「婚外情」的題材。以嚴肅小說而言，我曾讀到申京淑（一九六三－）作品〈風琴聲起的地方〉，以第一人稱書信體形式，描繪未婚女子與有夫之婦相約私奔前夕，由於自我道德約束及壓力，終於決定改變心意的痛苦與艱難。朱耀燮（一九〇二－一九七二）亦有短篇小說〈廂房叔叔和媽媽〉，以六歲小女孩口吻，側面刻畫年輕寡居的母親，為了免於日後女兒被嘲笑看輕的窘境，遂割捨了一段即將萌發的愛情。兩位作家都藉由瑣事的刻畫及細膩的筆觸，將女主角內在的壓抑、徬徨與自苦自怨，表達得淋漓盡致。

即連被目為通俗小說的《約定》（金俊植著），亦將女主角韓幼靜與男主角鄭林，設定為「好像活得都很累，眉宇間隱隱透露出來那種被束縛的疲憊」之人。在為他人而放棄夢想的疲憊人生裡，已婚的兩人一見如故，彼此視為靈魂之伴侶。但最終，他們仍選擇將信物深埋於地底，相約二十年後再見。作者所倡導的，是一種「壓抑著的深沉的愛情」，即使帶來痛苦，但痛苦必可獲得昇華，成就一種超越界限的更高情感。這就是韓國人對於壓抑情感的執著與禮讚——壓抑正是為了成全更崇高的理想。

「悲」、「恨」與壓抑的主調，為什麼一直存在於韓人的民族性裡？有人指出，這是出於韓國歷史基本上便是一頁被列強環伺、侵略的悲淒史頁；亦有學者表示，朝鮮半島的南北分裂，造成成千上萬的家庭破裂，這種直接的心靈創傷，亦使韓國人始終帶有很強的悲劇情結。

由於不斷被侵略、被分割，由此激發出的韓人性格乃愈加強悍，民族情感遂愈加強烈。韓人普遍「愛用國貨」，部分原因當然由於政府有相關政策的制定，然而一般韓人也頗有此自覺。我在首爾，常常見著水果箱子、稻米袋上印著「身土不二」四字，朋友告訴我，此四字意味著：我們的身體和自己的土地是分不開的，所以，應該食用的正是自己土地上所種植出的果稻。即連形而下的飲食層面，都必須如此強調民族意識，韓國人的自我認同與定位，可謂相當強烈。

如果由這些層面觀察，對於韓人的性格及作為，或許我們比較能夠產生同情的理解。為什麼在討論獨島等歷史問題上，韓人會如此強烈主張自己國家的立場？一個民族在長久的血淚飄零史，以及種種積「恨」的隱抑之後，是如何急切地希望在今日樹立自我意識與國家定位，其用心其實不難理解。

今日的韓國對待異國人士，當然基本上都是善意的。作為一名異鄉客，若有心理或實際生活上的不適感受，主要原因或仍是文化差異的問題。其實，韓國的年輕一代，已漸少前述所謂「恨」、「悲」的情緒感知；對於儒教文化的薰染，也逐漸在消失當中。不過整體看來，重視禮儀、尊師重道、強調家庭倫理等傳統質素，在韓國社會裡還是體現得頗為深刻，這點倒是難能可貴之處了。

筆記／楊佳嫻

石曉楓教授曾因為教學工作，旅居韓國一年。韓國的雅俗文化近年來是爆炸性的話題，又曾是漢字文化圈內的一分子，教授華文文學的學者居停其間，與學習華文的學生日日接觸，很難不產生種種感觸。

不諳韓文使她在異鄉難以充分表述自我，同時，這種語言的隔閡（同時也是文化的隔閡），也使得她能以局外人的角度，在客觀與主觀之間，憑著各種資訊、翻譯、推理與設想，去解釋眼前所見，身體所感。我一直認為，並非只有深切了解、長期居住的人才可以寫關於異國異鄉的文章，門外漢有門外漢的不察與洞察，檻內人有檻內人的偏見與深見。

〈異鄉客的凝視〉一文從頭上看見命名為「恨」的餐廳說起，韓人之「恨」，有「憾」或「怨」的性質，又不僅如此而已，還是長期鬱積於心，適當昇華是有可能變成上乘的藝術表現。以此為核心，擴散討論其日常生活、傳統藝術以及對待異國人士的方式當中，顯現出來的民族性格，尤其是韓人壓抑、自尊的一面。本文並非典型學者散文，很少引經據典，讀來親切，惟在談及藝術、中文教育、文化比較時，學者面貌仍如弦月般露出一角。

石曉楓（1969年）金門人，師大國文系碩、博士。現任師大國文系副教授。文學創作曾獲華航旅行文學獎、教育部文藝創作獎、梁實秋文學獎、全國學生文學獎。創作散文涉及範圍廣泛，以異鄉旅遊經驗，對照故鄉生活記憶，從中抒寫對於親人、地理的回憶與感懷。散文有《臨界之旅》（聯經，2006）、《無窮花開——我的首爾歲月》（印刻，2011）。

北緯五度

鍾怡雯

一

我從沒算過命。從前系裡一位同事擅長紫微斗數，家傳三代的算命之術具有精準的爆破力道，那神準和幽微，給算過命的人巨大的衝擊。命運被破解，個性被摸透當然令人震撼，那是老天掐在手心的祕密。人，而且是關係那麼遙遠的人，怎麼憑一張圖就能探得自己的天命？我的同事是好好先生，只要有空，來者不拒。他算過許多學生和同事，獨獨拒絕我。妳不用。我不死心，為什麼為什麼的老是逼問。直到這位聰明的好好先生離職，我始終沒得到正式答案。他總是用各種理由推搪。他不算我的命，而且不肯給理由。我對算命其實沒那麼強烈的好奇，倒是對不算我的命這事很感興趣。為什麼？

那是八年前，他還沒離職。現在即使他主動開口，我也不想。這幾年來，我看到命運一點一點現形，失眠的時候，跟家人講電話的時候，處理事情的方式和情緒反應，諸如此類，點點滴滴。現形的命運跟自由有莫大關係。是的，是自由決定了我的命運。決定了，現在的我。我不需要算命，我的命運不要在他人之口說出，我要它在我的眼底現形。

高中時離家半年，因為受不了家的管束，受不了油棕園把我當犯人一樣囚禁在無邊無際的綠海，受不了溺斃和窒息之感，遂成為逃家的人。父親在家族裡找不到前例，找不到應對的方式，他最恐懼的，大概是不知道如何給他父親，我的祖父一個合理的交代。說到底，傳統華人家庭長大的男人對叛逆女兒無法可施。女兒竟然這麼難搞，尤其是大姊作的壞榜樣，底下那五個妹妹是要怎麼教？唯一的兒子怎麼辦？

當初我的反抗其實很單純，我嚮往油棕園以外的世界。我不要被綁在家裡。

父親不理解他這輩子的痛苦來自祖父有效的教導，聽從，順服，鍾家斯巴達式的家規。祖父的痛苦來自曾祖母的遺傳，如果我當乖女兒，那麼，我的下場就跟父親一樣：他嚮往自由，卻聽從順服祖父，遺傳曾祖母的瘋狂和極端，這些條件的組合成為父親的宿命。唯一一次的叛逆，是離開錫礦湖離開老家南下自立門戶。祖父罵了幾個月，說他沒出息，比不上坐寫字樓的大姑丈，也不如當警察的二姑丈。做粗工哪裡做不都一樣？跑大老遠幹麼？

那年父親二十九歲，祖父藉酒罵人，酒後瘋言其實是內心話，他打從心裡覺得這唯一的兒子沒讀到書沒路用。父親離家是忤逆他。母親為此很不諒解祖父，他看不起妳爸，看死他一輩子不會賺錢，妳大姑丈坐 office 毋使曬太陽，二姑丈做馬打（警察）威水，轉來就買洋酒給他喝，妳爸沒鐳。哪有阿爸看不起自己仔喔！祖父早就返唐山跟列祖列宗團聚去了，母親說起來還是怒氣沖沖。

父親的自由意志可以伸展的空間那麼小，因為他沒讀到書，因為祖父要一個孫子。父親也想要吧，基於養兒防老的安全感，或者無後為大的老觀念。身為獨子的他連生六個女兒還有勇氣再賭一個兒子，以他的薪水和能力，七個小孩實在超出太多太多。我的農曆生日隔天，小弟出生當晚，從醫院回來的父親開懷痛飲。他舉起啤酒杯跟來賀喜的鄰居說，等了十二年，這個兒子。到底在慶幸喜獲姍姍來遲的麟兒，還是如釋重負，冷眼旁觀的我很想知道。

反正，應該，不會再有小孩在我們家出生了吧？其實我有點不確定，很怕有賭博紀錄的父親把賭性用在生兒子上，再兩年又妄想多賭出個兒子。那時候我十四歲讀初二了，還有小嬰兒出生可真的冇眼睇。那些八卦鄰居的嘲笑和嘴臉我真是受夠了。還好沒有。母親生小孩生怕了，何況她的身體狀況不允許。整個華人社會都要男生，難道沒女人男人們自個兒能繁殖嗎？堂嬸連生七個女兒，生到後來簡直把產房哭翻。馬來助產婆很疑惑，我們馬來人很喜歡女兒的，多生幾個可以陪父母，兒子整天往外跑，有什麼好？

就是不好。從母親和堂嬸的激烈反應就知道。當年生在鍾家的女兒，尤其不好。

二

從小我就喜歡往外跑，從新村、小島到油棕園，外面的世界永遠比較美。母親說我是野鬼。豈止，我還是孤魂哩，非常喜歡獨處。馬來助產婆說的話不準，女兒也有像我這種愛冶遊的。我筷子握得高，快握到尾端去了，預言日後的遠走高飛。母親說女兒早晚要嫁，反正不住家裡，嫁遠嫁近沒差。筷子握高握低她不在意。高中沒念完我就想離家，跟父親激烈爭吵後把話說絕了，雙方都沒留餘地和退路，不得不走。

還好有那次的重要經驗作指標。離家的好處是，距離產生美感，跟父親沒有短刀相接，再見面時雙方都收斂客氣許多。短暫的離家經驗讓我打定主意，高中畢業之後，無論如何，不管三七二十一，我要走遠。最先想去倫敦。家裡沒人贊成，祖父知道我要喝洋水很光火，罵得昏天暗地。妹仔早晚要嫁人，讀那麼多書做什麼。沒頭腦呀妳，去做工搵點錢，幫吓妳爸養幾個弟妹。罵完我訓父親，祖母沒有例外也被颱風尾掃到。祖父才是一家之主，他是太上皇。

只好作罷。當時連我都不相信倫敦去得成，那麼貴那麼遠，比夢還縹緲。那麼，台灣總可以吧！機票錢不多我自己打工就有了。只買單程，我硬下心腸，打定主意沒錢回家就飄泊異鄉，沒什麼大不了的。父親希望每一個女兒都獨立自主，我們家姊妹從國小就會自己跑銀行，開戶存款或領錢，管理自己的獎學金或紅包。國小三年級我跟妹妹三人坐火車去新加坡找三姑，住了快一個月再安全回到油棕園。六年級再跟兩個妹妹坐八九個小時的火車北返萬嶺老家看祖母，連祖母都說，妳爸這麼放心啊？小人走按遠他都不怕？大妹國中畢業跟三個同學自助環島旅行，用少少的錢走遠遠的路，父親二話不說就放行。他對小弟比較有意見。女兒當兒子養，兒子當女兒管，不知道小弟有什麼感想？

從小出慣遠門，我不在乎走得更遠。當時對台灣一無所知，一心一意想離家，如果有人提供免費機票，非洲我也去。我的成績文商組全馬排第八，第一志願填下有公費可領的「吃飯大學」，省吃儉用應該不愁生活。很多年後妹妹才透露，當年我偷偷出國，不知情的祖父把父親罵得慘死。妳爸每天唉長唉短，妳媽也是，妳妹妹快煩死了。小妹提到這事，邊說邊歎氣，當時她才小學三年級。阿姊妳不記得囉？那天妳要走，只有媽跟我坐 bus 把妳送到火車站。妳提一個很大很大的皮箱上火車，都沒有跟我們揮手，好像不想回來了。

我不記得。為何小妹記憶如此深刻？為什麼我偏偏忘記離家細節遺失關鍵時刻？我只記得在新加坡樟宜機場上機，那個大皮箱如何提上公車，再坐火車，過新柔長堤，我又是怎麼一個人把它拖到樟宜機場的，這些那些，竟然徹底在我記憶消失。看起來像刻意遺忘。我要再多一點細節。小妹很訝異反問，真的假的，妳一點都不記得？

可見我有多麼想離家。老天爺也希望我走。出國前從沒中過彩票的父親中了馬幣五千元，他給我三千，那是我高中畢業之後，唯一一次伸手要錢。為了自由。父親不知道那三千元對我的象徵意義，那是自由的本錢，日後他跟女兒得以彌補裂縫的代價。若非遠走，我們的摩擦大概會讓彼此體無完膚，老在淌血的傷口會流膿出水，新傷舊傷反反覆覆永遠好不了。最後，成為殘疾。

幸好。

父親把一疊沉沉的馬幣放到我手上的鏡頭，多麼歷史性。我凝視，我低頭，對命運合十。

三

時間和空間拉開距離。因為離開，才得以看清自身的位置，在另一個島，凝視我的半島，凝視家人在我生命的位置。疏離對創作者是好的，疏離是創作的必要條件，從前在馬來西亞視為理所當然的，那語言和人種混雜的世界，此刻都打上層疊的暗影，產生象徵的意義。那個世界自有一種未被馴服的野氣。當我在這個島凝望三千里外的半島，從此刻回首過去，那空間和地理在時間的幽黯長廊裡發生了變化。鏡頭一個接一個在我眼前跑過，我捕捉，我書寫，很怕它們跑遠消失。我終於明白，為何沈從文要離開湘西鳳凰，才能寫他的從文自傳。

有時我只看到時間的摺痕，在摺痕裡看見難以改變的宿命，來自遺傳和血緣。譬如頭瘋，看見了也無濟於事。我們家代代皆有 gila 之人，馬來文 gila 指瘋子。瘋狂的基因是鍾家的遺傳，從廣東南來的曾祖母吸鴉片屎，她本來就個性古怪，祖父和父親都得她幾分真傳；我的表叔從青年起便關在「紅毛丹」（瘋人院）關到現在，上回出來後把他老爸鋤死，沒人敢拿自己的命開玩笑再放他出來；三姑在我小學時住過精神療養院。大姑的獨生子，我那長得像混血兒的萬人迷表弟，二十歲出頭便進了精神療養院，十幾年了時好時壞，大姑心疼唯一的兒子，千里迢迢把他送到澳洲醫治。兒子的病沒好轉，反倒是她在六十二歲之齡得了憂鬱症。二姑就更別說了，一家四口簡直被下降頭一般。她三十歲左右出車禍之後精神狀況不穩定，五十歲鬱鬱而終。如今她的兒子也是，唉！

這種隱形的威脅讓人很沒安全感。生命的陰影無所不在，即使逃到天涯海角。我恐懼，可是我得克服它。野大的生命，老大的特質。以前村裡的混混每回跟人吵架吵輸拉不下臉便說，爛命一條，嚸啊？有時我也用這種語氣，你給我試試看？很賭爛。

可是面對時間，賭爛無用。前年我回油棕園和萬嶺新村去，白頭宮女的心情。所有的物都抹上時間的光暈。房子老了，椰子樹、紅毛丹、芒果、酸仔還在，連油棕樹上的蕨類都變少。樹木亦有暮年之人的形色，像祖父祖母大去前那種缺乏潤澤的枯竭之感，我因此知道生命會變輕靈魂會變薄，為了死後便於遊蕩的緣故。

過往之物是時間的廢墟。

油棕園那條唯一的對外道路還是黃泥路，文明的風暴沒有掃進這裡，也沒有掃進萬嶺新村，相反的，它們跟時間背道而馳，一種被遺棄的落後和老舊。萬嶺新村甚至連火車站都拆掉了，因為錫礦開採完畢，村民失去生存的依靠，遂成為跟我一樣的離鄉之人。再沒有誰需要坐火車返家了。

過往的世界遺棄了我，我卻在文字裡重新拾起。World lost, words found，《作家身影》片頭說的。那天離開油棕園時，依然是我極為厭惡的久未下雨的場景，黃塵滾滾。父親的車快速駛離，我的腦海忽然出現一段久違的旋律，當年校車的馬來司機最愛播的 Take me home, Country Road。歌詞裡的 Virginia 州在哪我不知道，最遠的外國我只到過新加坡。我用油棕園那條水牛洗澡的溪水想像歌手吐出的 Shenandoah River，同時聯想起音樂課唱的印尼民謠 Bengawan Solo，那梭羅河長什麼樣有沒有兩點麻雀？清晨昏暗天色裡，聽那充滿時間質感的滄桑男聲在唱：dark and dusty, painted on the sky / Misty taste of moonshine, teardrop in my eye，看不見的未來哪。遂有一點欲淚的悲涼。

此刻，我的未來已經慢慢成形，我無淚，反而悠悠的想起另外一段歌詞：

I hear her voice in the morning hours she calls me
Radio reminds me of my home far away
And driving down the road Iget a feeling

That I should've been home yesterday

彷彿，才昨天，還在北緯五度。

●———○ **筆記／凌性傑**

需要用什麼方式，才能探知自己的天命？需要多大的努力，才能抵抗宿命與基因？當命運一點一點現形的時候，要怎樣才能告訴自己已經準備好了、可以往下一站出發了？羅洛梅（Rollo May）探討存在心理，聚焦於命運與自由的糾結。鍾怡雯毅然告別家鄉，是因為看見了命運，想要尋找自由。殊不知這一切，竟都成為往後書寫創造的汩汩泉源。〈北緯五度〉是《野半島》書中的序文，訴說著背負家族宿命、瘋狂基因的自己，如何與命運抗衡搏鬥，從馬來西亞來到台灣。

從抗議到和解、從出走的回歸，鍾怡雯的《野半島》勾勒著充滿南洋風情的家史，以及自己堅決的身影。用一種野鬼孤魂的眼光，去探照男性世界的家譜，並且重新釐清自身的位置。她看見「時間的摺痕」，摺痕中有難以改變的宿命。一個高中畢業就離家的女孩，經過二十多年之後，清清楚楚看見家的力量。「賭爛無用」，離開之後才有機會為生命作傳。這不禁令人想起羅大佑所唱的〈家〉：

我的家庭我誕生的地方／有我童年時期最美的時光
那是後來我逃出的地方／也是我現在眼淚歸去的方向

鍾怡雯（1969年）　馬來西亞霹靂州怡保市人，祖籍廣東梅縣，著名的馬華文學作家。師大國文所博士，現任教於元智大學。散文題材部分取自日常生活，能從平常事物之中抒發獨特的體會。文學評論家李奭學稱她為「文界哪吒」。散文作品〈芝麻開門〉與〈垂釣睡眠〉曾被收錄於高中國文課本。散文集有《野半島》（聯合文學，2007）、《陽光如此明媚》（九歌，2008）等。

春日經由

（寄自日本的二十一張明信片）

孫梓評

01 寄給你的過期明信片

當時間把我們的眼睛與氣味都收回，還有一行祕密的文字在曠野與都市的交界茁長，也許有一天會像壞人一樣遇見好人，像美滿一樣遇見破裂，像膚色一樣遇見種族，像魔豆一樣遇見雲。

02 如果我降落，剛好在東京

樹木都抖落了冬天，春意還未穿戴，赤裸的枝椏像枯瘦的手臂伸向天空，然而空氣是透明的，即將來臨的夕照也是，透明清脆地給予，路旁有矮矮的人家，剛放學的國小學童，幾輛壓著柏油路的單車，乾淨的自動販賣機。瑣碎細節在構圖，大的街道啣接小的街道，空港離開後是真實的港，還未入夜的彩虹大橋長跨著人造港灣。早春的空氣有一種不由分說的寒意，然而我的心裡有一種花朵正簇簇地小規模燃燒。

03 **相逢有樂町**

我的耳邊沒有舊殖民時代的音樂，只有叮叮蘋果綠山手線載著我離開。有樂町驛前是巨大的無印良品，樓下入口處是各種叫不出名字的「花良品」。地鐵車廂裡標示著此時此刻是花粉熱季節，但各種顏色忍不住要盛開。那些完滿與否的情感也都身不由己地盛開。人與人之間，充滿接縫的拉鏈。夜暗之後沿著虛線惶惶然走到銀座，滿街人潮像失散的親族不尋找彼此。我手無寸鐵。

04 **木村家夕食**

臨桌，是一對戀人與一個母親。我隨意簡短發揮敘事，給他們身分和情節，無關桌上的沙拉小牛排飲料咖啡。這是一對即將結婚的戀人，他們來到男人幼時與母親慣來的店家，點一份親切的餐點，長笛和服務生都來了，在夜間八時一刻。是拘謹但難以迴避的場合。餐後，各自搭乘不同管線的地鐵，女人握住男人的手，掌心扣合，母親與他們背對背走遠。

05 眠眠打破

東京夜晚，我的窗口，可以看見未眠的品川驛。許多明亮車體停靠在規畫仔細的線道邊。沿著路像箭一樣劃開，黑暗的盡頭是東京鐵塔。橘色塔身雙曲線。車過品川時分，我的窗口便輕輕地震動，像一種有節制的問候。便利店裡販賣一種提神飲品，取了一個好聽的名字：眠眠打破。我剛從失眠的地方前來，極需要一隻神奇的縫針，把我被打破的睡眠縫好，最好可以再織進幾縷七彩的，夢的棉線。

06 隨身聽

收起慣用的隨身聽，裡面裝有一千三百六十二首歌的檔案。在熟悉的日常中，那是每日陪伴的聲音，聽著，會感到安心。然而來到異地，便想要聽聽不熟悉的東京腔，電車和電車偶爾擦身迸發的尷尬，硬擠上車來的中年癡漢，播放中的不知道名字的下一站。

07 涉谷回甘

走出涉谷車站，迎面而來的人潮瞬間像海浪。涉谷年輕，銀座老熟，新宿市儈，這種說法老早有人傳誦。然而當與太多青春的身體靠近，才真正被迫看見青春是怎麼一回事。那身體，將不能夠抵抗時間的嚴刑，卻在時間到來之前，歡愉地盛開。只那麼一瞬，就值得了。

08 一日吉祥

走出吉祥寺車站，離新宿約莫十五分鐘遠，抵達一種人工的情調。早春的寒意寫在街上，乾淨而透明的冷，像國王的新衣開心地穿上。小小的店家賣著不同的雜貨。貨品永遠推陳出新，永遠迷人，永遠帶不走。街道也帶不走。但是一整天都很吉祥。穿過井之頭公園，一大群鴿拍著天空。翅膀的縫隙裡有光在洩密。橋旁有一個湖。小小的泛舟很自在、很無辜。我走過乾枯的枝，一整面的枯木密布，他們都約好了嗎？再往下走，山吹草的枝頭已綻放花朵，有幾分神似櫻花。再往下走，經過家庭主婦與嬉戲的孩子，就是三鷹之森美術館。宮崎駿動畫裡的人物都在此恭候。不論是大型的龍貓巴士，天空之城的孤獨機器人，它們都共享一個和平的黃昏。

09 六本木之夜

六本木不只有六棵樹，我算過，恐怕超過十三棵。從地鐵站鑽出地表面，一隻與畢爾包古根漢美術館同種的鐵蜘蛛，巨大地盤踞在建物之側。是因為牠的繁殖力嗎？或是喜歡牠細長陰幽的造型，可以對襯出都會冰冷的玻璃帷幕？朝日電視台旁，新建好的六本木之丘，是東京鐵塔的新鄰居。瘦長的五十六樓層之頂，就是森美術館。電梯直達，除了可以賞玩東京夜景，還可以參拜現代藝術。現期展出的是草間彌生個展。她採用有點普普風格、簡單圖騰放大，讓素材呈現，尤其喜歡鏡像世界，在她的作品裡那些極簡花紋都像是獸的紋路、蛇的斑點，或是草履蟲，但乖巧地附著在人物或衣物的表面。我最喜歡其中一個作品：兩面鏡子，中間一串梯子，抬頭向上或下看，就已經希望無限；又像是前世與今世，現世是惘然的無處可逃的夾層。或許就等待一次強烈撞擊，一次毀滅。

10 疲憊摩天輪

海鷗號出發。穿越東京灣。台場。江戶溫泉物語。夜暗之後，彩虹大橋變換顏色的種類。

大摩天輪依序出發，載著悲歡離合，酸甜苦辣。小小燈泡也組織成不同的色澤，疲憊地像淚水，迷離地無說法，總之是夜晚裡黑空中一朵花。栽種在港邊的毒花，遙遠地，為路過的人生綻放。

11 **誰的青春原宿？**

走在美麗依然的表參道，卻怎麼也想不起那年自己是怎麼在這個異國的街，度過許多個午后。方向感迷失，連熟悉的店家都失了記憶。巷弄中有許多特別而設計感的小店，陽光的密度和質感都無可挑剔，連風都是溫柔的。不那麼心急了，像二十歲的自己，總要急著多知道一些什麼。已經是知道偶爾要放棄一些，或許反而或多或少可以得到一些。比較意外的是，整片青山公寓都被拆掉，那美麗的、長滿爬藤的老屋子。又走到竹下通，滿街好看的年輕男女，穿著顏色豔美的衣，他們是如此敢於搭配顏色的對比，實驗青春的能量。

12 **代官山**

美麗晴朗的東京黃昏又出現了。陽光傾斜，光影巡邏員在天橋的舊海報牌招上前進，剝落的紙頁，模糊的字體，無法讀取的意義。永遠翻不到下一頁。閒走的人員，飛翔的街道。黃昏，大廈旁的玻璃體亮起顏色不同的燈，黃綠橙紫紅白。像發光的冰柱體。還有一個微微呼吸的坡，向下，等著一輛單車輾過。

13 離別的月台故事

東京下雨了，我拉著笨重行李，穿越下雨的街，與一千個西裝領帶上班族錯身。看著陰溼的場景，搭乘著光之列車，雨水下在每一瞬間。沒有故事發生，整齊地等著列車開來，手中握著早餐，熱牛奶咖啡三明治，秩序和精神。開往神戶的新幹線，車體上面寫著，東京經由。

14 神的窗戶

從神的窗戶往外望，會看見什麼？眾生耳語，雲的迷走，還是一場沒有結束的嬉戲？到了神戶，撲面而來的是不一樣的空氣。有山的味道，空曠的月台，少量的人。與東京相較，突然空曠起來的密度教人措手不及。晚上去了神戶港，馬賽克城旁邊一個小的遊園地空盪盪，只有明滅不定的燈光兀自慶祝著。店家都拉下了鐵門，除了少數餐館，隔窗看著歇業的商場，有一種奇異的安心之感。好像，不能再改變什麼了。

15 夫婦善哉

大阪的甜點店「夫婦善哉」。果真是小店，只能坐十個人。坐定之後，店家會端來一個小盤子，每一個人都有兩碗紅豆湯，左右對稱地擺放著，淺淺的甜蜜紅豆湯汁，中間擱著一粒軟硬適中的雪白湯圓。並且，附贈兩片梅初音（類似沾著粉、略鹹的硬海帶），應該是中和甜味用的，因為真的很甜。走出店外的小巷，便是心齋橋。想起上一回我站在這裡是十年前，初抵異國的第一夜，有年輕的流氣男子在橋上對路過的高校女生搭訕。眼睛所及，什麼都新鮮。世界好大，什麼都想知道卻沒有合適的鑰匙。

16 夜間演唱會

要走路到ＪＲ大阪驛去搭車時，發現天橋下有鼓聲流利地敲著，還有人聲唱歌，結果是一個叫 Strange nude cult 的三人樂團，他們的貝斯手和鼓手都不賴，最棒的是，在寒風中聚集了各式各樣的人：學生，上班族，行人，女孩，老人，發傳單的小姐，當他們的歌音劃破大阪之夜，前頭聽歌的人也都輕快地擺動著身體，好有節奏，好愉悅，一起享受一首歌的時間。表演結束，我忍不住買了他們的CD，還請他們簽名，Bass 手簽完名還跟我說：每個火曜日晚上都有表演，在這個地方，歡迎來聽。

我沒有告訴他，我只是一個路過的旅人，明天就要離開。

17 有馬溫泉

開往溫泉口的列車。沿途可以感覺是漸向山谷，搭車的人也稀疏，下車的月台窄小而有一種歸鄉的溫暖。拉著沉重的行李箱，艱辛地來到了位於陡坡上的溫泉飯店，陵楓閣。掌櫃的歐幾桑居前帶路，其後，親切的歐巴桑來上菜，她好親切又興奮地開始比手劃腳，堅持要介紹每一樣東西。晚餐名喚：「等待春天」，一共有食前酒、初、肴、菜、凌、椀、鮮、鍋、燒、酢、食、止椀、香物、水物及煎茶一杯。也可擁有啤酒或清酒。繁複的懷石料理意外地非常好吃，前菜很精采，螢光烏賊很實在，生魚片是櫻花鯛很鮮甜，鍋物裡頭有嫩筍、松茸菇、海帶、紅蒟蒻、綠麻糬搭配得很好。另一個湯附有菇類山珍也很美味。最後，竟然還上了燒魚、豌豆飯、新鮮漬菜等，一共分三趟才把食物送完。

房間外頭是一片樹林，裡面則規畫出眾多隔間，有玄關，玄關旁有洗手間、小壁櫥，裡面有一個可睡覺的房間，外頭有喝茶間（含冰櫃），再連接一個洗顏間，再裡頭才是浴室。飯店所附的，是個普通的溫泉室，一片霧濛濛。但池底磁磚不知什麼緣故，泛起了美麗的魚鱗色。戶外的露天浴池是此地特有的鐵泉（又稱金湯）。

隔日，踅過老街與溫泉寺，又從有馬溫泉搭北神急行，邊看著窗外一驛又一驛遠去的晴朗風景，紅色車身古樸，綠色軟墊座椅舒適。

18 山手線

坐在慢慢前行的山手線，忽然想起故鄉的你。我們的島國南端，也有這樣的電車車廂，慢慢地開過能辨識的每一站，窗外有魚塘，水腥味當車門倏開時會撲鼻。然後是莽撞年少的鐵軌好像永遠不會老。當我在異國，沒有身分的困擾，雖然時間在我身上鑽洞，我仍然讓某些什麼偷偷流逝，但我想起你，在島嶼南端裡宛如一個不需固定的靈魂，還在車廂裡穿梭。

19 清水寺

走上二年坂，望見清水寺仍然那樣佇立，真使人放心，新擦的漆是亮橘色的，襯著天空真是好看。買票入寺，見已熟悉的所有不變風景，買已買過或已擁有的幾款御守，買下祝福。又去地主神社，拍戀愛占卜石，又去拍清水泉頭，旁邊多了一些座席，鋪著紅色的毯子，販賣此地特有的湯豆腐。逛完後，從清水坂慢慢走下，晴朗陽光中，雨雪霏霏。我走過三年坂、二年坂，那些美麗的石階，週末的緣故，遊客很多，細雪與雨很難分辨。

20 米原遇雪

車子快速地駛離京都站，真使人感傷啊，離別總是感傷的，這一次也不例外。眼睛還來不及適應快速變換的風景，卻發現窗外是一片白茫茫的雪覆世界。車子快速地跑，飛雪沒命地飄，雪光倒映天光，四處都透徹了然。列車靠站，我站在門口，發現雪花真的會飛舞，在風中宛若旋轉，或是風一來，便整個吹入了車廂。

每個人生命中都應該有一場初雪，而我已經遇上。

車過米原，仍是大雪亂下，誰知道，只有一站之距，雪便沒了，晴朗復現，但看得出來是冷的，煙囪吐出的煙都好緩慢像停格一樣凝在空中。

21 成田離開

轉搭成田特急往機場，時正黃昏。美麗的東京特有的黃昏的光為每一層建築物鍍金，真是美。車子飛快地奔向千葉，溫柔而坦蕩的光芒也無私地灑向每一個人。這是感傷的時光卻也是幸福的，我在東京的列車上，不那麼怕黃昏了。在淡紫色與橙黃色的底色之上，是一種我的形容詞也調配不出的淺藍，它說明了晴朗。而大而明亮的太陽，就滿滿地懸掛在地平線遠方，有學校有河流有百貨，有人群有罪惡有藉口。

我知道我即將起飛，經過發亮的東京，飛過名古屋，富士山，博多與夜海，飛過美味的甜食與深山被守護的森林，或者是獸，飛過他們的文化表紙與河道裡的血緣。我在飛機上無國籍，但閱讀的文字種類會洩漏，我享用飛機餐點，有充滿日本食堂味道的大根鰆魚，有沾醬的涼麵，有飾有櫻漬的蛋糕。

我喝下林檎汁液，要了牛奶香甜，我使用書寫，遲到的明信片，像一葉薄薄的透明之書，我將書寫，或被書寫，我會偷偷地降落。

然後，跨過時差，獨自回家。

筆記／凌性傑

在旅途中，有哪些風景值得形諸文字然後投遞出去？自己的心情與外在的風景，如何寫出一種微妙的呼應？諸多短簡又如何連綴成一個意義具足的體系？〈春日經由〉的形式特殊，由二十一張明信片組成，文體介於詩與散文之間。詩化散文裡，描寫多過定義，暗示多於直說。孫梓評投遞給讀者的，是旅程中的微悟、瞬間的感動，是人與世界之間無盡的纏綿。或許也不要忘記，那些輕巧精緻的小標題，也都是經過巧妙設計的。旅行的意義是出發與回返，在歷程中看見變化與差異。

在六年級的作家裡，孫梓評的文字具有極高的辨識度。他很早就寫出了自己的腔調，形成一種溫柔敦厚的敘述魅力。在他筆下，詩、散文、小說各種文類可以輕鬆調轉。他的文字總是充滿畫面感，在景象中暗藏千絲萬縷的情緒。將旅途所見化整為零，片段中自有精采。那些欲說還休的，成為安靜美好的定格。以片段編織整體，確實不同於一般遊記。如此看來，形式與內容確實相得益彰。形式可能決定內容，更或者，形式也是某種內容。作者善於捕捉一瞬之光，體物入微，讓記憶成為一張又一張的明信片。

孫梓評（1976年）　台灣高雄人，東吳大學中文系畢業，東華大學創作與英語文學所碩士。現任職《自由時報》副刊。其創作文類有新詩、散文及小說，題材多元，大膽創新，無一處不見詩性。詩人余光中稱孫梓評的新詩「意象高妙而隱晦，語言善於安排富於彈性的句法……頗有里爾克入神玄想之感」。散文作品有《甜鋼琴》（麥田，2000）、《除以一》（麥田，2005）。

開盡梨花，春又來

王盛弘

從皮卡帝里地鐵站三號門走上路面，右轉，才站到半價亭前，一縷歌聲閃躲過雜遝人群流竄到耳門，馬上攫捕了我；耳朵也像檢選器，洋言洋語給摒擋在外，唯一排闥而入的，是這唱著中文歌曲的男聲。

皮卡帝里圓環是倫敦蘇活區的心臟，隨時有街頭藝人在某個角落表演，我略過一個黑人吉他手、兩名小丑的古怪動作，奔至那名歌手面前，隨他哼唱起來。

他翻山越嶺一葦渡江健步如飛，我一腳水泡踉踉蹌蹌好想叫他等一等。

伊高歌我低吟，那時候，我們就是這樣，伊放聲我淺唱，我和伊坐在操場旁的台階上。八卦山脈在遠方一呼一吸沉沉睡著，最後一盞學子書桌上的燈火剛剛熄滅，星星已經上崗守衛，玉蘭花還不肯睡，恣意吐著一蓬一蓬香氣。宿舍已經晚點名過了，我和伊坐在操場旁台階上，伊問，想聽什麼？我說，隨便啦。伊沒有多思考：那就唱你送我的那捲錄音帶裡的〈夢田〉好了……**每個人心裡一畝一畝田，每個人心裡一個一個夢……**八卦山翻了個身繼續睡去，星星擠眉弄眼，玉蘭花還在放送著魅力。伊老馬識途躊躇滿志在前領軍，我新手上路亦步亦趨緊緊尾隨……**一顆啊一顆種籽，是我心裡的一畝田，用它來種什麼？用它來種什麼？種桃種李種春風……**

那時候，我們心裡都種了一個大夢，我的夢在這許多年以來逐漸萎縮逐漸乾癟，呼應我日益侏儒的行動；而伊的，依然巨大依然清晰，甚至更巨大更清晰。

伊的夢是成為一名拔尖的藝術歌曲演唱家，伊說，總有一天我會站到英國皇家艾伯特音樂廳，去唱你為我寫詞的歌。伊當真作勢唱了起來，雙眼注視著我，那眼神裡的驕傲，讓我一時以為這首歌真正是我專為伊寫的。一曲唱罷，伊拉住我準備鼓掌的手，說，走！於是我們站了起來，我不明所以，只隨伊跑下台階，越過一整座操場，一跳便躍上了升旗台。

我們的臉色潮紅、喘氣吁吁，鞋底沾滿草菁和露水，伊拉過我的手往上舉到最高，再彎身鞠躬到最低，遢鞦韆似地，附我耳邊說，你看，台下的人都為我們歡呼呢！我遂也看見了一整座操場都是起立鼓掌的聽眾，掌聲如潮一波波湧來，一束束鮮花拋上舞台……

歌手唱到一個段落，圍觀的人群可有可無給幾個掌聲，他低下腰拿起地上的錫鐵罐，人群馬上又走掉一大半；他循順時針方向向觀眾要賞錢，笑得很燦爛，但在等待圍觀人群自口袋裡掏出硬幣時，笑容裡也不免有一瞬如新漆剝落露出舊痕一般地，顯出了生硬僵冷如倫敦的天氣。我把口袋裡硬幣捏走兩枚一英鎊的，全丟進了錫鐵罐。他臨離開時，我問他，可以點歌嗎？他說，如果我會唱，有什麼問題！我才說了〈夢田〉，他脫口便唱出了聲音，我把手上那兩枚硬幣又放進錫罐裡去。

星星醒著，玉蘭花醒著，學子的夜窗還沒有打烊，再過幾個月就要聯考了。我獨自坐在操場旁的台階上，這個夜晚沒有歌聲。八卦山，你怎麼可以這樣事不關己地睡去？我起身站到教室外，隔著窗玻璃看一排排課桌，方正、井然、嚴肅、厚重像棺木，其中一張，月光為它灑了銀霜，課桌的主人前兩天還每週例行北上向聲樂老師學唱歌，傳來消息說他在回程淋了一場大雨患了肺炎，傳話的人說不打緊休息兩天就好。兩天過去，消息又傳來，說伊過世了。

許多年後，總會在某個瞬間我突然覺得，命運是偏袒伊的。

一盞盞燈亮了起來，歌手準備結束今日的走唱，他在收拾雜什，我聽見他頗自嘲地對我說，呵呵，說是要來倫敦學音樂，結果站到這裡討生活。呵呵。總算是養得活自己，也不壞。他說了再見，轉身消失在人群裡。

伊剛過世那幾年，幾名要好的同學每逢清明前後，總要相約去看伊，上一炷香、獻一束花；後來時間難配合，有時清明我獨自上墳去，知道已經有人先來過了，遂明瞭大家都在某個角落過著自己的生活，手上有電話，號碼撥了幾個，卻又莫名放棄了。

今年過去時，看見一名中學生坐在墳頭，一時之間我那已然模糊不堪的對伊外貌的記憶，又被拋光擦亮。兩人交談後才知他是伊過世後才出生的。他已經不小，是當年我們的年紀了。他問了我許多伊的事，我知道的，全說了，只是大部分事情，我根本分不清到底是當時的情境，或我日後追悼時的詮釋。

後來我問他，喜歡唱歌嗎？你哥哥最愛唱歌了。他直點頭。喜歡唱什麼歌？張惠妹、孫燕姿、周杰倫。會不會唱〈夢田〉？他高興地說，會啊會啊，哥哥留下來的錄音帶裡有，是不是這樣唱：**每個人心裡一畝一畝田，每個人心裡一個一個夢，一顆啊一顆種籽，是我心裡的一畝田……**他突然停了下來，羞澀笑了一笑。我想告訴他，知道嗎，這捲錄音帶是我送你哥哥的呢，看見我題的字了嗎：紀念我們踉踉蹌蹌，卻有獨一無二姿勢的青春——

用它來種什麼用它來種什麼？種桃種李種春風，開盡梨花春又來，那是我心裡一畝一畝田，那是我心裡一個不醒的夢……

●————○　筆記／凌性傑

有些朋友已經永遠離去，卻在不經意的時刻讓自己平添想念。那些一起做過的夢、唱過的歌，還能不能安慰空寥的心房？王盛弘的〈開盡梨花，春又來〉裡，以〈夢田〉的詞曲作為引子，勾連昔日少男心裡種下的大夢。然而故人大別，自己還記得那些，記得在心裡有一首歌。那是不負江湖不負人的初衷，在青春正好的年歲擁抱整個世界的夢。

谷崎潤一郎在《文章讀本》裡說：「自古以來，就說文章是人格的表現，不過不僅是人格，其實甚至也可以說那個人的體質、生理狀態之類的東西，都會自然流露在字裡行間，而且表現出來，就是調子。那麼，文章的調子，可以說是這個人的精神流動，血管節奏，尤其和體質一定有相當密切的關係。」王盛弘的散文書寫，在同世代的作家中別具一格。散文講究韻味與腔調，而這正是王盛弘獨到之處。〈開盡梨花，春又來〉語言貼近生活，又可以捨去糟粕，留下美。對美好事物的執著，便呈現在語言流動裡。

悼亡傷逝的文章，很容易寫到感情失控。王盛弘這篇〈開盡梨花，春又來〉真是沉得住氣，節制自己的情感，也節制自己的修辭，讓一切往事自然而然湧現。這或許跟作者喜愛蒔花有關，留下想要的，芟除不必要的，精準又俐落。他讓我們知道，詩境裡的哀而不傷，在散文中也可以做得到。精神流動之美，就此產生。

王盛弘（1970年）　台灣彰化人，輔仁大學大眾傳播學系畢業，臺北教育大學臺灣文化研究所肄業。現任《聯合報》副刊編輯。創作文類以散文為主，作品中常見對花卉草木之獨特觀察，別具一格。自然文學作家陳冠學論其作品「宛若遊龍，驅遣自如，論事析理，別有一番筆法」。散文作品有《桃花盛開》（爾雅，1998）、《草本記事》（智慧事業體，2000）、《帶我去吧，月光》（一方，2002）、《慢慢走》（二魚，2006）、《關鍵字：台北》（馬可孛羅，2008）、《十三座城市》（馬可孛羅，2010）等。

我想有個家

凌性傑

眾鳥欣有託，吾亦愛吾廬。——陶淵明

打電話回家跟母親說，我又買了一間房子。這是今年以來做的瘋狂事之一。因為我已經無法再忍受，住在不屬於自己的屋子裡。年初時有可以老是鄉的心情，迅速的在花蓮購屋置產，似乎想要證明什麼。沒有意料到的，我又一時興起在北城考得教職。為了解決往後住的問題，匆匆之間，沒有頭期款的狀況下我又做了蠢事，刷卡簽約後才去張羅錢。事後才跟母親報備，我說租不如買，她只有順著我，只是希望我能有定性一點。不要老大不小了，還是改不掉任意妄為的習性。

那已經是二十幾年前的事了，在舊家的三合院，母親、我與兩個弟弟長期共用一個房間。即使不喜歡，我仍然無法躲避那樣俗濫的成語：相依為命。直到一九八八年我國中二年級，我們與叔叔一家終於分爨，我便接收了叔叔嬸嬸的房間。在那個房間裡，我只有一張小小的書桌，一組木板床，一把吉他、一個塑膠衣櫥、一個人作著簡單的夢。一台CD隨身聽接上兩個小喇叭，就可以聽見全世界的聲音了。

當時潘美辰用蒼涼的歌聲唱著〈我想有個家〉：「我想要有個家，一個不需要華麗的地方。在我疲倦的時候，我會想到它。我想要有個家，一個不需要多大的地方。在我受驚嚇的時候，我才不會害怕。」然而在那個家裡，我唯一的願望就是遠走高飛。好幾次我躲進房間，卻沒有辦法不聽見，外頭傳來爭吵、談判的聲音。親族中夫妻婚姻失和、兄弟鬩牆、爭產糾紛，不知怎麼的，總是要到我家大廳來說個分曉。公親事主群聚一堂，我只能當作這一切與我無關。大人們是這樣對我說的，進房念書去。書本果然成了我的快樂天堂，讓我找到意義，心靈得以安居。我知道家庭傷人甚深，於是期盼自己哪天經濟能夠獨立，給我的至親一處溫暖的家，以未來的幸福療治過去的傷痛。

我國中時像飼料雞一般，被填塞餵養零碎片段的知識。我相信教育可以讓我翻身，好好念書才有未來。我冷漠的看著新聞，一邊背誦著「朱門酒肉臭，路有凍死骨」的解釋與翻譯。台灣經濟業已大幅成長，國民所得提高。那時都說，台灣錢淹腳目。然而卻有一群無產的小老百姓，為了抗議當時房地產不合理的炒作、飆漲，以及不健全的房地政策，展開了行動。他們自稱無殼蝸牛，在一九八九年八月二十六日，號召上萬人帶著睡袋搭帳篷，夜宿台北市忠孝東路。他們並肩躺臥在台北東區地價最高處，卑微的訴求著，希望有一個自己的窩。我好想知道，當年仰望台北市夜空的他們，如今都找到一處遮蔽風雨的家屋了嗎？又或是繼續的在社會最底層拚生活？又或是受不了生活的煎逼，舉家燒炭自殺了？那些美好的願望、社會正義的訴求，還有可能完成嗎？

高中文化基本教材教到孟子時，罹患政治冷感症、十八歲的我對那種囉嗦沒有好感。但當滕文公問治國之道，我忽然眼睛一亮。孟子這麼回答他：「民事不可緩也。……民之為道也，有恆產者有恆心，無恆產者無恆心。苟無恆心，放辟邪侈，無不為已。」治國的方法，首先是要讓人民能夠活下去，而且要活得安適、有尊嚴，知道只要付出努力便有美好的未來可以期待。有土斯有財，那也的確是一股安定的力量，幫助一個人有信心憑著一己之力換取甜蜜的生活。

高中畢業我便離家，抱著一種能走多遠就走多遠的心情，跟原生家庭保持若即若離的關係。離家以後，我的房間被弟弟接收。寒暑假返家，我敏感的察覺家裡已經沒有我自己的角落了。直到大二時，母親獨力買下一幢透天厝，把最大的主臥室留給我，我的所有物項才又有了收容所。一切各安其位，我慶幸自己是有家可回的人。十多年後的現在想起，那個房間我的使用率實在不高。倒是我生命中的重要物件，大多存放在裡頭。高中背的書包、穿的制服、一疊疊相本、不忍棄置的舊衣……在這個空間裡完好的存在著。我隻身在外飄飄蕩蕩，隨身家當越來越多。沒辦法放在身邊的，也統統寄回去堆著。每到填寫託運表格時，奇異的幸福感升起，非但是我，連所有細小事物都有家可回了。

然而，我想有個家，自己認定的家。我與彼時的女友相互承諾，約定白手起家。我向來胸中無甚大志，只要能有一處不被干擾的人世居宅便好。打算大學一畢業就結婚，信誓旦旦不要繼續在學院裡混文憑了。生性不喜受管束的我，喜歡隨意讀書，享受讀書的快樂就行，不需要為了一張紙念書。對於家屋的想像，卻是無日不有。即使在租借來的空間裡，我仍反覆實驗，東搬西挪，我在哪裡，一堵書牆就隨著我到哪裡。大學還沒畢業，就已經留意山間海濱的教職缺額。打定了主意，不再升學念研究所。我要安穩的過日，隱逸自己於天地一隅。閒來讀書寫字，可以在名利場外自得，不要受任何鳥氣。

說來奇怪，研究所的學業持續迄今，從裡頭獲得不少樂趣。一開始就選定在花東執教，六年的後山生活過去，我的確貪戀山風海雨帶給我的種種滋養。那樣天寬地闊的地方，令我願意與這世界一起蒼老。只是、只是，不論我所在的地方多麼邊鄙，我始終無法自外於細密如網的體制。心想與其這樣，不如大隱隱於市。然而心中仍有疑慮，不知道會不會有朝一日興起感慨，像陶淵明那樣歎氣：「誤落塵網中，一去三十年。」身為一個人，就得用意義架構自己人世的安宅。找到了它，擁有了它，生命與性靈才得以有所依憑寄託。

帕斯卡（Pascal）說過如此悲傷的話語：「人類一切不快樂都源自於一件事：無法安靜地

待在自己的房間裡。」短暫租賃的這個月裡，我把空盪盪的屋子當作只是睡覺的地方。也許此心不安，連睡覺都睡得不好。於是這當下充滿期待，新居即將裝潢完竣，我能擁有一切的快樂。我長久追求的家屋之夢，再不多久便會成真。長久以來，我總是離家幾百里。不論求學或工作，原生家庭跟我的距離就這麼越拉越遠了。幾年前考博士班，錄取通知都到手後，我毫不猶豫的選擇離家遠的學校就讀。的確是這樣的，說故鄉太沉重。說起生命的起源、此生的根由，也太過沉重。而在每一次遷徙遠離的過程裡，我的家當與記憶越來越多，更需要空間收納安置。我一人背著殼南來北往、東奔西跑，從一九九四年到如今（二〇〇六年），居所搬遷不下十次。每一次都很費力，該捨該留的物件與感情令我惶然。

人對安穩有所求，土地屋宅或許最能提供保障與安全感。我算計著這一年內兩度為了換得安全感，所費不貲。看似衝動盲目的心，實則有一股篤定。因為一切都是心甘情願的。外面的世界太過喧囂動盪，我才更需要有一處讓自己淡泊寧靜的屋宇。政局最紛擾的大時代，張愛玲與胡蘭成訂了終身。婚書上寫著：「願使歲月靜好，現世安穩。」可見安穩的生活如此吸引人。但最後張愛玲再也無法忍受胡蘭成的風流，對胡蘭成說：「你不給我安穩。」感情故事就此告終。我慶幸的是自己的居宅沒有感情故事，也沒有感情事故。

我多麼希望，像王安憶〈烏托邦詩篇〉說的，「一個人在一個島上，也是可以胸懷世界的。」在自己的屋子裡，我可以如同劉伶那樣想像「天地為棟宇，屋室為褌衣」。有酒食、有音樂、積書滿架、早晨飄來咖啡香，我愛我的家。天涼時節我將要進住新居，由落地窗外望，就是這幅景象：「秋景有時飛獨鳥，夕陽無事起寒煙。」那時幸福與安靜，也是滿滿的了。

●——○ **筆記／楊佳嫻**

當年吳爾芙（Virginia Woolf）說女人要能安穩寫作，得先有自己的房間。那是指性別分工與空間分配的不自由、不平等下，渴望擁有自我不受打擾的天地、暫時脫離既定性別角色的女性夢想。時至今日，都市空間狹隘，房價飆漲，生活蠅蠅，如凌性傑〈我想有個家〉裡引用的帕斯卡的話：「人類一切不快樂都源於一件事：無法安靜地待在自己房間裡。」這仍是個困擾。而且不限於女性男性。

作者自陳此一夢想來自童年的匱乏。舊家三合院裡，空間不夠，曾經長期與母親、弟弟共用房間，稍微幽微一點的心事大抵都沒地方藏。年少時，他已經知道從音樂、書本中，另外構築屬於自己的房間。這幾乎是所有後來走上創作路途者必然的能力與經驗。於是，文中勾連了許多相關證供，潘美辰的歌，一九八〇年代末期無殼蝸牛的街頭呼喊，孟子申言「有恆產者有恆心」，陶淵明的詩，胡蘭成給張愛玲的誓言，在在都替他的「房事」注腳。

凌性傑無論散文或詩，時常都在尋覓幸福、確認幸福。〈我想有個家〉，大抵是他幸福論的核心了。

凌性傑（1974年） 台灣高雄人，師大國文系畢業，中正大學中文所碩士，東華大學中文系博士班肄業。現任建國中學國文科教師。散文書寫節奏舒緩而條理清晰，文字清新而經過詩質的錘鍊，展現幽微情思，層次井然。曾獲梁實秋文學獎、中央日報文學獎、時報文學獎等獎項。散文作品有《燦爛時光》（爾雅，2007）、《有故事的人》（馥林，2010）等。

台北

周志文

台北一直距離我們很遠，遠到我們夢想要到卻無法到的位置。我記得我讀初三時的有一天，教我們課的老師請假，說到台北去辦事了，等他回來，大家都央他說些台北的事情，明明知道他只是辦自己的私事，不見得看到什麼特別的，但大家還是不死心，好像七百年前，熱那亞的監獄中的囚犯，央求同樣關在牢裡的威尼斯人馬可波羅，要他說他千里迢迢在東方的見聞一樣。

台北對大多數人而言都可望不可即，但比起其他的地方，譬如紐約、倫敦、巴黎、羅馬等的，還是近些。那些地方不僅僅是遙不可及，對我們像是星星一樣的地名，這輩子無論如何，自忖是絕對到不了的。台北還好，乘火車就可以到，只是到台北需要事先找個好的理由，對我們孩子而言，這比什麼都困難。

有一次老師問我們究竟想知道台北的什麼，這倒讓我們猶豫起來。我們其實並不了解自己的心中的渴望，我們想知道的事漫無邊際，很大也很多，但真要說又說不怎麼上來，這才是我們的困窘。一個愛籃球運動的同學老是把當時幾個明星球員掛在嘴上，譬如克難隊的陳祖烈、國光隊的羅繼然等的，他對中國廣播公司每週現場轉播的籃球競賽熟悉得不得了，說話興奮時，常做帶球三步「翻身上籃」的動作，他問老師去過台北的三軍球場嗎？老師說沒去過，只知道球場就在總統府前面，老師說去台北的時候沒趕上有球賽，就是想進去也進不去，他聽了大失所望。

另一個愛電影的同學問台北的電影院是不是很大，老師說是比較大一些，但跟我們鄉下的也沒什麼太大的不同。他繼續問在台北看電影是不是都得戴特殊的眼鏡，銀幕上的人都能「飛」出來呢，因為不久前，小鎮上演一段很短的電影，是「搭配」著一部長片推出的，開演之前每人發了一副紙糊的眼鏡，一眼紅一眼藍，電影裡面一個人表演馬戲團的甩瓶遊戲，那瓶子一不小心就「躍」出了銀幕，就像朝人的腦袋落下來的樣子，電影院裡驚叫不斷，亂成一團，那叫做「立體電影」，當時新奇得不得了。老師說立體電影還在實驗階段，還沒真正的流行，至少在台北還沒有這麼演劇情片的，也許美國有，台北在這上面比美國要落伍，這是大家可以確定的了。

老師把眼睛轉向我，我已想好了問題，我想問台北的書店是怎麼樣子的，但老師只看了我一眼，並沒有問我。我從初二留級之後，就獨個兒展開了我無限壯闊的閱讀之旅，書本為我打開了一幕幕的生命奇景，我常到小鎮的書店看書，小鎮書店的書與雜誌不一定很多，就已令我目眩神移了，我想台北的書店應該更好。我在一本雜誌上看過一篇報導美國紐約書店的文章，有家書店店名叫什麼已忘了，但店門口的招牌上用英文寫著：「有智者在此垂釣。」啊，那真是貼切又高雅，台北有那樣的書店嗎？我並不是關心書店規模的大小，而是想知道那個讓我懷抱理想、充滿憧憬的出版品的供應中心，我心中知識的殿堂，到底是什麼一種模樣，是像羅馬的萬神殿或者像梵蒂岡的聖伯多祿大教堂一樣，仰頭高望，到處都充滿了神奇的光嗎？

後來初中畢業，我跟著幾個同學趕到台北參加師範學校的入學考試。當時的師範既不是大學也不是專科學校，等級與一般高中相同，畢業出來可以在小學教書。鄉下的學生很嚮往讀師範，師範是公費，不要繳學雜費之外，生活上吃的穿的都由政府提供。然而參加考試的人實在太多，我雖然自覺考得不錯，還是沒有考上，不只我沒考上，跟我一同去考的同伴最後都是「鎩羽而歸」。然而那次北上考試，對我而言，不是完全沒有收穫，我終於可以近距離的觀察了一回嚮往中的台北，但遺憾的是沒有去看書店。

對小鎮的人來說，台北的的確確是個大都市，這在乘火車往台北的路上就體會到了。火車只要過了八堵，兩邊連綿不絕的是倉庫和油槽，大型的工廠林立，鐵路不斷有分岔，分岔的鐵路上有火車在上貨或卸貨。在快要到台北總站的地方有一座名叫華山的貨運車站，裡面還有座火車調車中心，那裡的鐵軌像時鐘一樣四射而出，上面停著很多黝黑的蒸氣車頭，而那些車頭正冒著濃煙，隨時準備運作，那景象令我感動。火車經過公路平交道，柵欄上的燈閃爍著，鈴聲大作，公路上排著一輛輛等待要過的汽車，有大客車、貨車與轎車，還有許多帶篷子的腳踏三輪車，當然還有腳踏車與黑壓壓的行人，場面零亂而盛況空前，光從鐵路上看就有如此的風景，台北真是個不尋常的都市啊。

台北又是政治之都，是中華民國最高領導中心之所在。鄉下地方的學生，比較沒有見識，也沒見過「世面」，心中還保持著落伍的軍國主義思想，老是想向權力的象徵物敬禮，朝掌權的大人物效忠靠攏。我們讀小學的時候就唱一首歌頌蔣總統的歌，歌詞中有「您是大革命的導師，您是大時代的舵手」，到我讀高中的時候，蔣總統依然在做總統（他一直到逝世都是在任總統，他過世的時候，已是一九七五年，我大學都畢業十年了），當時台灣風雨飄搖，但因為無知，我們並不覺得有什麼不安。我們被教育成要認定我們所處的時代是一個偉大的時代，而我們的國家是個偉大的國家，我們必須盡其所長的貢獻自己，以完成「大時代」交給我們的任務。我們也許只是小石子小沙粒，但凝固起來，也可以成為撐住上天的大柱子。

台北既是最高領導之所在，當然值得我們頂禮膜拜，對我們鄉下的學生而言，來台北多少有一點政治上朝聖的氣氛。我們私下希望能見到一些特別的，最好是有莊嚴而神聖意味的事情在我們眼前發生，一個我的同伴在火車上告訴我，他最想在台北見到一些有儀式性的活動，大的如國慶閱兵，小的像儀隊交班，或者能看到總統府前的升旗典禮，那些活動都令人熱血沸騰，如果能被我們碰到，就不枉此行了，我聽了以後，也怦然心動，深以為然，可見我們初中男畢業生的幼稚。結果我們考完，沒有餘閒（其實是沒有餘錢）在台北久留，只得匆匆回家，來時火車上的憧憬，一件也沒有實現。

那種有法西斯含意的又充滿儀式性的國家想像，只存在於幾個特殊的學生之間，並不是那麼普遍，台北也有一些溫柔又美麗的聯想。對一些追求時尚的學生而言，台北還是個時尚之都，不過在這一方面，不論「嗅覺」與毅力，男生都不是女生的對手。男生也會追求時尚，但中學時代的男生，也許被初初發現的情色本能弄得暈頭轉向，「焦點」老是不能集中。

上高中後男生的制服一年三百六十五天都是軍訓服，卡其布料的，口袋上繡著藍色的學號與姓名，土氣得不得了。愛要帥又有點「流氣」的男生，喜歡把軍訓的大盤帽弄得像美國電影裡面的空軍飛行員戴的一樣，兩邊垮下來而且皺巴巴的，軍訓教官說那種帽子叫牛屎帽，不准人戴，而調皮的男生還是喜歡戴它，而且把它弄得髒兮兮的，據說台北學生都這麼戴。男生的時尚，好像只停在這一階段，有點叛逆，但不夠徹底，想起來就覺得可憐。

女生一旦陷入時尚的幻想之後，就會全身以之，「勇猛精進」得不得了。在穿著方面，學校給女生的待遇要比男生的好很多，女生不必天天穿卡其布料的軍訓服，她們是有第二種制服的，女生的第二種制服是上身穿淺色的襯衫，下身著黑色的百褶裙，軍訓服是有慶典或有軍訓課時才要穿的。一個家境比較優渥的女生，隨家人到台北一趟，回來突然變得時髦了，她的與眾不同是她在穿第二種制服的時候，把裙子裡面的襯裙刻意露出一小截（初中女生很少懂得穿襯裙的，一到高中就都懂了）。開始大家以為是她不小心走光的結果，後來知道不是，她告訴她的同伴說是台北流行的，不久這種穿著方式便「席捲」全校高中，都在黑裙下面露出一點白色蕾絲邊，其實並不好看，但據說那台北學校的女生都是這麼穿，而台北女生如此穿著，也是從過時的好萊塢影片裡學來的。

愛漂亮的女生還曉得把學校規定的短髮弄得邊上微微上翹，只要有一點跟別人不一樣，就滿意得不得了，還有些女生懂得稍稍在臉上打一點粉底，還搽一點透明的唇膏，教官檢查時說是皮膚敏感必須搽防曬膏與護唇膏，教官也不敢怎麼辦，那些保養的資訊都是從報上婦女版得到的，而投機則出自女性的天性。在普遍困窘的時代，原來也有貧富不等的生活方式，同樣是卡其布，布料有好壞的分別。有一種俗名叫絲光卡其的卡其布，又細又亮，穿在身上，就算是制服還是能顯出富貴氣，我讀高中的時候，班上有幾個同學穿這樣的料子。講究衣著的人還會把衣褲燙得很平整，女生百褶裙上的褶痕與男生長褲的兩條垂直壓線往往成了身分的代表。還有皮帶的環扣，可以用一種在台北才買得到的擦銅油把它擦得金光透亮，遠看就像黃金做的一樣，但那種擦銅油每三四天就要重擦一次，不然環扣又模糊一片，比沒擦還難看。

這些服裝上的講究與儀容上的修飾，風氣都說是來自台北，後來我有機會到台北讀書，才知道根本不是這麼回事，我們鄉下人對台北的想像，其實錯得離譜。台北有的學生也很土，甚至於跟我們鄉下來的學生比也相去不遠，跟得上潮流的人並不多，而且趕潮流的人絕不說他們的潮流是來自台北，我讀大學時，班上就有一些會打扮的女孩，她們說，台北要是跟紐約比，那可是天淵之別呀！

我到了台北，過了幾個月之後，才知道台北其實是座空城，表面上有點繁榮，其實沒有什麼內涵，也許有內涵，短期內我也沒法發現。我讀書的學校，是一個由傻瓜與騙子所組成的空殼，沒一個老師是認真的，他們學問不好，道德又多發生了偏差，職員看起來都很忙碌，但不知道所忙是什麼，更可憐的是被胡裡胡塗分到這裡求學的學生，他們也都渾渾噩噩的在這兒按表上課，很容易被眼前的假象所蔽，得過且過，既沒意志力，也無是非感。我後來才知道，不只我們學校如此，台灣在一九四九年之後能夠逃掉一劫，並不是我們「勵精圖治」的關係，而是不久爆發了韓戰，東西世界形成衝突反而保障了台灣的安全。韓戰過了不久，又爆發了越戰，越戰為台灣又帶來幾十年的經濟繁榮，當然台灣整體上也沒犯了太大的錯誤，以致後來的路，走得還算平穩。但我想，任何一個與台灣一般大的地方，維持了幾十年的安穩，它的發展會跟台灣沒什麼不同。台灣當然有傑出的人物，但與其他地方一樣，絕大多數傑出人物都被淹沒在庸俗的滾滾洪流裡，台灣其實沒有太多值得驕傲的地方。

我初讀大學時候，因為無聊，經常在台北重慶南路的各家書店遊走，一邊尋找讀物，一邊打發時間。重慶南路上書店林立，卻沒有一個是發熱又發光的，如我心中知識殿堂的模樣。那裡任何一家書店都比我們鄉下的書店大，但開書店的，都把書當成商品，書店陳設老舊庸俗，光線也暗，在裡面看書，永遠不會有「智者在此垂釣」的高雅情緒。有些書店你只要翻開一本書幾分鐘，就有人來問你是不是要買，在那兒久站，就有人把眼睛盯著你，怕你是竊賊，一家書店還在進門口公布了一張竊賊的放大照片，下面還有他親手寫的悔過書，讓人看了十分不舒服。

我記得我高中時所看的漢譯世界名著，那些白色封面的大堆頭書，裡面真是包羅萬象，那些書曾啟迪我對人生的無窮想像，也使得我與我所處的現實世界有些格格不入，對我而言，不知道是幸或不幸。我記得那些漢譯世界名著是由一家名叫新興書局所出版，有一次我從書後面的版權頁看到新興書局的地址，就在台北市，我何不去找找看呢？當時我想。

那個出版社曾是我寤寐以思，總想要去「朝覲」的聖地，那裡有托爾斯泰、屠格涅夫、普希金、雨果、左拉、羅曼·羅蘭的幽靈，還有狄更斯與雷馬克的，像維也納近郊專門埋音樂家的墓地，裡面有莫札特、貝多芬、布拉姆斯、蘇培、史特勞斯的墳，走到那兒一定要悄悄的不發出任何聲音，因為那是創造最偉大聲音的音樂家長眠之處。到新興書局，再好的文學家也要擱筆，至少暫時擱筆，因為那裡堆放著多少偉大作家的偉大作品啊。用維也納的墳地來比喻這家書店並不合適，它該是希望與夢想的誕生地，但從莊子的齊物我、一死生的角度看，我們不是憑藉偉大人物的死亡而得到新生的嗎？

新興書局在台北市一條叫晉江街的地方，那裡巷弄縱橫，很不好找，問路上行人，沒人知道有這家書局的。後來找到一個當地人，說看地址似乎從強恕中學邊上的一條小巷可以「直通」，最後終於找到。

這家在我心中「盤據」已久的書店，不但毫不起眼，還可能是在畸零地上一套樓房的一個邊間，房子不工整又狹隘，裡面亂七八糟的堆著一些我熟悉的書，也有許多我陌生的書，東一部西一部的漢譯名著，都是白色的封面，幾本《簡愛》壓在《傲慢與偏見》上，《雙城記》與《約翰．克里斯朵夫》混在一起，地上堆著還沒拆封的紙包，裡面放的應該都是書，另個房間還有許多黃色封面，請師大教授宗孝忱先生用小篆寫書名的書，都是國學的典籍，有《柳河東集》、《曹子建集》等的，還有許多綠色精裝成套不零賣的《筆記小說大觀》，那些書，我在其他地方都看過，也都知道是新興書局出的，但平時確然沒有把所有的兜在一塊。我一直把漢譯世界名著放在心中的特殊位置，想不到出版它的，只是一個做大雜燴出版生意的商家罷了。

裡面夥計告訴我這兩天是書店的出貨日，是不做零售生意的，他也沒心招呼我，我在那兒久待也沒有意思，便廢然離去。後來我書讀得漸多，才知道新興書局當時出的書都是翻印以前大陸書店排印過的出版品，不論國學與漢譯世界名著都是一樣，不只新興書局，其他出版社也大致如此，當時台灣還沒有出版法，也沒有著作權法，只要不違反「國策」，任何書都能印的，而且在版權頁上大剌剌的印上「版權所有，翻印必究」，原來整個出版業，都義正詞嚴的做著偷竊與欺騙的行當。

回過頭來，再看我們的高等教育，我們社會的其他行業，有幾個不是做著跟出版業同樣的事呢？我少年時對台北的憧憬，從此消失了大半。

●———○ **筆記／楊佳嫻**

周志文教授的散文，近年來出版豐沛，目不暇給而又好看到讓人非得每一本都追及不可。他筆調誠樸親切，或帶幽默，或帶批判與思索，寫很小的事情也有想像、針砭和寄寓，讀起來有收穫，卻並不感覺是被訓誨。我上過周老師的課，學問扎實淵博，教古典文學，卻能跟學生出入人文地理，東方西方，音樂美術，無所不至，實在是過癮。

〈台北〉一文，寫宜蘭孩子的台北幻想，開頭就說：「台北一直距離我們很遠，遠到我們夢想要到卻無法到的位置。」這種居住於規模較小的城鎮鄉村而想像核心大都會的文章，只要在略具規模的國土上，一定都有，而且恐怕會一直推陳出新，因為核心都會的擴張仍在進行，資源的集中與傾斜不是一時就可以改變。如周老師這樣一九四〇年代出生的非台北人，有他們的台北夢幻，而如我這樣一九七〇年代出生的非台北人，仍照樣有台北夢幻。我們都經歷過嚮往、靠近、破滅、重新認識的過程。

對於台北的想像，有潮流的，比如服裝，有娛樂方面的，想知道那裡的球場和電影院是不是有什麼不同，有政治的，當時還不懂得批判那些從小被灌輸的法西斯式家國想像。而對於少年周志文而言，他當時已經有一顆熱愛異國文學、從文學中補綴拓展世界想像的心了，嚮往著的，自然有些不同——他想知道那出版知識的處所，是否真是「有智者在此垂釣」的靈光殿堂。結局當然是失望的。然而我們也總是在這失望中，多懂了一些什麼。

周志文（1942年）筆名周東野。原籍浙江，生於湖南，成長於台灣宜蘭縣羅東鎮。歷任《中國時報》、《民生報》主筆，淡江大學、台灣大學教授，現已退休。寫作以小說、散文、評論為主。他的散文博雅通達，嚴謹但沒有匠氣。主要作品包括《時光倒影》（印刻，2007）、《同學少年》（印刻，2009）、《家族合照》（印刻，2011）等。

五

文化抒寫

凝視世界的模樣

誰願意活下去

張曼娟

我有一個善體人意的朋友，總是體貼照顧著周遭朋友的心情，收到 e-mail 不管有多忙，肯定第一時間回覆，為了怕朋友找不著她，她一天甚至要上網好幾次。因此，對我們來說，她便是那個始終在那裡的，讓人安心的朋友。近半個月來，我發現信箱裡總沒有她的信，寫了 mail 去，一天兩天，並不見回覆。我恰好忙著出國，也沒在意，回國之後，又寫了 mail 去，仍沒回音。我開始胡思亂想，想到我的朋友近來被感情所困擾，已經不快樂了好些日子；想到我的朋友近來工作也不順遂，面對人事傾軋必定相當沮喪，想著，我簡直按捺不住，撥了電話給她。

朋友用尋常的，沒有特殊情緒的聲音接了電話。「妳還好嗎？」我的聲音很高亢。「好啊。」「妳沒事嗎？」我像走鋼索的人，危危墜墜。「沒啊。」「妳確定嗎？沒有騙我？一切都好？」我簡直是在逼供，有著屈打成招的架式。朋友無奈地苦笑了：「我都很好。」「那……妳為什麼沒回我的 mail？」朋友沒作聲。「妳收到我寄給你的 mail 嗎？」過了一會兒，朋友才說：「我最近都沒上網，沒有開電腦。」我像是突然人贓俱獲，長驅直入：「妳為什麼不開電腦？還說都沒事，沒事為什麼不開電腦？」「我就是不想開。我不能不開電腦嗎？」一向和善的朋友，蹦出這樣的回答。

我愣住了。

她問得很對。她不能不開電腦嗎？不能不理會別人嗎？或者，不能讓自己的心情低落嗎？不能不善體人意嗎？

情緒亂亂地掛上電話，坐在黑夜裡，很想哭。

我不知道自己是怎麼了，為什麼會這樣歇斯底里，為什麼會這樣躁進，黑暗從四面八方湮沒我，我漸漸明白了，這一切都是因為恐懼。我恐懼我的朋友正獨自面對無法訴說的苦惱；我恐懼太深重的痛苦會讓她絕望；我恐懼當她需要倚靠與傾吐的時候，我沒能在她身邊。

我為什麼這樣恐懼？因為，就在城市的另一端，一位活躍文壇，備受矚目的文學作家，用一條童軍繩，結束了自己年輕的生命。我與他見過一兩次面，談不上熟識，消息傳來，我感到一陣遇溺的窒愕。於是，迅即想到與我關係更密切的朋友，我的不安化為龐大的恐懼。

我清楚的意識到，人的生命與意志，都是這樣脆弱的啊。

原來，這其實只是我自己的恐懼。

每次聽說有人自殺，我總會想，他為什麼死去？我們又為什麼活著？

有位心理醫生朋友，常感慨地說，城市文明令更多人感到茫然、憂鬱與絕望，精神上的痛苦，遠比生活上的痛苦多得多。

過去的人，是因為生活遭到破壞，摧毀了精神，所以自殺；現代的人，則是精神遭到破壞，摧毀了生活，所以自殺。

過去的女人自殺人數遠比男人要多得多，她們的婚姻常常就是個求生不得求死不成的地獄，為了掙脫這座地獄，多少女人選擇自殺。古典小說裡甚至還有自殺神的故事，說是一位姓丁的女子，因為不堪翁姑與夫婿的淩虐，上吊身亡，死後成為鬼，日常出沒，鄉人為了安靖地方，便為她立廟供奉。女鬼變為女神之後，成了婦女的保護神，規定了某些日子必須讓婦女休息，有了女神的監督，狠心的婆婆與丈夫下手之時，也會有點顧忌吧。與女人的自殺原因相比，古代男人的自殺動機都是很理想化的，相當崇高，為的是成就「忠臣孝子」的令譽，很多時候，他們也果真進入歷史，成了英雄。

現代都會生活，再沒有那些崇高而理想的動機了，仍不斷有人選擇死亡的時間與方式。哪怕有那麼多宗教的阻遏；道德與責任的勸說，似乎都無濟於事。如今台灣的自殺率已經緊接在日本之後，躍升為世界第二名。而男性的自殺成功率，又遠比女性來得高，並且多半帶有一些壯烈的色彩。

四月裡，港台的影迷齊聚一堂，為已經過世一週年的巨星張國榮舉行追思。他的跳樓輕生，留下許多解不開的謎團，也留下太多錯愕。在經濟上，眾所周知，他是富裕且毫不匱乏的；在情感上，他的多年情路換來的是安定親密的關係；在自我認同上，愛護他的影歌迷無條件的擁戴，連他的扮女裝，穿高跟鞋，忽男忽女，都是美的指標，這樣的一個天之驕子，竟然還要尋死？

那段時間，有線電影台常在深夜裡選播他的電影，有些是我看過的，有些從沒看過，我一個人守著電視，守著他的一顰一笑，投入的程度就像他電影裡詮釋的這些角色，癡癡纏纏。我癡纏著他每一個時期眼眸裡的訊息，試圖去理解他何以選擇放棄。

電影《時時刻刻》裡女作家吳爾芙對她的丈夫說：「一定要有人死，一個人死去，是為了讓其他人獲得啟示。」我看著螢光幕上張國榮跳躍著火焰的眼睛，很想問他：那麼，你是要給我們怎樣的啟示呢？

就在週年之前，媒體報導說張國榮的遺產總共有四億港幣，將近台幣二十億，對於像我這樣領著教學薪水和寫作稿費的人來說，簡直是無法想像的鉅額財富，然而，還是阻止不了他從高樓上的輕輕一躍。這麼多錢，這麼高的成就，這麼好的名聲，這麼優越的條件，都是世人夢寐以求或窮畢生之力去追尋的，他都已經擁有，卻仍從高樓上輕輕一躍。為的似乎只是證明，這些都不是重要的事，都不是能夠令人快樂的事。

那一刻，我霍然明白，我們需要的東西其實不多，卻都承受著過多的壓力。

我們意識到自己承受過重的壓力，並且因為無能為力而絕望，有些人便選擇放棄最寶貴的生命，如果連最寶貴的生命都可以放棄，還有什麼不能放棄的？我並不贊同某些論點，說放棄生命的人都是不負責任的，我聽過一些案例，恰好都是發生在太負責任的人身上。倘若一個人真的可以做到什麼責任也不負擔，便也不會有壓力，自然不會絕望到要放棄生命的。

很年輕的時候，班上有個同學罹患癌症，只不過放了一個暑假，她就住進醫院去，一直沒有出院。我們輪流去醫院裡看她，她已經很虛弱了，但，還能說一些簡單的話。那天，她看著窗外亮晃晃的陽光，一陣風過，細細的落葉漫天飛散，她忽然說：「我好不甘心就這樣死掉，我還沒談過戀愛，我還沒有交過男朋友。」當她說出這些話，我和我的女同學們都怔住，久久地，沒有人開口說話。那一年我也沒談過戀愛，我揣想著，將來有一天，當我談過戀愛，便會無所遺憾了吧。

等到我真的認真談起戀愛來，當我想到有一天也許死亡會把我們分開，非但沒有一點安詳平靜，反而有著極度的不甘心。神啊，請多給我一點時間，我還沒和他長相廝守，我還沒同他生兒育女，我要在他的臂膀中漸漸老去。愛，永無饜足，我願意活下去。

那年一起在病榻前聆聽的一個女同學，後來變成一個中小企業主，她為自己訂下的目標，都是營業額的數字，以美金計價。結婚那一年，她說家庭負擔重了，一年得做到一百五十萬美金；生下第一個孩子，她說為了教育費，必須衝破三百萬美金；丈夫和她離婚那年，她的目標是一千五百萬美金，周圍的人都擔心她會想不開，我倒覺得她愈挫愈勇，只要可以賺錢，她便活得興味盎然。

對我來說，情感是最有價值的；對我的同學來說，賺錢是最有意義的，我想，只要是我們最重視的那種需求，被充分滿足或部分滿足的時候，我們便不想死，我們很願意活下去。

我的一個學生，很年輕的男孩子，一向走的是美少年路線，但和那些偶像劇的偶像比起來，仍覺得不算十全十美。於是，他夜以繼日，拚命打工，省吃儉用，存下十幾二十萬，為的是一個夢想，整形美容。他真的去做了正顎手術，將上下顎都磨掉一些，使臉部更瘦削，不僅要全身麻醉，還要插引流管，昏迷幾天，又大出血，過程慘烈，令我不忍聽聞。在恢復期裡，他只能吃流質食物，眼看著迅速瘦下去，氣色也憔悴。但，年輕人復元很快，他逐漸消腫的臉龐，果然更形俊俏，與偶像劇明星媲美。如今，每一天他都過著快樂得不得了的生活，往最熱鬧的地方走，恣意享受著青春與美麗。他告訴我，這是他的生命裡最快樂的時光，終於真正開始喜歡自己，喜歡活著的感覺。

所以，我從不質疑想要減肥或者整形美容的人，為什麼要這麼做？我想我完全明白，一個人若是對於自己的形體不滿意，而又必須去忍受，是多麼深重的折磨。如果他們可以換一個模樣，讓自己找到活下去的動機與力量，我們何不樂觀其成呢？對於自我的滿意程度高，便能使我們願意活下去。

張國榮逝世一週年，朋友說總覺得他並沒有死，我說我的感覺也是一樣，他將活著，比我們都長久，這就是雖死猶生。我們也談到少數曾與我們的生命交錯過的人，再也不會相見，甚至一點也不想念，這些人還活著，卻已形同死亡。

我想，我是願意活下去的那一個，並且把每一天當作生命裡最後的一日，於是，滿懷謙卑與感恩，盡心盡力，而又體味著每一瞬間的歡愉。

●————○ **筆記／凌性傑**

人的生命與意志何其脆弱，所以張曼娟要問：誰願意活下去？這篇文章寫於張國榮逝世（二〇〇三年）的隔年，並且提及某位作家用童軍繩結束年輕生命。愛與生的苦惱，是每個人必須回應的課題。李安的電影《少年 Pi 的奇幻漂流》與原著小說，都碰觸了人類內心最幽深的困惑與恐懼。少年 Pi 漂流在大洋上，與一隻孟加拉虎同船，度過二百二十七天。這則生存故事警醒我們：「恐懼真的是人生真正的對手，只有恐懼能夠擊敗生命。」作家溫小平則說：「當恐懼大到你無法對抗時，它會吞噬你，然而當你想辦法去對抗，恐懼反而就會消除。」

關於自殺這件事，郁達夫〈說死以及自殺情死之類〉尖銳地反諷：「從厭世哲學裡，必然要演繹出來的結論，是自殺。善哉，叔本華之言，『自殺何罪？』人之所以比上帝厲害的地方，就在上帝想要自殺，也死不成功（因為神是永生的），而人卻可以以他自己的意志，來解決自己的生命。」人如何解決壓力、如何與恐懼共存，在在成為張曼娟的論述重點。唯有自我悅納，盡心盡力體會每一瞬的歡愉，就會願意活下去，而且活得更好。在這篇文章裡，我們看見一個創作者的溫柔，體貼撫慰著那些想要放棄自己的靈魂。

張曼娟（1961年）　出生於台灣台北。現為東吳大學中文系教授。代表作《海水正藍》自一九八五年出版以來，締造了逾五十萬本的銷售輝煌紀錄，成為台灣當代最長銷與暢銷的小說之一。第一本散文集《緣起不滅》創下三十萬本的再版紀錄，是台灣史上最暢銷的散文集。其散文風格有深厚的古典文學根基，溫婉動人。近期作品《剛剛好》（皇冠，2011）、《戒不了甜》（皇冠，2012）。

雜種

周芬伶

喜歡的那個男孩罵我「雜種」，這事可嚴重了！五六年級我們同坐一張桌子好久，感情本來不錯，還被認為是一對，長相可愛的他自從說了這句話，我再也不理他。但這不能改變我喜歡他的事實，想知道有關他的一切，他住在郊區距離鎮上好遠的路程，我們幾個女孩流行「揪團」到喜歡的人住家附近，勘察他家地形，只要有人提議到哪裡哪裡玩，大家就心照不宣了。

我們一行好幾人，頂著大太陽，遠征「雜種說」的男孩家，其實也不知這句話有何含意，反正覺得受到極大侮辱，到底是想找他罵回去，還是希望他道歉，這件事擠在我心裡，每一天都很難過，非得找他理論，否則也不知要如何宣洩。

騎啊騎好久，終於到他家，是間木材工廠，旁邊緊鄰著大酒家，到底哪間是他家呢？我們在外面徘徊甚久，他媽媽出來看，問是同學招我們坐在亭仔腳，給我們喝飲料，有人問他去了哪裡，他母親說出去玩要我們等一下，我一邊喝飲料，一面勘察他家的構造，覺得每個東西都很有意思，連喝的飲料也特別甜，喜歡的人住的地方有特別的空氣。

時間一分一秒過去，他依然沒回來，我愈來愈焦急，心裡有許多話還沒對他說。

太陽快下山，我們不得不走了，這時我急得向他母親小聲說：

「伯母，某某罵我是『雜種』。」

「喔，真的啊，他沒什麼惡意，亂說的吧！」

「可是我好難過。」

「我叫他跟你道歉。」

「真的？」

「真的。」

這是我第一次大膽地對陌生人傾訴，後來他到底有沒對我道歉，想不起來，但我已不再那麼難過，甚至原諒他，原來只要說出來，心裡就好過多了。

真正急著要說的是：「我喜歡他，不知他是否也喜歡我？」這種話只能用另一種形式被說出，在意與愛意互為表裡，她母親可能也知道了。

一件小到不能小的事，卻對我意義重大，那是一次啟蒙之旅，勇敢地表達自己，對沒自信的我是件困難的事，然而女王頭與這個男孩，讓我擁有說出自己的勇氣。

之後能寫這麼多東西，也是當年的刺激吧！我不但勇於表達自己，也能讓別人說出自己。

我常跟人說話，說著說著那人就說到心裡痛處，流出眼淚，我喜歡傾聽不喜歡說話，每個人都想找個人說出一些不敢說的話，只要說出來就會好過些。

說話跟寫作一樣，都是表達的藝術，勇氣很重要。

後來那男孩在家鄉開電腦行，還是妹妹的電腦老師，他的娃娃臉依舊，身高一直沒長高，他也會跟妹妹提到我，對她很和善。

可能工作太勞累，三十幾歲忽然得急病死去。

還來不及問他為什麼罵我雜種，他家到底是木材廠還是大酒家？到底喜歡過我沒有？

●————○ **筆記／楊佳嫻**

周芬伶在表達散文寫作觀點時曾說，「散文以透明為美，愈透明的事蹟與感情，愈清晰的個性愈能打動人」，也談到自己早年文章以人事物的真實為主，後來文章以情感的真實為主，或有可能虛構，但是不妨礙真實情感的表現。透明度高的散文，清楚展現作者的感受、觀點、性格，有如直接翻閱一顆心，直接翻閱那困惑受傷的身體或歲月。

〈雜種〉回憶的是朦朧早熟、情竇初開的小學時光，女孩暗暗的喜歡男孩，雖然這男孩曾經口不擇言地罵她「雜種」，讓她在意得不得了。和同學們浩浩蕩蕩開拔到男孩家去，勘察他家裡的種種細節，「喜歡的人住的地方有特別的空氣」，沒等到男孩，可是至少向男孩的媽媽告了狀，說被罵「雜種」。這番行動，其實不過是「我喜歡他，不知他是否也喜歡我」的另一種言說方式而已。周芬伶說，這是一次啟蒙之旅，從此讓她願意勇敢地說出自己，後來踏上寫作之路，也是這份勇氣的延續吧——甚至，也許是因為某種感染、傾聽，還能讓別人也說出深藏的愛與痛。

最後，周芬伶說：「說話和寫作一樣，都是表達的藝術，勇氣很重要。」也是因為這勇氣，讓散文的透明成為可能，讓不相識的作者與讀者，在紙上也成為真摯的朋友。

周芬伶（1955年）　台灣屏東潮州人，東海大學中文研究所畢業，現任東海大學中文系教授。除了以散文著稱之外，也寫小說、兒童文學和口述歷史，並成立「十三月戲劇場」，擔任舞台總監，自己創作劇本。首作《絕美》（九歌，1995），被評為是天才與天真的作品。從早期的溫暖情愛，到近期的覺醒獨立，可以看出作家突破生命困境的歷程。重要散文作品有《花房之歌》（九歌，1989）、《汝色》（二魚，2002）、《世界是薔薇的》（麥田，2002）、《母系銀河》（印刻，2005）、《蘭花辭》（九歌，2010）、《雜種》（九歌，2011）等，並將其散文創作心得彙整為《散文課》（九歌，2013）。

肉身道場

吳岱穎

一

我的學生J成為電視節目的常客，是去年的事。

即使J老愛在電視節目上胡扯或自爆隱私，實在有損校譽，使得同學之間提及此人多半齒冷，我仍然清楚記得J對於舞蹈的巨大熱情，是如何感動了當時的我，以至於不顧班上其他同學的心情，執意為他加油打氣。後來J果然如願考上T大法律系，成為熱舞社的一則傳奇，但多少也讓學弟們誤有「等到三年級再讀書就可以考上T大就像那個誰誰誰一樣」的荒謬想法。

J畢竟是特例，不能當成一般標準來看的。

但除此之外，我對於J所擅長的街舞，其實意見多多。我曾經問J，為什麼選擇街舞呢？得到的答案畢竟是想當然耳的：「我覺得這樣很帥啊！」令我無言良久。

蔣勳說，他喜歡看紐約街頭的波多黎各裔或非洲裔的孩子跳街舞，他看見的是他們極度解放的身體，不在意他人的眼光，離經叛道，純粹的快樂，是像花一樣打開的青春。然而「人到了某一種年齡後就不可能跳街舞了，因為它是高難度的活力展現」。

觀看者看到的是活力，在舞動者而言是自我的解放，這其中有某種被動的、純然道家式的欣賞，卻不是交流。我想問J的是，很好你讓別人看見你有活力你也跳得很爽，那然後呢？然後你還有什麼更深的東西可以給人？

已經退休的呂老師曾經告訴我一個故事，她有一個畢業多年的學生，曾經極度熱中於跳街舞，舉凡 Popping、Locking 等等都能跳得很好，但後來有一天說不跳就不跳了。問他什麼原因，卻不是蔣勳所說的「年紀到了」。他說有一次獨遊日本，櫻花季節，圓山公園緋櫻垂枝一片粉紅花海，風吹來真有如落雪一般，日本人稱此作「櫻吹雪」。他為這個景象所震懾，良久無語。「那是何等巨大的美啊！」他說：「我好想用自己的身體表達那種美，但我發覺做不到。就是做不到，我以前所學的一切全都派不上用場，那一刻，我真的好沮喪……」

其實道理再簡單也不過了，形式美縱然可以到達極致，也不能彌補意義之不足。年少可以輕狂，可以「即淺為美」，但不能持續一輩子。一輩子輕狂淺薄，不只是無知，更是愚癡。

二

我所指導的紅樓詩社，其實是個名實不副、不務正業的社團。它雖然名為詩社，但多半的成員都不寫詩，而每週五放學後的社團時間所安排的課程，往往也都跟詩沒有關係。打著「在生活中發現詩意，過一種詩意的生活」的口號，我們開過的課程種類繁多，除了讀詩與創作課之外，也開過小說分析、流行歌曲賞析、劇場理論、攝影實務與操作、次文化研究等等，可說是五花八門無所不包。

每個學期究竟會安排哪些課程，其實並無固定，端看社長大人心意與喜好而定。不過有趣的是，這幾年來有一門課幾乎是每學期必開一次，那便是「現代舞與肢體訓練」。

之所以會開這門課，完全是因為我們背後有學長撐腰，可以回來指導。詩社連續幾屆都有學長奮不顧身投向現代舞的懷抱，不管是戲劇系生物系新聞系材料研究所，這些人一旦開始跳舞，便有了義無反顧的瘋魔。他們之中有幾位在林麗珍老師創辦的「無垢舞蹈劇場」跳舞，跳到巡迴歐洲，甚至在法國亞維儂藝術節中，得到來自全世界觀眾的掌聲。他們對於如何以肢體傳達意義，有著深入的理解，藉由他們的講課，詩社這群十六七歲的小男生，彷彿認知了身體也是另一重詩意展演的空間，認知了美和意義交會的可能。

往往，我看著他們在並不很大的社辦中伸展收斂脊骨四肢，來回走動碰撞身體，那其中似乎有什麼正流動著，等待著被書寫出來。我曾問過林麗珍老師，無垢的舞蹈語言，舞者似乎沒有動作，但隨著時間推移，又確實正在移動之中。那潛藏於身體之內的意志，何其寂靜又何其活潑，似乎從身體的最深處湧動生發，漸漸盈滿身體四肢，即靜而動，寧定專一，究竟是什麼樣的力量？老師微笑不語如有禪機，我亦只好微笑以應。

我其實是知道的。那看似不動的舞者，正如天地四時在靜默中流轉，推動這一切變化發生的，除了「氣」之外，還能是什麼呢？

從靜中看見動，那是J能夠體會的境界嗎？

三

與無垢相反的，我想起雲門的《行草》。

如果說無垢是藉由舞者的身體之不動，來展現內在的流動，那麼《行草》就是直接以舞者的動，來展現存在於不動的書法作品之中，那潛在流動的氣韻。

我記得在國家戲劇院黑暗的舞台上，方形的燈光投射成空白的影窗，舞者著黑衣於其中，用身體模擬書寫永字八法。林懷民說：「書法和舞蹈有很多相同的東西。書家落筆之時，就是一個舞者。今天我們讀書法，不只看到字的線條，按捺畫撇勾和留白，更重要的是，我們也可以讀到書家運筆的氣勢。」

而後更多的作品被投影在舞台上，舞者俯仰縱躍，黑衣飄飄有若墨色，則舞者便是字，是書法家，是人文與自然的感通，是形與影與氣之結合。蔣勳是這麼說的：

漢字的書寫是創作者感覺到自己的呼吸，感覺到自己呼吸帶動的身體律動，從丹田的氣的流動，源源不絕，充滿身體，帶動軀幹旋轉，帶動腰部與髖關節，帶動雙膝與雙肩，帶動雙肘與足踝，再牽動到每一根手指與腳趾。

他們一定是用自己的身體在理解《書譜》上這樣的句子，用自己的身體理解漢字書法最奧妙的美學本質。

——《漢字書法之美》

四

動靜之間，是多麼富有想像的辯證關係。

然後我便讀到了陳育虹的這首〈行草〉。

陳育虹出生於高雄，文藻外語學院英文系畢業。旅居加拿大溫哥華十數年後，定厝於台北，曾出版詩集《魅》、《索隱》、《河流進你深層靜脈》等，以《索隱》一書獲《台灣詩選》二〇〇四年度詩人獎。她的詩作風格清新，富有音樂性，詩句溫柔婉約，對於人間風物觀察入微。這首〈行草〉便收錄在《河流進你深層靜脈》一書中。

本詩分成四段，每段六句，從舞者的姿態發想，聯繫著「草」的意象與書法藝術，將雲門舞作的內在精神與形式特色，作了完美的綰合。首段描寫舞台上舞者的動作，身體既開展又內斂，那是弩張；以屈身貼近地面，則是低偃。用軀幹的肌肉帶動旋轉是絞轉，而躍起落下後那有力的靜止，便是頓挫。身體動作的內在意識，來自於書法，也來自於自然。既名為「行草」，身體動作也當如草之行，如草葉在風中的運動軌跡，那是透過時間在我們心上投射的印象，是時間在空間中的書寫，所以說是「時間之墨」。陳育虹描摹舞姿，展現著行草書法的圓轉曲折，但她更理解那深處於內在的精神，卻又是另一重狂放不受拘束的夢境。

是以在第二段中，她延續首段「草」的意象提問，舞作不僅僅只是形象如草柔軟飄揚，當舞者靜立，那不斷流動著的氣韻，便在即靜而動的肢體上展現。看似不動，實際上卻是「險險臨立」；看似勁急，實際上卻是「波磔從容」。無論動作如何，內在還是「草」的精神，是行草書法的藝術。

但何謂行草？何謂書法？她解釋著這一切，說永字八法不僅僅是八法，可以是人間八萬四千法，而終於也只是一法。我以為這所謂的「一法」，也就是「人法」，是生命本身，也是存在的憑藉。因為不在而看見在，從失去理解完整，意義就在留白之中流轉，這正是中國書法藝術與中國文人畫最重要的思想特色：「計白當黑」。

未及寫出的空白，她說，那是洪荒，是不斷循環著的這人間生命，得以展演自身的場域，也就是「草」的原鄉。在西方的思想中，荒原是人類文明崩解後之所餘，但「烏何有之鄉」對中國人而言，卻是精神得以發展自己、超越自己的所在。

陳育虹從躍動的肉身中看見生死，在出生入死、草化為泥之前，藉由一支舞，藉由意義的追尋，舞者和觀者同樣經歷了生命的延續、發展、超越。於是書法不再只是書法，舞作不再只是舞作，它們躍過時間，將自身投射進入未來，更上升至哲學的思索了。

五

曾任台北藝術大學校長的邱坤良，在他的散文集《跳舞男女》中說，舞蹈家最高貴之處就在於突破生理極限，完成美麗的形體，和觀者有所感應，也互有感動。我想把這段話告訴J，希望他能理解這一切：舞蹈不僅僅只是欲望的釋放，不僅僅只是「跳爽的」、「很帥啊」這樣肉體層次的事情；它更是一種修鍊，藉由肉身這個道場，修鍊自我對於生命的直觀，對於存在的體會。

因此說肉身，說自然，說書法，也說詩。在動靜之間，生死之間，人是多麼美的存在。

●——○筆記／凌性傑

技與道，可以是兩回事嗎？以肉身為道場的舞者，如何知道技進於道？從靜中如何看見動？從具體技術如何達到那超越無形的大道？《莊子．養生主》有一則著名的寓言：「庖丁解牛。」這則寓言中詳細描寫庖丁技藝之高超，支解全牛宛如一場華麗的舞蹈秀。文中寫道：「臣之所好者道也，進乎技矣。」庖丁解牛固然神乎其技，然而這技術層次的訓練並不是重點，重點是要追求「道」的本真，探觸存在的真義。

吳岱穎的〈肉身道場〉是一篇論評詩歌的散文，以陳育虹〈行草〉為討論核心，連帶提及雲門的舞與當今青少年的熱舞。他安排寫作材料層次井然，環環相扣。從一個在大學生談話節目中露臉的J談起，然後談到他的街舞，以及更高層次的美學觀。然而，只在形式上打轉，永遠碰不到美的核心。他說：「動靜之間，是多麼富有想像的辯證關係。」我們這才知道，文章裡事件的鋪陳，都是為了引起下文，進入更深致的討論。陳育虹的詩作與舞蹈演出相扣合，既描摹舞姿也呼應內在精神。若要理解其中的奧祕，就得在舞蹈中看見意義的追尋，「經歷生命的延續、發展、超越」，修練生命直觀，重新體認存在。

吳岱穎（1976年）　台灣花蓮人，師大國文系畢業。現為建國中學國文科教師、建中紅樓詩社指導老師。曾獲林榮三文學獎新詩首獎、時報文學獎新詩首獎等文壇多項大獎。吳岱穎說：「詩像是一扇玻璃窗，透過窗你會看到作者的表達，但有時也看到自己的倒影。」他的散文古典優美，更多的是理路清晰的闡述見解；對飲食文學寫作，亦有另番見地。與凌性傑合著散文《找一個解釋》（馥林，2008）、《更好的生活》（聯經，2011）。

爛人之夢

鯨向海

「你身邊有多少爛人呢？」

「我本身就是一個爛人。」

「太好了，你必然深知爛人的爛法。可以談談爛人們的宇宙觀嗎？」這是我在MSN國度，隨便採訪一個詩人朋友對於爛人的看法，所得到的即時訊息。俗諺：「壞竹出好筍。」夏宇詩：「但他實在是一個好人／只不過寫了一些壞詩。」就在不久以前，我們還很習慣於「好」與「壞」一分為二的世界；媒體上充滿爛人爛詩爛竹筍，爛車爛貨爛木頭，爛梨假蘋果的今天……我們都不知道如何自處才好了。

那個MSN詩人繼續說，他豢養對某人的愛意已經一兩年，因此苦惱滿溢，恐怕被當成玩物。如果他自己真的夠爛那就好了，想必可以立刻脫下他的褲子逼其表態。爛人不就是這樣無後顧之憂的？在早春的苦戀中，「那就這樣祝你幸福吧，我會了解的（淚）。」誰想當這種不沾鍋的好人？寧可是死纏的爛人——管他明天早晨的鬧鈴，下下週的case conference，幾年後地球暖化的浩劫——也要變成戀人，做被愛的人。

某些憂鬱症患者，因為太悲哀了，封閉自己，過著爛人般的生活；更多酗酒之徒，人間失格，無以名狀地搞爛自毀。心理治療的時候，治療師最基本的任務正是允許個案放心地成為爛人，寬容地任憑他們哭鬧擺爛。此世界太過緊繃，當太久的好人與壞人同樣使人心力交瘁。如果可以挽回一點喜樂的話，暫時成為爛人未嘗不可。

「那麼，這個世界到底會使我們漸漸變好或變爛？」

「很難說吧，的確有些時候明明很想放手一搏，卻因為某種現實的限制，也只好不讓自己成為一個爛人那樣堅忍著；宛如高貴的女皇維持著整個帝國的榮耀般矜持到令人厭煩。」我的朋友又說。

「所以努力不使自己成為爛人的後果，反而加速了腐爛的速度？」

「爛」固然是一種執著，即使靈肉皆爛也不放棄。然而大多時候，「爛人」就是不能溝通，不知變通，狗屁不通；必曾遭遇過什麼暴力扭曲，才會變形成失去彈性而無法恢復原狀的一團亂……最強烈的暴力就是時間吧。所謂熟極而爛：「我們回不去了。」天真孩童充滿可塑性，怎樣也不至於令人賭爛；爛人老賊則比比皆是。而太多戀人的感情，多年完好無缺的祕密，不外乎終究原諒承認了彼此的爆爛。

David Cronenberg 的電影《變蠅人》最後一幕，那個基因突變而稀巴爛的臉孔被一塊一塊撕扯下來，慢慢就變成了另外一種生物的鏡頭令人震懾。所有的事物都有此類「暴力效應」在其中，否則無法生存下去。「爛人」的存在或許也只是這樣子吧，簡潔有力地鞏固著大家爛在一起的醜態；物競天擇，不斷地唬爛，為了有一天進化成截然不同的生命體，才能適應這個越來越白爛的世界。

●————○ **筆記／楊佳嫻**

詩人鯨向海的散文，常常可以令讀者感受到什麼是「不哭反笑」。並不是性格差勁，把悲哀事情看成笑話，也不是文筆太糟，寫得讓人哭笑不得，而是——幽默在此是悲哀的面具，誰願意以一張哭泣的臉成天面對世界？佟振保「靜靜的笑從他的眼裡流出來，像眼淚似的流了一臉」，那才真是悲哀的極致。

因此，當鯨向海以「爛人」來表現悲憫，也就不是太奇怪的事情了。爛人通常是無後顧之憂的，可是世間人的後顧之憂實在太多，徹底的爛人並不是容易當的。爛人的對立，是好人，好人意味著忍耐、退讓、內心淌血表面卻說沒關係的呵呵呵——這也太難過了吧！當好人真不甘心啊。

爛人也是一種生命狀態，例如，面對憂鬱症患者，就得有讓他們盡情擺爛的空間，暫時逃離這施過緊箍咒般的世界。爛人之不通，也許是因為曾經遭遇過某種暴力的扭曲，因而失去了彈性與骨架，變成黏在諸神鞋底的泥巴。鯨向海以寫作者、以精神科醫師的角度，以為看待爛人，不應該是排斥、矯正，而是慈悲、溫柔與理解。我認為他是天下爛人們的知音，雖然，他本身是個好人（在本文脈絡中，這真的是讚美嗎）。

不過，如果你擺爛過頭，他還是會賭爛你的。

鯨向海（1976年）　本名林志光，台灣桃園人。是詩人，也是精神科醫師。畢業於長庚大學醫學系。是一九九〇年代末崛起於ＢＢＳ站的創作者，擅長在俗常用語當中組裝詩意，散文平易詼諧，以幽默口吻詮釋生活，兼具詩人之敏銳觀察與創意。散文集《沿海岸線徵友》（木馬，2005）、《銀河系焊接工人》（聯經，2011）。

阿長與山海經

魯迅

長媽媽，已經說過，是一個一向帶領著我的女工，說得闊氣一點，就是我的保母。我的母親和許多別的人都這樣稱呼她，似乎略帶些客氣的意思。只有祖母叫她阿長。我平時叫她「阿媽」，連「長」字也不帶；但到憎惡她的時候——例如知道了謀死我那隱鼠的卻是她的時候，就叫她阿長。

我們那裡沒有姓長的；她生得黃胖而矮，「長」也不是形容詞。又不是她的名字，記得她自己說過，她的名字是叫做什麼姑娘的。什麼姑娘，我現在已經忘卻了，總之不是長姑娘；也終於不知道她姓什麼。記得她也曾告訴過我這個名稱的來歷：先前的先前，我家有一個女工，身材生得很高大，這就是真阿長。後來她回去了，我那什麼姑娘才來補她的缺，然而大家因為叫慣了，沒有再改口，於是她從此也就成為長媽媽了。

雖然背地裡說人長短不是好事情，但倘使要我說句真心話，我可只得說：我實在不大佩服她。最討厭的是常喜歡切切察察，向人們低聲絮說些什麼事。還豎起第二個手指，在空中上下搖動，或者點著對手或自己的鼻尖。我的家裡一有些小風波，不知怎的我總疑心和這「切切察察」有些關係。又不許我走動，拔一株草，翻一塊石頭，就說我頑皮，要告訴我的母親去了。一到夏天，睡覺時她又伸開兩腳兩手，在床中間擺成一個「大」字，擠得我沒有餘地翻身，久睡在一角的席子上，又已經烤得那麼熱。推她呢，不動；叫她呢，也不聞。

「長媽媽生得那麼胖，一定很怕熱罷？晚上的睡相，怕不見得很好罷？……」

母親聽到我多回訴苦之後，曾經這樣地問過她。我也知道這意思是要她多給我一些空席。她不開口。但到夜裡，我熱得醒來的時候，卻仍然看見滿床擺著一個「大」字，一條臂膊還擱在我的頸子上。我想，這實在是無法可想了。

但是她懂得許多規矩；這些規矩，也大概是我所不耐煩的。一年中最高興的時節，自然要數除夕了。辭歲之後，從長輩得到壓歲錢，紅紙包著，放在枕邊，只要過一宵，便可以隨意使用。睡在枕上，看著紅包，想到明天買來的小鼓，刀槍，泥人，糖菩薩……。然而她進來，又將一個福橘放在床頭了。

「哥兒，你牢牢記住！」她極其鄭重地說。「明天是正月初一，清早一睜開眼睛，第一句話就得對我說：『阿媽，恭喜恭喜！』記得麼？你要記著，這是一年的運氣的事情。不許說別的話！說過之後，還得喫一點福橘。」她又拿起那橘子來在我的眼前搖了兩搖，「那麼，一年到頭，順順流流……」

夢裡也記得元旦的，第二天醒得特別早，一醒，就要坐起來。她卻立刻伸出臂膊，一把將我按住。我驚異地看她時，只見她惶急地看著我。

她又有所要求似的，搖著我的肩。我忽而記得了──

「阿媽，恭喜……」

「恭喜恭喜！大家恭喜！真聰明！恭喜恭喜！」她於是十分歡喜似的，笑將起來，同時將一點冰冷的東西，塞在我的嘴裡。我大吃一驚之後，也就忽而記得，這就是所謂福橘，元旦劈頭的磨難，總算已經受完，可以下床玩耍去了。

她教給我的道理還很多，例如說人死了，不該說死掉，必須說「老掉了」；死了人，生了孩子的屋子裡，不應該走進去；飯粒落在地上，必須揀起來，最好是吃下去；曬褲子用的竹竿底下，是萬不可鑽過去的……此外，現在大抵忘卻了，只有元旦的古怪儀式記得最清楚。總之，都是些繁瑣之至，至今想起來還覺得非常麻煩的事情。

然而我有一時也對她發生過空前的敬意。她常常對我講「長毛」。她之所謂「長毛」者，不但洪秀全軍，似乎連後來一切土匪強盜都在內，但除卻革命黨，因為那時還沒有。她說得長毛非常可怕，他們的話就聽不懂。她說先前長毛進城的時候，我家全都逃到海邊去了，只留一個門房和年老的煮飯老媽子看家。後來長毛果然進門來了，那老媽子便叫他們「大王」──據說對長毛就應該這樣叫——訴說自己的飢餓。長毛笑道：「那麼，這東西就給你喫了罷！」將一個圓圓的東西擲了過來，還帶著一條小辮子，正是那門房的頭。煮飯老媽子從此就駭破了膽，後來一提起，還是立刻面如土色，自己輕輕地拍著胸脯道：「阿呀，駭死我了，駭死我了……」

我那時似乎倒並不怕，因為我覺得這些事和我毫不相干的，我不是一個門房。但她大概也即覺到了，說道：「像你似的小孩子，長毛也要擄的，擄去做小長毛。還有好看的姑娘，也要擄。」

「那麼，你是不要緊的。」我以為她一定最安全了，既不做門房，又不是小孩子，也生得不好看，況且頸子上還有許多炙瘡疤。

「那裡的話?!」她嚴肅地說。「我們就沒有用處？我們也要被擄去。城外有兵來攻的時候，長毛就叫我們脫下褲子，一排一排地站在城牆上，外面的大炮就放不出來；再要放，就炸了！」

這實在是出於我意想之外的，不能不驚異。我一向只以為她滿肚子是麻煩的禮節罷了，卻不料她還有這樣偉大的神力。從此對於她就有了特別的敬意，似乎實在深不可測；夜間的伸開手腳，占領全床，那當然是情有可原的了，倒應該我退讓。

這種敬意，雖然也逐漸淡薄起來，但完全消失，大概是在知道她謀害了我的隱鼠之後。那時就極嚴重地詰問，而且當面叫她阿長。我想我又不真做小長毛，不去攻城，也不放炮，更不怕炮炸，我懼憚她什麼呢！

但當我哀悼隱鼠，給牠復讎的時候，一面又在渴慕著繪圖的《山海經》了。這渴慕是從一個遠房的叔祖惹起來的。他是一個胖胖的，和藹的老人，愛種一點花木，如珠蘭，茉莉之類，還有極其少見的，據說從北邊帶回去的馬纓花。他的太太卻正相反，什麼也莫名其妙，曾將曬衣服的竹竿擱在珠蘭的枝條上，枝折了，還要憤憤地咒罵道：「死屍！」這老人是個寂寞者，因為無人可談，就很愛和孩子們往來，有時簡直稱我們為「小友」。在我們聚族而居的宅子裡，只有他書多，而且特別。制藝和試帖詩，自然也是有的；但我卻只在他的書齋裡，看見過陸璣的《毛詩草木鳥獸蟲魚疏》，還有許多名目很生的書籍。我那時最愛看的是《花鏡》，上面有許多圖。他說給我聽，曾經有過一部繪圖的《山海經》，畫著人面的獸，九頭的蛇，三腳的鳥，生著翅膀的人，沒有頭而以兩乳當作眼睛的怪物……可惜現在不知道放在那裡了。

我很願意看看這樣的圖畫，但不好意思力逼他去尋找，他是很疏懶的。問別人呢，誰也不肯真實地回答我。壓歲錢還有幾百文，買罷，又沒有好機會。有書買的大街離我家遠得很，我一年中只能在正月間去玩一趟，那時候，兩家書店都緊緊地關著門。

玩的時候倒是沒有什麼的，但一坐下，我就記得繪圖的《山海經》。

大概是太過於念念不忘了，連阿長也來問《山海經》是怎麼一回事。這是我向來沒有和她說過的，我知道她並非學者，說了也無益；但既然來問，也就都對她說了。

過了十多天，或者一個月罷，我還記得，是她告假回家以後的四五天，她穿著新的藍布衫回來了，一見面，就將一包書遞給我，高興地說道：

「哥兒，有畫兒的『三哼經』，我給你買來了！」

我似乎遇著了一個霹靂，全體都震悚起來；趕緊去接過來，打開紙包，是四本小小的書，略略一翻，人面的獸，九頭的蛇……果然都在內。

這又使我發生新的敬意了，別人不肯做，或不能做的事，她卻能夠做成功。她確有偉大的神力。謀害隱鼠的怨恨，從此完全消滅了。

這四本書，乃是我最初得到，最為心愛的寶書。

書的模樣，到現在還在眼前。可是從還在眼前的模樣來說，卻是一部刻印都十分粗拙的本子。紙張很黃；圖像也很壞，甚至於幾乎全用直線湊合，連動物的眼睛也都是長方形的。但那是我最為心愛的寶書，看起來，確是人面的獸；九頭的蛇；一腳的牛；袋子似的帝江；沒有頭而「以乳為目，以臍為口」，還要「執干戚而舞」的刑天。

此後我就更其搜集繪圖的書，於是有了石印的《爾雅音圖》和《毛詩品物圖攷》，又有了《點石齋叢畫》和《詩畫舫》。《山海經》也另買了一部石印的，每卷都有圖讚，綠色的畫，字是紅的，比那木刻的精緻得多了。這一部直到前年還在，是縮印的郝懿行疏。木刻的卻已經記不清是什麼時候失掉了。

我的保母，長媽媽即阿長，辭了這人世，大概也有了三十年了罷。我終於不知道她的姓名，她的經歷；僅知道有一個過繼的兒子，她大約是青年守寡的孤孀。

仁厚黑暗的地母呵，願在你懷裡永安她的魂靈！

●————○ **筆記／楊佳嫻**

魯迅筆下並非只有吃人，或者阿Q，或者「打落水狗」的雜文，他也有抒情溫存的一面。這一面，寫給許廣平的情書裡有，日記裡提及兒子海嬰的時候有，在記述過往時光的散文集《朝花夕拾》裡也有。其中〈阿長與山海經〉一篇，寫童年時候家裡的女工長媽媽，從兒童的眼光看，多少可恨處，日後都模糊了，可是，也曾在那麼一兩件事情上，使得這小孩對這看似顢頇的長媽媽敬佩起來。

長媽媽缺點很多：胖，睡相差，占滿了床，結果她負責帶的孩子反而擠得不得了，還有看重一些小孩不甚了解的禁忌與儀式，麻煩極了。可是，當小魯迅在遠房叔祖那裡聽說了一部叫做《山海經》的繪圖書，嚮往起來了，大抵在家裡也提過好多次，連長媽媽也都曉得了，竟真的想辦法去買了一部來給他——雖然，她把《山海經》根本就記成了「三哼經」。是刻印很粗拙的四個小本子，卻從此開啟了他對於神話、圖像的興趣，「乃是我最初得到，最為心愛的寶書」。

知識的、藝術的啟蒙時刻，往往並非刻意為之，而就是出現在生活的偶然中。藤蔓順著長起來，直到改變了天空與牆的顏色。

另外，魯迅的文句，不是那麼順流、暢爽的，寫一寫，停一停，有點回望和曲折的意思，還要時時摻入自嘲與冷諷。這是他的文體，也是他人格的具現。

魯迅（1881年）原名周樹人，中國浙江紹興人。以筆名魯迅聞名於世。作品包括雜文、短篇小說、評論、散文、翻譯作品，對於五四運動以後的中國文學有深刻影響。文字豐富曲折，思想銳利，郁達夫曾形容他的散文「簡練得像一把匕首」。主要散文作品《朝花夕拾》，全書以追憶兒時往事為主。一九三六年病逝於上海。

二丫頭讀《三國》

薛仁明

十來年前，我曾帶著幾個國三學生讀《三國演義》。他們程度不差，也極知此書之好；但是，讀著讀著，總覺吃力；稍無督促，便常中斷；若無引領，更難以全書卒讀。

這窘困，我完全感同身受。這窘困，肯定也見諸許多人且越來越多人身上。三十年前，我讀《三國演義》，年紀相仿，困境相似。那時，我一個人讀，讀著讀著，處處皆如路障，七顛八倒，坎坷非常；我幾番掙扎，是否該就此打住、索性放棄？後來，終究勉強翻完；其實，完全就是跳著讀；每回一躍，動輒數頁。尤其遇到詩，更是一概不看；因為，對於詩，我完全沒轍。對詩這束手無策，一直延續到大學畢業；當時讀《紅樓夢》，十首詩中，少說也跳過八、九首。現在想想，實在可笑；不讀書中之詩，我還誇口讀完《紅樓夢》了呢！

那時年少，《三國演義》也就這般匆匆翻過；囫圇吞棗，略見彷彿罷了！真說讀出了什麼，回頭一想，是該臉紅的。而後，稍長，不時聽聞，前人多有年幼即熟讀《三國演義》者。

於此，我當然自歎弗如，也明知可能。但是，總覺得這事，距今迢遙，恐已日益渺遠。然而，到了最近，那迢遙之距，倏地消失，瞬間，竟成了眼前之事。

就在這陣子，是我家裡的三個小朋友，每晚臨睡時，俱抱著羅貫中原文的《三國演義》，厚厚一本，翻閒書似的；未必逐回逐字讀，但分明看得比我當年、比我那些國三學生，甚至比現在的許多大學生，都來得既輕鬆、又愉快。本來，我只嘗試要他們讀一、兩回，後觀其效；孰料，他們卻幾乎真成了習慣。尤其二丫頭允和，已經連續好多個晚上，總要看個幾十分鐘，才肯睡覺。我問她，「從第一回開始讀嗎？」她點頭稱是；「現看第幾回了？」「四十三回。」我再問她，「如果讀到詩，會跳過去嗎？」她說，「不會。」「妳讀得懂嗎？」她很認真地答道，「有些懂，有些不懂。」前天，我看她一邊讀著，還一邊拿紙筆抄著，便不免好奇，問道，「抄啥？」她說，「抄詩呀！」

抄詩？

允和現在小學四年級，在校成績平平，記憶力不好，功課老忘記帶，東西更經常丟三落四，因此，還被處罰了好幾回。有一次，她寫國語功課，寫著寫著，忽抬頭問道，「爸——，正確的成語應該是『天生麗質』？還是『麗質天生』？」我說，「都可以。」隔一會兒，我問她，「阿和，妳是『天生麗質』還是『麗質天生』？」她嘻嘻兩聲，只是傻笑；我接著笑說，「妳是『天生迷糊』啦！」

「天生迷糊」的她，其實散漫；讀書、寫字、工作，一概從「懶」；因這毛病，也不知挨了多少罵。相較於姊姊與弟弟，她背誦既慢，讀書寫字又容易分神；常常一愣，便發呆許久。但這回，讀起原文的《三國演義》，較諸那些程度好上許多、年齡又大了不少的國三學生，她卻讀得一心一意、津津有味。你道，這是為何？

這些國三生，和三十年前的我，自幼所受的國語文教育，多半相侔。我父母親不識字，家裡又書冊全無，自然，也就沒什麼家學淵源。學校教啥，我也只能學啥。託白話文運動之「賜」，我當時就讀的小學，可是從不教文言的；甚至，連唐詩都不背。小學六年級，有次朝會，抽到我上台背誦課文；還記得，那題目是，「不要怕困難」，英國海軍上將納爾遜的故事。十二歲之前，我就只念了這樣一篇篇的大白話。

真頭一回讀文言，頭一次背古詩，那時，已然是國中一年級了。國中才開始接觸文言，對多數人來說，其實，都已為時過晚。蓋因念白話既久，便成慣性，更成習氣；人總好逸惡勞，習於簡單輕鬆的白話文，乍看文言，自然多有不適；於是，嫌難畏阻，心生排斥；既有個排斥之心，又焉能學好？至於古詩，更是如此；小孩直覺佳，音節韻律感尤強；他們但凡經常誦詩，自然妙韻天成。一旦過此年紀，音律遲鈍，直感不再，國文課那種分析式的古詩讀法，不僅事倍功半，更會讓讀詩變成了苦事一樁。況且，國中功課重，英數理化，早占大半時間；再者，我素非聰穎，更非一學便會之人；如此一來，文言也好，古詩也罷，自然就學得七零八落了。於是，即便《三國演義》只是精練白話，最多，也只能算是淺顯文言；然而，對於我等，仍屬艱澀非常，依舊是千難萬阻，苦不堪言。至於書裡頭大量的詩句，就更別提了。

阿和呢？

阿和天生散漫，不算聰穎，又非好學之人；認真說來，實在不是一個讀書胚子。怎麼辦？學習之事，貴在一個「興」字；尤其小孩，存個歡喜之心，深根發芽，來日總是可長可久。學習難免要有勉強，但勉強過度，就一定變成了填鴨，也必然會揠苗助長、適得其反。所幸，她上有大姊，下有小弟；於是，可一淘打鬧、一淘遊戲，更可一淘學習。換言之，她雖天生稍有不足，那麼，就後天多多薰陶吧！

所謂薰陶，無非就是耳濡目染。譬如我偶爾寫寫書法，她總盯著看；我平常寫文章，她也一旁逐行讀；在家吃飯，播放音樂，久而久之，她也對〈春江花月夜〉、〈月兒高〉這些古曲耳熟能詳；即便讀《三國演義》，也是她看著兒童改寫版，卻覷得我案上的《三國演義》滿滿是字，與之不同，因此才心生好奇的。然而，終究說來，真論薰染之力，我還是遠遠抵不上她的兩個姊弟。

他們姊弟三人，都愛看《三國演義》電視劇。我家裡不看卡通，也一向不玩電玩，於是，一塊兒觀看此劇，遂成了他們莫大娛樂。每回看個一集，總可以議論紛紛，然後又笑聲連連。姊弟仨先是舊版，從去年開始，又將新版逐集看過；新舊相較，不論是曹操、劉備，抑或是關羽、趙雲，他們皆各有好惡，也多有點評；三人爭論起來，即使謬悠荒唐，也煞有意思！待新舊俱已看過，故事愈加熟稔，他們就愈加地觀之不倦。

多少年來，中國人從小到大，自幼至長，正是這般地讀《三國》、說《三國》，讀之不盡，說之也不盡。好的東西，一定耐看；絕好的東西，更可畢生反覆讀之。這通於他們看京劇。京劇劇目越是熟悉，就越可百看不厭；尤其骨子老戲，那動人的折子、好聽的唱段，總想反覆聽之、反覆觀之。看似重複，其實是每回每次皆可領略出一些新意思，又可咀嚼到一點兒新滋味。這樣的每回新意思；每次新滋味，就是禪宗所說的，「日日是好日」。

京劇戲詞精練，介於文白之間；唱詞近詩，尤其講究音律。凡此，對小孩的國語文，裨益頗多；對其性情之陶冶，更有潛移默化之功。戲曲原是國風遺韻，也是溫柔敦厚之詩教的無聲不歌與無動不舞。阿和於此，本無甚興趣；早先她姊弟常看，弟弟尤其是個戲迷；至於她，多半只是一塊兒坐著，然後畫著她自己的畫兒（她愛畫，也畫得挺有意思）；但坐著坐著，熏染既久，一回兩回，她也抬頭看看，側耳聽聽；看久了，聽熟了，耳濡目染，竟也跟著蕭何這般對韓信念了起來，「將軍，千不念，萬不念，不念你我一見如故。」一念完之後，前幾天，也見她邊走邊哼，哼起了〈大登殿〉王寶釧唱段，「唯有女兒我的命運苦，彩球單打平貴男；先前道他是個花郎漢，到如今，他端端正正、正正端端，駕坐在金鑾。」

熏染一久，有了興味，戲目就隨之寬廣。早先，他們最熟悉的盡是〈群英會〉與〈龍鳳呈祥〉這種《三國》戲，新近，則開始又看〈紅鬃烈馬〉。一回週三，中午放學，我問二丫頭下午做啥，她說，要與弟弟合抄一段〈武家坡〉戲詞。結果，姊弟倆邊看邊抄又邊唱，一個薛平貴，另個王寶釧，一段快板，兩人對咬得樂不可支。我原在樓上讀書寫稿，卻聞聽樓下陣陣嬉鬧；無奈，只好稍稍停歇，伸伸懶腰，聽聽那樓下的笑聲朗朗，再伴著斷斷續續的京胡的高亢與亮烈。

之後，姊弟仨每回出門，總要像唱兒歌又好似流行歌一般，哼哼唱唱，信口哼個幾段京劇唱腔。他們邊哼邊玩，邊玩邊鬧，同時，以前也會猜猜三國人物的名與字，最近，忽又變成了唐詩大賽。背詩，原也是姊姊與弟弟的擅場。大姊背得快，也背得多；小弟這半年急起直追，頗有後來居上之勢。他們商議，先背〈兵車行〉，而後〈琵琶行〉，一人一句，輪流更替。每回輪到阿和，總結結巴巴，囁嚅一陣；姊弟枯等不及，便搶著背了去。幾次被搶了背，二丫頭有些懊惱，便開始不太言語。再過一會兒，〈琵琶行〉已了，接著〈長恨歌〉登場；這晌，不知為何，開頭才三兩句，姊弟忽然有些短路，都吞吐了起來；反倒阿和順暢非常，看兩人接不上來，乾脆就抖起了威風，一路斬將搴旗，如入無人之境，連珠砲般，越背越快，越背越得意，一口氣，就把〈長恨歌〉背完了。當「天長地久有時盡，此恨綿綿無絕期」念罷，語初落定，這時，東鄰西座悄無言，一旁姊弟竟都靜默非常，滿臉詫異。

隨後，有天晚上，阿和新背完一首七律，對我言道，待《唐詩三百首》整本背完，接著，她要續背《老子》、《莊子》。聞聽此言，我多少有些狐疑：她這懶散之人，怎麼突然就好學起來了呢？遂問道，「噢——，妳怎麼想到要背《老子》、《莊子》？」「因為，姊姊背過了呀！」

是呀！見賢思齊也好，不甘示弱也罷，這晌，她有這個興頭，肯定就是件好事！但凡在興頭上，小孩學啥都快，學啥都好玩。懂得的，好玩；不懂的，更好玩。她讀唐詩，豈會在意懂或不懂？早先她背過的《論語》，現在打算要讀的《老》、《莊》，又豈能懂得多少？甚至，他們姊弟熟稔非常的新舊版《三國》電視劇，果真又理解了其中多少曲折？但是，這可一點兒都不打緊。真要說，在意懂多懂少，純粹是大人的問題；小孩一向不受此困，他們可從來就沒這個問題。對他們而言，凡事但須興致盎然、意趣非常，足矣！更何況，這些都是他們來日可以反覆咀嚼，更可以滋味無窮的好東西哩！別的不說，你瞧！眼下這二丫頭，每天晚上就這麼邊讀邊抄，擁著那本厚厚的《三國演義》，她，可樂著呢！

筆記／凌性傑

三島由紀夫說：「品味文章到頭來畢竟是在品味語言漫長的歷史，藉此我們得以在文章的一切現代樣貌當中，尋找到語言深處的淵源。而品味文章的同時，我們也認識了自己的歷史。」薛仁明學的是歷史，關注文化重建、生命修行。他的文章夾敘夾議又溫柔簡靜，有胡蘭成之風。近年他辭去教職，在台東池上教養孩子。他剖析台灣教育現況，總是鞭辟入裡。在《教養，不惑》這本書裡，除了深刻點出台灣教育之弊在於紛亂焦躁，以致喪失清明從容。

在這個口號與表格太多、理想與氣度太寡少的年代，薛仁明以自家親子互動驗證傳統人文化成之美。他的孩子讀《三國演義》，好比古人幼年讀經、聽大人講古，甚至只是閒話家常。「凡此，都只懵懂，卻有助於小孩開向一個可嚮往之未知。現今小孩最欠缺的，其實是那一個可嚮往的未知。他們對這個世界，少了份虛心，因此就失去了興味。」他的二丫頭悠然領會讀書之樂，更對照出台灣教育之大病，乃在於一直教學生「考試」，而從沒有真正教會學生「愛讀書」。讀書要有興味，才能見識萬象歷然，明白事物的道理。只是教育當局推動閱讀活動，總是焚琴煮鶴居多，讓一堆作業與競賽弄壞了學習的胃口。

薛仁明談教養，重薰陶、強調耳濡目染，唯有樂在其中，學習方能可大可久。抄寫、背誦經典這些根柢功夫，是許多自詡為教改專家者不屑一顧的。殊不知，薛家二丫頭已經用行動證明：「知之者不如好之者，好之者不如樂之者。」邊讀邊抄的滋味無窮，才是學習語文的正道大法。

薛仁明（1968年）台灣台南人，台大歷史系、佛光大學藝術學研究所畢業。十九歲開始，有心於儒釋道三家，關注的焦點於生命修行與文化重建。一九九三年起，長居台東池上鄉下。薛仁明私淑胡蘭成，師事林谷芳，擅長以極簡單文字，融合轉化，將諸般繁雜現象收納為幾個形容詞，讓讀者各見各得，欣然而去。散文集《萬象歷然》（爾雅，2010）、《教養，不惑：身教言教唯在簡靜》（時報，2012）。

文學，經典，與現代公民意識

王德威

文學從五四以來曾被認為是號召革命啟蒙、改造國民性的利器。在視覺文化和網路資訊如此發達的今天，我們鼓勵學生學習文學經典，首先必須捫心自問的是：要如何談文學的重要性？

事實上，文學之為我們所理解的「文學」並非古已有之。文學作為一種學科，其實始自二十世紀之交京師大學堂的「發明」，主要依據日本和歐洲的範本，而且一直到三〇年代才大抵落實為文字想像和創作形式的總稱。這一形式強調獨立的學科範疇和純粹的審美訴求，雖然蘊含其下的動機——從為人生、為藝術，還是為革命，到唯心還是唯物——從來眾說紛紜。

這樣的文學定義在二十世紀下半期已經飽受衝擊，何況面對當代的新新人類。眼前無路想回頭，我以為跨過五四門檻，重新回溯「文學」在中國文明傳統中定義的流變，反而讓我們有了新的期待。學者早已指出，「文」的傳統語源極其豐富，可以指文飾符號、文章學問、文化氣質，或是文明傳承。「『文』學」一詞在漢代已經出現，歷經演變，對知識論、世界觀、倫理學、修辭學，和審美品味等各個層次都有所觸及，比起來，現代「純文學」的定義反而顯得謹小慎微了。

「郁郁乎文哉」：文學最終的目的不僅是審美想像或是啟蒙革命，也可以是興觀群怨或「心齋」、「坐忘」，或「多識草木鳥獸蟲魚之名」，以至於「觀乎人文，以化成天下」。文學是我們生活或生命的一部分。傳統理想的文學人應該是文質彬彬，然後君子。轉換成今天的語境，或許該說文學能培養我們如何在社會裡做個通情達理、進退有節的知識人。

在這樣的角度下，目前高中國文的理念和架構所反映的其實就是一種廣義的文學教育。我所參考的多種版本的教科書（以及九八課綱送部審定版本）大抵都強調了選文的情辭之美。在此之外，編者刻意打通文類、時代、主題，務求呈現中國人文精神的豐富面貌。從《詩經》、《楚辭》到《左傳》、《史記》，從〈桃花源記〉到〈病梅館記〉，從李白到曹雪芹，將近三千年的傳統雖然只能點到為止，已經在在顯示古典歷久彌新的道理。《詩經》質樸的世界彷佛天長地久，《世說新語》裡的人物到了今天也算夠「酷」，《紅樓夢》的款款深情仍然讓我們悠然神往；而荀子的〈勸學〉、顧炎武的〈廉恥〉、鄭用錫的〈勸和論〉與我們目前的社會、政治豈不有驚人關聯性？

但是經典豈真是一成不變、「萬古流芳」的鐵板一塊？我們記得陶淵明、杜甫的詩才並不能見重於當時，他們的盛名都來自身後多年——或多個世紀。元代的雜劇和明清的小說曾經被視為誨淫誨盜，成為經典只是近代的事。晚明顧炎武、黃宗羲的政治論述到了晚清才真正受到重視，而像連橫、賴和的地位則與台灣在地的歷史經驗息息相關。至於像《詩經》的詮釋從聖德教化到純任自然，更說明就算是著毋庸義的經典，它的意義也是與時俱變的。

談論、學習經典因此不只是人云亦云而已。我們反而應該強調經典之所以能夠可長可久，正因為其豐富的文本及語境每每成為辯論、詮釋、批評的焦點，引起一代又一代的對話與反思。只有懷抱這樣對形式與情境的自覺，我們才能體認所謂經典，包括了文學典律的轉換，文化場域的變遷，政治信念、道德信條、審美技巧的取捨，還有更重要的，認識論上對知識和權力，真理和虛構的持續思考辯難。

以批判「東方學」（Orientalism）知名的批評家愛德華．薩依德（Edward Said）一生不為任何主義或意識形態背書，他唯一不斷思考的「主義」是人文主義。對薩依德而言，人文之為「主義」恰恰在於它的不能完成性和不斷嘗試性。以這樣的姿態來看待文明傳承，薩依德指出經典的可貴不在於放諸四海而皆準的標竿價值，而在於經典入世的，以人為本、日新又新的巨大能量。

而為什麼又要著重文學經典？薩依德強調文學的基礎無他，就是對語言最細膩繁複的操作與理解。閱讀文學讓我們理解語言除了通情達意外，更是一個充滿隱喻象徵的符號機器，層層轉折，拒絕化約成簡單的公式或真理。只有在閱讀——而且是細讀——文學時，我們的注意力最終導向語言。在爬梳字句、解析章節的過程裡，我們認識意義的產生千頭萬緒，總是在虛與實，創造與再創造的緊張關係中發生。

薩依德的對話對象是基督教和伊斯蘭教文明，各有其神聖不可侵犯的宗教基礎。相形之下，中國的人文精神，不論儒道根源，反而顯得順理成章得多。我們的文學經典早早就發出對「人之所以為人」的大哉問。屈原徘徊江邊的浩歎，王羲之蘭亭歡聚中的警醒，李清照亂離之際的感傷，張岱國破家亡後的追悔，魯迅禮教吃人的控訴，千百年來的聲音迴盪我們四周，不斷顯示人面對不同境遇——生與死、信仰與背離、承擔與隱逸、大我與小我、愛慾與超越……——的選擇和無從選擇。文學經典將文本和生命內容化簡為繁，作為讀者，我們有必要從細讀裡體會想像的或存在的人生經驗，而且我們的詮釋絕不「從一而終」。

是在這個意義上，閱讀、批判社會、政治現象所肇生的各種「文本」又何嘗不是如此？我更要說，越是因為名嘴現象、博客文化、口號政治將我們的我們溝通、判斷能力簡化為順口溜或冷笑話，接觸經典越應該成為一種自覺的訓練，或是雖不能至、心嚮往之的目標。唯有我們掌握語言的有機性和綿密的衍生、想像特質，我們才能理解權威、知識，和符號之間合縱連橫的關係，閱讀才能成為一種批判性的創造過程。明乎此，文學經典可以成為公民教育基礎的一課。

我們高中國文所提供的文學經典選讀只是淺嘗輒止，而且後續乏力。而今天的大學國文教學多半沒有深入訓練學生人文素養的遠見。這不禁讓我想起薩依德曾任教的哥倫比亞大學八十年來引以為傲的「核心人文教育課程」（Core Curriculum in the Humanities），正是從柏拉圖、亞里斯多德、荷馬、但丁、莎士比亞、賽凡提斯、蒙田、杜斯妥也夫斯基，到吳爾芙等大家所形成的西方文學經典課程。

然而求諸台灣，我們的高中學生將來要進入哪所大學才有這樣的機會呢？如果沒有這樣的機會，我們是否又能期許個別同學有獨立閱讀經典——哪怕只是一部作品、一位大家——的野心呢？畢竟，擇善而固執，敢於與眾不同，不也是養成公民自我判斷意識的重要一課？

●———○ **筆記／楊佳嫻**

王德威教授的中文論文，除了觀點新穎，其文字華美，設辭譬喻時常一新人耳目，當文學作品來讀亦無不可。可喜的是，大學者不以學院門牆為限，以他多年浸淫文學的體悟為本位，有時候也「下海」寫散文，談談自己的愛好，有時候也發而為公眾議論，連結文學閱讀與社會。

〈文學，經典，與現代公民意識〉談到文學作為啟蒙的利器、正規課程裡的學科，都是晚近的事情，而究竟為人生還是為藝術，更是每一代人都說不清。文學可以是審美想像、啟發改造、興觀群怨，它的功能不應當被定於一格。再者，他引薩依德的話，談到讀文學乃是因為那是「對語言最細膩繁複的操作與理解」，而且是一部層層轉折的符號機器，「拒絕化約成簡單的公式或真理」，這和蘇珊．桑塔格（Susan Sontag）強調的「文學是一座細微差別和相反意見的屋子，而不是簡化的聲音的屋子」、「作家不是投幣式自動唱機」（這裡所投之幣，未必是金錢，有時候也是某種意識形態、某種不經思辨的正確）相通。

因此，王德威提倡，「越是因為名嘴現象、博客（blog）文化、口號政治將我們溝通、判斷能力簡化為順口溜或冷笑話，接觸經典越應該成為一種自覺的訓練」，曾有可能更理解「權威、知識和符號之間合縱連橫的關係」，批判方成為可能，在此意義上，文學經典閱讀與公民教育是可以聯繫起來的。

王德威（1954年）　生於台灣台北，美國威斯康辛大學麥迪遜校區比較文學碩士、博士。比較文學及文學評論學者，現任美國哈佛大學東亞語言及文明系 Edward C. Henderson 講座教授、中央研究院院士。創作文類以文學評論為主，陳義芝形容他的行文特色「彌綸群言，研精一理」，具有獨特的歷史通透感，是少見的知性散文。作品有《眾聲喧嘩：三〇與八〇年代的中國小說》（遠流，1988）、《如何現代，怎樣文學？十九、二十世紀中文小說新論》（麥田，1998）、《小說中國》（麥田，1993）、《歷史與怪獸：歷史、暴力、敘事》（麥田，2004）、《後遺民寫作》（麥田，2007）等，另有編、譯著作多種。

岩畫

賴香吟

在那裡，生活的表象，和現在相去不遠，春天與秋天的早晨，鳥兒殷勤啼叫，光陰斜長而溫柔，我們穿好了衣裳，去這裡或者那裡，路上有風，狂喜或憂鬱，總是日復一日，不知盡頭。

在那裡，我們採集，漁獵，編織，飲食與睡眠，更多時候，無所事事，看螞蟻扛食行路，看蛛網被風吹散，看夕陽傾落的快速，看月亮露臉的殘酷，黑夜細細瑣瑣的聲響，是萬物嚎叫，是心在竄動。

在山與河的交界，在海灣的懸崖，我們憑著木炭、紅土泥、動物油脂調成的有限顏料，在岩壁上摹畫生活的模樣，留下記憶的密碼：太陽、船隻、飛鳥、野牛、鹿與羊、眼睛、戴著面具的人、四處印記的手掌心。

那時候，天地混沌未開，父親尚未病老，愛人尚未明晰，那是我們作為人類的童年時代，規範之夜，身體雖然尚未成熟，直覺卻如此靈敏。我們把夢刻在岩壁上，把愛指向未來，以為天會亮，地會裂，自己將會長出翅膀，與怪獸搏鬥，與所愛的人結合。

那是神話，童年的詩。仗著心中有不逝滅的愛，等待更大的進化要來。

然而，時間成千上萬地過去，那些曾經留下痕跡的岩洞，隨著河道沖刷，地層變動，靜靜地被侵蝕或掩埋了，保留下來的愛，漸漸不再有可指涉的對象，所有的史前人類都滅亡了。

鳥兒依舊殷勤啼叫，日月運轉，文明燦爛，我端坐二十一世紀高樓住宅，看液晶電視裡出現大批考古隊伍，他們四處探勘，修復殘破器物，撿拾遺骸，試圖還原史前人物容貌；我對著電腦鍵盤打字，召喚記憶，編錄時間；我想全部都記得，可某些時刻，卻竟然抓不住任何一點感覺，底片曝光似地遺忘了。

時空凍結，身在何處？我該是被埋進時空底層的史前遺骸，或是現代一名興致勃勃的闡釋者？要留在過去還是走向未來？敘說是為了銘記還是為了遺忘？考古，書寫，企圖觸探那些史前生活所留下來，岩石洞穴的作畫，我時時感到腳步沉重又覺一切其實空無一物，孑然一身，原來，我們沒有長出翅膀，沒有怪獸，所愛的人沒有結合，代之以一次又一次的告別。後來的生活已風化成破瓦殘片，惟岩壁留著夢與勇氣的痕跡，同時，也藏著愚蠢與傷害的記號，而我是那個被留下來，來不及償還的人。

在那裡，回不去的那裡，工具是有限的，關係是有限的，愛剛剛萌芽，原始而不敢逾越自然，於是我們模仿，我們創造，我們落下手印，可能因為虔敬，也可能因為爭辯，或者一個美麗的誓言。船是我們的直覺，鹿是我們的愛人，撲朔迷離的語言，關於那些岩畫的圖紋與寓意，將成為一個又一個遙遠的謎，在更大的文明到來之前，更多的考古隊伍出現之前，靜靜毀壞。

●——○ **筆記／凌性傑**

生活的表象在哪裡，而真相又是什麼？透過描述史前岩畫，賴香吟其實別有寄託。她要討論的是敘說是否必要、銘記或遺忘。賴香吟這篇〈岩畫〉訴說腔調其實更接近於詩，敘事、說明的成分很少，多用描摹來關聯現象與心象。偶爾下了判斷，敏銳地顯現靈思：「仗著心中有不逝滅的愛，等待更大的進化要來。」

這篇文章精巧剔透，字數不多然而意味深遠。董橋〈不皺眉頭的哲學家〉提到：「短文章向來比長文章難寫，那是因為文章不可言之無物；又要短又要有物，當然格外費神。」俄國文學家普希金（Pushki）也說：「精確與簡潔，是散文的首要美質。」日本導演小津安二郎則以為，「電影與人生都是以餘味定輸贏。」散文藝術何嘗不然？想要言有盡而意無窮，是件多麼困難的事。賴香吟能賦予散文書寫詩的氣息，關鍵正在於「印象與感覺的重組」。給自己一些距離，也給讀者一些距離，彷彿在霧中看世界，充滿了詮釋的可能。

因為距離，餘味就此產生。

賴香吟（1954年）　台灣台南人。台大經濟系畢業，日本東京大學總合文化研究科碩士，目前就讀於成功大學台文所博士班。散文由生活中所見出發，由此追索昔往成長行跡或特定時刻，進一步與內在生命對話。曾獲聯合文學小說新人獎、台灣文學獎、吳濁流文藝獎等獎項。散文作品有《史前生活》（印刻，2009）、《其後》（印刻，2009）。

作品出處

（按文章編排順序）

楊照，〈遲來的陽光之歌〉，《尋路青春》，天下文化
鍾文音，〈在夜市裡沉默的那年夏天——我的第一件胸衣〉，《美麗的苦痛》，大田出版
郭強生，〈青春作伴西門町〉，《我是我自己的新郎》，聯合文學
郝譽翔，〈最壞的時光〉，部落格「郝譽翔的心情網誌」（http://blog.udn.com/haoyh102169/3023036），二〇〇九年
宇文正，〈聲音也會老的〉，《丁香一樣的顏色》，聯合文學
陳大為，〈木部十二劃〉，《木部十二劃》，九歌出版
湯舒雯，〈初經．人事〉，《九十一年散文選》，九歌出版
張維中，〈白色雨季〉，《流光旅途》，麥田出版
楊佳嫻，〈作別清水灣〉，《自由時報》，二〇〇八年二月二十五日
柯裕棻，〈浮光〉，《浮生草》，印刻出版
高自芬，〈表情〉，《表情》，花蓮縣文化局
陳義芝，〈海濱漁夫〉，《歌聲越過山丘》，爾雅出版
吳億偉，〈軟磚頭〉，《中國時報》，二〇〇四年
許正平，〈煙火旅館〉，《煙火旅館》，大田出版

邱妙津，〈邱妙津日記〉（一九九二年一月一日、一九九五年四月十八日），《邱妙津日記》，印刻出版
徐國能，〈刀工〉，《第九味》，聯合文學
詹宏志，〈筍滾筍的滋味〉，《綠光往事》，馬可孛羅
汪曾祺，〈干絲〉，《五味》
楊牧，〈六朝之後酒中仙〉，《搜索者》，洪範書店
蔡珠兒，〈蘋果嚎叫〉，《南方絳雪》，聯合文學
張讓，〈吃的道德辯證法〉，《裝一瓶鼠尾草香》，聯合文學
石曉楓，〈異鄉客的凝視——我看韓人生活習慣與性格〉，《無窮花開》，印刻出版
鍾怡雯，〈北緯五度〉，《野半島》，聯合文學
孫梓評，〈春日經由（寄自日本的二十一張明信片）〉，《除以一》，麥田出版
王盛弘，〈開盡梨花，春又來〉，《十三座城市》，馬可孛羅
凌性傑，〈我想有個家〉，《有故事的人》，馥林文化
周志文，〈台北〉，《記憶之塔》，印刻出版
張曼娟，〈誰願意活下去〉，《不說話，只作伴》，皇冠文化
周芬伶，〈雜種〉，《雜種》，九歌出版
吳岱穎，〈肉身道場〉，《更好的生活》，聯經出版
鯨向海，〈爛人之夢〉，《銀河系焊接工人》，聯經出版
魯迅，〈阿長與山海經〉，《朝花夕拾》
薛仁明，〈二丫頭讀《三國》〉，《教養，不惑：身教言教唯在簡靜》，時報出版
王德威，〈文學，經典，與現代公民意識〉，《中國時報》，二〇〇九年八月四日
賴香吟，〈岩畫〉，《史前生活》，印刻出版

國家圖書館出版品預行編目(CIP)資料

靈魂的領地：國民散文讀本 / 凌性傑、楊佳嫻著. – 二版.
-- 臺北市:麥田出版 : 家庭傳媒城邦分公司發行, 2021.03
面； 公分. -- (中文好行 ; 3)

ISBN 978-986-344-871-6 (平裝)

855 109021068

中文好行3

靈魂的領地

國民散文讀本

編　　者　凌性傑、楊佳嫻
責任編輯　賴雯琪（一版）、陳淑怡（二版）
校　　對　吳淑芳

版　　權　吳玲緯
行　　銷　巫維珍　蘇莞婷　何維民　吳宇軒　陳欣岑
業　　務　李再星　陳紫晴　陳美燕　葉晉源
副總編輯　林秀梅
編輯總監　劉麗真
總 經 理　陳逸瑛
發 行 人　凃玉雲
出　　版　麥田出版
104台北市民生東路二段141號5樓
電話：(886)2-2500-7696　傳真：(886)2-2500-1967
發　　行　英屬蓋曼群島商家庭傳媒股份有限公司城邦分公司
104台北市民生東路二段141號11樓
書虫客服服務專線：(886)2-2500-7718、2500-7719
24小時傳真服務：(886)2-2500-1990、2500-1991
服務時間：週一至週五09:30-12:00・13:30-17:00
郵撥帳號：19863813　戶名：書虫股份有限公司
讀者服務信箱E-mail：service@readingclub.com.tw
麥田部落格：http://ryefield.pixnet.net/blog
麥田出版Facebook：https://www.facebook.com/RyeField.Cite/
香港發行所　城邦（香港）出版集團有限公司
香港灣仔駱克道193號東超商業中心1樓
電話：(852) 2508-6231　傳真：(852) 2578-9337
馬新發行所　城邦（馬新）出版集團【Cite(M) Sdn. Bhd.】
41-3, Jalan Radin Anum, Bandar Baru Sri Petaling,
57000 Kuala Lumpur, Malaysia.
電話：(603)9056-3833
傳真：(603)9057-6622
E-mail：cite@cite.com.my

封面設計　謝佳穎
排　　版　宸遠彩藝有限公司
印　　刷　沐春行銷創意有限公司

2013年4月　初版一刷
2022年9月　二版二刷

定價／360元
ISBN 978-986-344-871-6
城邦讀書花園
www.cite.com.tw